醫門獨秀 1

風文創 566

煙雨 著

目錄

序

煙雨

昨日編輯好友發來訊息，讓我為本書寫一篇序，可呆呆坐在桌前卻久久無法下筆，思緒似乎隨著恍惚的記憶，一下子飛回我的童年時光。

我的家在豫東平原上一個不起眼的小村落，幼年時印象最深刻的，便是村口那條整日轟隆隆響、望不見頭尾的鐵路，以及祖父身上散發的淡淡藥草味。

祖父是一名老中醫，最擅長的是針灸之術，家中掛滿了病癒的人送給他的錦旗，即便他去世多年，仍有慕名而來的病人千里迢迢地來尋醫問藥。

記得那時年紀小，祖父每次碾藥、配藥和熬藥之時，我總喜歡圍坐在一旁，對於那些中藥更是充滿了好奇心。可惜的是，小孩子的好奇心來得快，去得也快，隨著年齡的增長，我漸漸對懸壺濟世沒了興趣和新鮮感。

祖父有四子一女，只有我的父親學了醫，可父親對於祖父最引以為傲的針灸之術卻熱情不大，以至於他老人家不得不把希望寄託在孫輩身上，希望至少能有一個跟他學習醫術，結果無論是哥哥、弟弟，還是妹妹們和我，都對成為醫生沒什麼興趣。

祖父就是帶著這種遺憾離世的，而如今每每想到此，我都後悔不已，多希望自己當初能像書中的女主人公一樣刻苦學習醫術。

或許是基於想要彌補祖父遺憾的心理，才讓我開始創作這部小說，進而希望在文字構築的虛幻世界裡能寄託我對他的歉疚。

當然，留存在我童年記憶的不只是行醫治病的祖父，還有那個溫馨團結的大家庭以及和睦友愛的左鄰右舍，這些都是我目前創作的最佳泉源，所以在我的每一部作品中，女主人公的家庭、鄰里、朋友之間都少了那麼一些勾心鬥角，多了許多濃厚的親情和真誠的友情，此部作品也不例外。

每一部作品都是我傾注心力所作，對我來說，它們就像一個孕育很久的孩子，而本書則尤其特別和珍貴，說它特別，是因為整個寫作過程中的跌宕離奇；說它珍貴，是因為這是我懷孕期間所作的唯一一部作品。

我與先生成婚之後，一直計畫想要個孩子，但每次都失望，而當我們決定先緩一緩時，小天使卻意外降臨，這讓我們喜出望外。

可在懷孕四個多月的時候，我的身體卻出了突發狀況，面臨到書中常常遇到的場景——保大人還是保孩子？

好在我是幸運的，在現實生活中也遇到了如女主人公般的高明醫生，雖然孕期過得辛苦，但最後母子平安。

有時我忍不住會想，是不是因為創作了這個故事，所以自己才會那麼好運？因此對它我是格外偏愛的，沒想到上天也格外偏愛這部作品。有一天，編輯好友突然發來消息，說這部作品要被臺灣一家出版社印製成繁體版。

初聽到這個消息我很開心，雖然很久之前我就希望自己的作品能出繁體版，但一直沒有成功，卻沒想到這本書會成為我第一本印製成繁體版在臺灣上市的作品，也希望以後會有更多的作品在臺灣出版，與喜愛它們的讀者見面。

我一向是個懶宅之人，但對於寫作一事卻從不敢馬虎，當腦子裡那些無法抑制的畫面變成文字躍然紙上時，我覺得自己的身心都得到了極大的滿足，這也許就是創作的樂趣。

前路漫漫，生命不止，創作不息。

二〇一七年六月二十一日寫於家中

第一章　亂世寄命

蒼茫山脈吞天際，暮色涼涼死別離，殘陽臘月餘暉盡，誰家幼兒佛堂寄。

這一年是大晉朝元武四十一年，北朝被滅的第二個冬天，萬物凋零，歲暮天寒。

巍巍嵯峨、層巒疊嶂的大神山脈猶如一條披著銀甲、氣勢恢弘的巨龍，靜靜地橫臥在前北朝的千里疆土之上，漫天風雪無情地飛舞，寂寥的天地一片蕭瑟。

突然，「咚——咚——咚——」渾厚的梵鐘之音在大神山脈佛領山山腹之中響起，似一記重錘，能將人心擊碎。

「聞鐘聲，煩惱輕，智慧長，菩提生。離地獄，出火坑，願成佛，度眾生。聞鐘聲，煩惱輕，智慧長，菩提生……」身披袈裟的老僧雙腿盤坐於佛領寺的大殿中央，口中不停唸著佛偈，在他左右兩旁，兩個年逾四十的僧徒則一臉悲憫地看著大殿中橫躺著的七、八個十歲以下的幼童。

「求求菩薩收下我兒吧！求求菩薩收下我兒吧！」

大殿外，十幾個衣衫破舊、臉色悲痛的百姓跪在冰天雪地之中，三日來他們不停地在佛前磕頭跪拜，唯一的期望就是自己的孩子能在這兵荒馬亂的年月裡活下來。

其中，尤以一個身著陳舊藏藍色補丁短襖和絳紫色馬面裙的農家婦人最為虔誠，她三日裡滴水未進，磕頭不止，額頭早已是血糊一片。

「各位施主，暮鐘響過，請把你們的孩子帶回家好生安葬吧，阿彌陀佛！」同樣唸了三日經的老僧如今也是體力虛弱，可佛法終究還是沒能救人性命，這些孩子都沒了生息。

自古以來，天懷大陸便有「佛堂寄命」之說，凡是家中藥石無醫的幼童，為求一線生機，會將孩子寄命於佛堂寺廟三日，如若佛祖顯靈收其為弟子，便會為其續命，至於時日長短則因人而異。

不過，成功寄命佛堂獲得生機的孩子自此後便是佛家的人，生與家人在，盡為人子女的孝道，死後屍骨卻不得入自家祖墳，需供奉於寺廟之中，子孫祭拜時也要去寺廟燒香拜佛祈求福澤後世。

自從天懷大陸常年征戰不休開始，「佛堂寄命」現象便屢見不鮮，若在四海昇平的年月裡是少有人家會這樣做的，自己的骨血自然還是做自家的孩子為好，不到萬不得已誰又忍心呢？

「大師，我的女兒……我的女兒她……」尹雲娘早就將飢餓和寒冷拋卻身外，一心想的是她那可憐的小女兒。

「阿彌陀佛！女施主，命由天定，佛緣至此，還望妳節哀！」老僧搖頭一嘆，由僧徒扶著往後院禪房緩慢而去，他的身後是一陣又一陣痛失子女的悲喊之聲，椎心飲泣，耳不忍聞。

「玉善——我的女兒——」

尹雲娘淚如雨下，猛地站起想要衝進大殿之中，卻因雙腿跪得太久而僵硬麻木，又重重跌倒在冰冷的地上。她看著那些抱著孩子從大殿裡走出來的一個又一個的身影，硬是一步步往前爬。

「娘！」

「嬸娘！」

就在這時，兩個十三、四歲的少男少女衝上前，他們都穿著帶補丁的棉衣，神色悽惶。兩人扶起尹雲娘，三人跌跌撞撞地衝進大殿之中，此時大殿冷冷清清的，只有一個七、八歲的小女孩安靜地躺在那裡。

「小妹！」撲通一聲，面容蒼白的少女跪坐在小女孩的屍首前。

家中淒苦，爹娘要養家餬口，這小妹算是她一手帶大的，想起往日苦中作樂的嬉鬧時光，少女趴在小女孩身上嚎啕大哭起來。

「咳……」一聲輕微的悶咳硬生生將痛哭打斷，似是連佛祖都驚了一下。

「玉……玉善？」尹雲娘不敢相信地看著那個緩緩睜開眼睛的小人兒。

菩薩顯靈了！菩薩又一次顯靈了！

一個月後，陽光正暖，在森林幽谷、怪石奇峰和奇花異草融為一體的大神山脈天將山山腳下，農家炊煙緩緩升起，恍若雲霧散入塵世之間。

一棵千百年來屹立不倒的蒼天古樹像一位老者，默默地在村口守護著，樹下一條蜿蜒小路是通往山外的最佳出口，錦緞一般的雪河纏著山、繞著村而過。

這裡便是依山傍水的山下村，一個百來戶的大村落，有土壁竹籬的屋舍、雞鳴狗叫的喧鬧聲，還有一群在亂世中辛勤勞作的農家百姓。

在村尾靠近大山的地方，有一處只有簡陋籬笆院牆卻沒有院門的人家，三間茅草屋頂的房舍相連，足有半畝地大的院落，兩棵相距五丈遠的棗樹上綁著粗麻繩，繩子上晾著剛洗好的衣服。

靠西邊院牆處有一間小廚房，廚房外放著成堆劈好的木柴，緊鄰著的是一塊新開闢出的菜園，如今正是初春時節，菜園裡已經冒出青蔥般的綠色。

東邊院牆角落處有一間茅房，距離茅房不遠處擺著磨得發亮的鋤頭、鐵鍬和鐮刀，三把農具旁邊則放著兩個背簍。

院子裡靜悄悄的，彷彿沒有人一般，直到正屋傳來幾聲咳嗽，才有了說話聲。

「咳咳，雲娘，玉善呢？」皮膚略顯黝黑的農家漢子安松柏一臉憔悴，這兩日風寒加重的他從炕床上半坐起身，坐在炕尾縫衣服的尹雲娘見他醒了，趕緊放下手中的針線，給他倒了碗溫水。

「相公，玉善說躺在床上不舒服，想要出去走走，我看她身體已經大好，現在又是春日，外頭山下的冬雪早就融化了，就讓玉若帶她去雪河邊走走，那裡熱鬧，村裡的孩子都在捉魚呢！」

尹雲娘如今已經是三十歲的年紀，作為安家三房的長媳，她和丈夫安松柏膝下只有四個乖巧伶俐的女兒，雖無兒子傍身，但公婆寬和、夫妻情深，妯娌兄弟之間也甚是親近，倒安慰了她無子的遺憾和愧疚。

「現在才到初春，河邊還是冷得很，玉善身子骨弱，還是不要讓她常往外邊走。」四個女兒中，大女兒安玉璿樸實勤快，二女兒安玉冉膽大直爽，三女兒安玉若機靈活泛，小女兒安玉善病弱沈悶，而安松柏最放心不下也最疼惜的，便是小女兒安玉善。

「我也不想讓她出去，可這次從佛領寺寄命回來，這孩子的性子倒是越發執拗了，還說自己身子骨弱就是沒有常常在外邊跑跳，真不知道這孩子是從哪裡聽來的胡言亂語。」尹雲娘搖頭一笑。

村裡人都說她這個小女兒是福大命大，三歲時同四、五個孩子一起寄命，她是活得最長的一個，如今第二次寄命，十幾個孩子中就她得了菩薩的眼緣，不但活了下來，身子骨還越發好了。

大難不死必有後福，她這個當娘的自也是希望疼在心尖的嬌女兒能健康長壽，哪怕死後入不得祖墳，到了菩薩座下也是個得寵的。

「還能從哪裡，肯定是玉冉又胡說八道了。咳咳，待會兒還是去找她們回來吧！」安松柏身子虛軟，全身難受，想下床做點活兒都沒力氣。

尹雲娘點點頭，扶著安松柏又躺下了。家裡就這一個勞力，如今也病著，只希望兩個女兒去鎮上能買回管用的藥。

此刻，天將山後山裡，綠草百花冒出萌芽尖，原本冬日裡光禿禿的林木也透著初春的浸潤，再過幾日，蟄伏了整個冬季的勃勃生機就要慢慢展現出來了。

順著天將山的後山越過一個小山頭便能看到越發茂盛的綠意，有些更是四季常青之物。小山頭下是一個寬闊夾河的谷底，而谷地另一邊便是懸崖峭壁，當地人俗稱這個地方為懸壁山。

懸壁山到天將山這一處廣袤的山地是山下村村民可以肆無忌憚自由活動的範圍，像是打獵、割草、砍柴、挖野菜、採山果，而懸壁山的另一邊則是人類難以靠近的「禁區」。千百年來，附近的百姓都知道大神山脈的密林深處不但危險重重，更有數都數不清的山林野獸，平時聽聞著嚇人，可飢荒年月便是一筆難得的「糧食」。

只是一旦有人意圖謀之，破壞了那裡的平衡，猛獸也會如報復般地大肆殺戮，十個人進入密林打獵，往往有九個半都會折在裡面成為牠們的口下亡魂。

因此，即便懸壁山有一處山勢低矮的蔥蘢林區可以方便地通往另一邊，也沒人再敢嘗試進去，就算是經驗豐富的老獵手也不會輕易冒險。

然而，就在太陽升到最高空，照耀著這片神秘而又誘人的林區時，兩個小小的身影已經走到了「禁區」的外面。

「小妹，別往裡面走了，那裡面都是吃人的老虎和野狼，咱們挖的野菜夠多了，而且還有在小河捉的好幾條魚，快走吧！」安玉若雖不是家裡膽子最大的，但這片山卻是她最熟悉的，此刻她的小心臟嚇得「咚咚」亂跳，她實在不該一時心軟，把小妹帶到小山頭這邊來。

「三姊，再等等，我就在外邊挖點東西！」此時的安玉善雙眼發光。那些高大的林木下是數不清的名貴藥材，有些在現代的山中都已經很難找到，沒想到她竟有幸遇見，既然見到，她又怎麼可能會放手？

安玉若急了，一把拽住她不安分的胳膊。「小妹，那不過是雜草，連野雞都不吃，妳挖它們幹什麼？快回家吧，要不然爹娘該著急了！」

「三姊……」安玉善正要再勸說兩句，突然一個黑影猶如一道閃電，猛地竄到她們面前，還挾帶著濃濃的血腥味。

一看到那雙嗜人可怖的眼睛，安玉若嚇得栽倒在地，連帶著安玉善也被她拉倒。

那雙眼睛的主人也似耗盡全部力氣般倒了下去，不過牠的眼睛依舊像是地獄來的勾魂使者，死死地盯著安家小姊妹。

山林靜謐，一陣風吹過，樹枝相互磨擦的聲響讓人心裡緊張。

安玉若從未這麼近距離地和山裡的野狼對視過，她恐懼得站不起來，但依舊緊緊抓住自家小妹的手。

而安玉善的表現則恰恰相反，她雙目一動不動地盯著那隻受傷極重的母狼的眼睛，以及牠隆起的腹部，還有那滿身被撕咬的傷痕。

她用六年的時間在孤兒院嘗盡人生冷暖，再用十年的時間跟著收養她的怪老頭師父住在山中學了一身本事，直到她十六歲怪老頭去世後她才下山。

在之後的人生中，她經歷過很多事情，早就鍛鍊得堅毅勇敢，一頭狼可嚇不倒她，更何況牠連站起來的力氣都沒有。

安玉善將手從安玉若有些冰涼的手掌心裡抽出，接著兩手一撐站了起來，把安玉若扶了起來。「三姊別怕，這頭狼已經沒力氣站起來了，傷不到咱們的。」

「真……真的嗎？」安玉若使勁地吸了一口氣，不知道為什麼，此時安玉善比她還稚嫩的聲音竟有神奇的安撫作用。

安玉善點點頭。她見母狼已經緩慢而悲涼地閉上了眼睛，眼角更流出一滴眼淚，在陽光的照射下顯得那麼萬念俱灰。

或許就是這一滴飽含著母愛的眼淚，讓安玉善有些不忍。人與動物本就能和諧相處，只要不打破彼此的平衡，再野的猛獸也是有善根的。

「小妹，妳……妳幹什麼？」安玉若雖然被安玉善扶了起來，可雙腿還在打顫，畢竟是一個才剛滿十歲的姑娘，她可沒有二姊安玉冉的膽子大。

「三姊，妳要是害怕就離得遠一點，待會兒牠要是想傷人，妳就趕快跑。」安玉善繞過昏死過去的母狼鑽進了林區裡，開始找尋止血的藥草。

「要走一起走，我不能丟下妳！」安玉若覺得自家小妹一定是瘋了，既然這狼傷不到她們，現在就應該趕緊往家裡跑，說不定一會兒狼群就竄出來了。

「那三姊妳等我一會兒。」安玉善把藥草準備好之後，先將止血的藥草放在一塊石頭上，用小石塊敲碎，然後敷在母狼身上止血，這時母狼的肚子輕微地動了一下。她看向牠的下體，看來是要生了。

「妳要救牠？」安玉若眼睛瞪得大大的，滿是震驚。「這隻狼不是死了嗎？」

「牠還沒死，只是力氣用盡罷了。三姊別怕，就當牠是一條大黃狗，現在牠要生小狼崽了，我必須幫牠。」安玉善費力地替母狼挪好位置，然後在牠肚子上有規律地輕輕按著。

她自小便天資聰穎，怪老頭也正是看上這一點才收養她，並將一身過人醫術全都傳給她；後來她考進了最好的醫科大學，一柄手術刀不知道挽救了多少人的性命。

雖然醫人和醫動物不同，但她也略有涉獵，所以替狼接生這種事情也難不倒她。

安玉若看著半跪在草地上給野狼接生的小妹，就像初次認識她一樣，可眼前的人分明就是自家那個性子柔弱的小妹。她腦筋一轉，不再多想，顫巍巍地也蹲下來幫忙。

有了安玉若的幫助，安玉善給狼接生就更為輕鬆，很快的，第一隻小狼崽就在她特殊的按摩手法之下出來了。

安玉若大叫道：「小妹，這狼睜開眼了！」這次她倒沒有嚇得跌倒。

母狼見兩個小姑娘正圍在自己身旁，或許是感覺到她們的無害，也可能是看到了自己剛出生的孩子，原本眼中的陰鷙狠戾消失了，只是有些乞求地看向了安玉善。

「妳別擔心，妳這肚子裡還有孩子呢！我會盡力幫妳接生出來，妳身上也敷了止血的草藥，多休息一下，不會死的。」安玉善自然地說道，雖然知道母狼聽不懂自己所說的，但安慰病人已經成了習慣。

安玉若不知道那母狼聽懂多少，但牠又緩緩閉上了眼睛，似乎也在暗中使勁，她看著自家小妹的眼光就更為奇怪了。

不過她心中隱隱也有一種興奮感，她竟然給狼接生呢！

大約過了兩刻鐘，母狼肚子裡的四隻小狼崽都生了出來，安玉善又找來藥草處理了下母狼的身體，並把小狼崽放在母狼懷裡。

兩人身上都是汗水和血水，還有淡淡的藥草香，但姊妹倆相視一笑，滿身釋然，安玉若更是頗有成就感，遇見狼的恐懼已不知不覺消弭於無形。

「三姊，咱們的魚拿來給牠吃一點吧！」剛生完孩子的母狼需要一些營養，不過四隻小狼崽雖生了下來，可接下來該把牠們怎麼辦呢？

安玉若剛才下水捉了好幾條魚，她小跑著從河邊把魚拎來，拿出一半扔到了母狼的嘴邊。

「小妹，這母狼昏死了過去，還不知道什麼時候醒過來，咱們怎麼辦？總不能把牠們扔在這裡吧？」安玉若也是個善良的性子，既然已經救了牠們，就不能又任牠們自生自滅。

「對了，這樹林裡靠近崖壁的地方有個小山洞，把牠們都移到裡面去吧？」

安玉善見安玉若指著林區裡面，忙問：「三姊，妳進去過這裡面？」

第二章　藥用蒸魚

安玉若嘿嘿一笑。「一年前，二姊非要進去獵兔子，我也跟了去，但沒有走遠，怕迷路，也怕野獸突然出來吃人，所以很快就出來了。裡面小山洞挺多的，離著十丈遠的地方就有一個！」

安玉善點點頭。姊妹倆先各抱著一隻小狼崽找到那個離得最近的山洞，安玉若還貼心地找一些軟草鋪成一個小窩，最後還用粗樹枝和藤蔓草編了一個簡易的擔架，費勁地把母狼拉到了洞裡。

做完這一切，安玉若乾脆把所有的魚都放在洞裡。反正待會兒她可以再去河裡捉魚，捉魚她可是最在行的。

安玉善想著以後這片林區可能很難再進來，便乘機把能採的草藥都採了下來，然後用那個簡易的擔架兜著，離開這個地方。

姊妹倆先在寒涼的河水裡洗淨了雙手。身上的狼血一時洗不乾淨，安玉善便將安玉若捉的魚的魚血抹在上頭當作掩飾，回家再好好洗一洗就行了。

「三姊，今天在後山發生的事情可不可以不要告訴爹和娘？要不然他們一定會擔心，以後就不會讓咱們進山了。」安玉善把藥草都放在安玉若帶來的背簍裡，上面鋪上了野菜。

「小妹妳放心，我不會說的，這是咱們兩個的秘密。」安玉若還在為幫狼接生這件事激動著。要是被家裡人知道，她挨一頓揍不說，以後想進後山還真不容易。

安玉善欣喜地點點頭。這是她第一次進山，雖然只是在天將山的後山走了一點路，但是這滿山遍地的藥草卻是她最意外的，而且因著山谷峭壁和山勢坡度的不同，再加上群山之中的溫度、陽光、水等綜合因素之下，竟是各種難得一見的珍貴藥草都能生長在同一處地方。

雖然目之所及的地方不多，但安玉善已經可以斷定，這片山脈是貨真價實的藥山，只可惜這個地方的百姓錯把珍珠當魚目，幾百年來都沒有把這些藥草當一回事。

她更聽安玉若說，有好些村民都是夏日裡曬乾這些綠草當柴火燒，讓她的心裡一陣抽疼，實在太可惜了。

安玉善和安玉若剛從通往天將山後山的小路走出來，就見到尹雲娘隨手撿起一根樹枝，狠狠地朝著安玉若的屁股上打去。

「誰讓妳帶玉善進後山的！妳就是不長記性是不是！」

「娘，您別打三姊了！」安玉善被這個印象中索利親和的古代娘親給嚇了一跳，趕緊拉住了她的手。「是我逼著三姊來後山的，她為了哄我還捉了好多魚，又挖了很多野菜，說是給爹補身子呢。娘，您要打就打我吧！」

尹雲娘見一向話不多的小女兒此刻不但拉住自己，還護住安玉若，心裡也是一陣疼，拿在手裡的樹枝就停在半空中。

被小妹護在身後，安玉若心裡有些酸又有些感動。

因為小妹身子弱，爹娘和大姊、二姊最疼的就是她，當然自己也很疼小妹。好在她早就知道親娘偏心，她也不在乎被打，再說今天自己的確不該帶著小妹進山。

「娘，我錯了，您要是打一頓能消氣就打吧！」安玉若是個調皮性子，四姊妹中她是經常惹禍又最常被打的那一個，她自己也習慣了，心裡沒什麼怨懟。

「哼，打妳都是輕的！啊！妳們這身上怎麼都是血？」尹雲娘看到兩個女兒衣服上有血跡，嚇了一大跳，樹枝早就扔到一邊，拉過安玉善上下左右地察看。「玉善，這是怎麼了？」

「娘，這是魚血，三姊捉魚可厲害了，還烤魚給我吃呢！」安玉善趕緊拉住尹雲娘，真怕她又遷怒到安玉若身上。

「如果想吃魚，娘給妳們做就行了，瞧妳們這一身髒的，快回家洗一洗！」尹雲娘瞪了一眼安玉若。「把背簍給娘！」

說到底，這四個女兒她都疼，可疼的方式不一樣，程度也不一樣，三女兒整日如男孩子似的調皮搗蛋，不打是真不行。

安玉若傻呵呵一樂，說道：「娘，這背簍不重，我揹著就行，就是小妹手裡那兩條魚怪重的，您幫她拿吧！」

後來安玉若捉的這兩條魚都是大肥魚，每條都有兩斤重，實在是大收穫。

「拿來給我。」打歸打，罵歸罵，尹雲娘還是心疼女兒。

她不但把安玉若身後的背簍拿過來，還把兩條魚拎在手裡，讓安玉若牽著安玉善，母女三人一起走回家。

因為忙著找安玉若和安玉善，尹雲娘還未來得及準備午飯，大女兒安玉璿和二女兒安玉冉跟著村裡人去了十里外的鎮上，估計要到傍晚才能回來。

「玉若，妳把這條魚給老宅送過去，讓妳嬸娘燉魚湯喝吧！」尹雲娘留下一條魚，另一條魚讓女兒送到公婆居住的老宅裡。

安玉善的爺爺安清和及奶奶鄭氏與自己的二兒子安松烈一家住在老宅裡，因為鄭氏常年臥病在床，安玉善也是個病秧子，所以安松烈夫婦就留在老宅照顧老人，而安松柏一家則在村尾蓋了房子，這樣一來，尹雲娘也能騰出手照顧生病的小女兒。

山下村是個雜姓村，村子裡姓安的有三、四十戶，算是最多的。經過了這一個月，安玉善得知自己的爺爺還有兩個在世的兄長安清賢和安清順，三家關係極為親密。

「娘，這條魚先別送到老宅，待會兒燉好魚湯直接送過去吧！」安玉善已經換了身衣服出來，雖然依舊是補丁摞補丁，但還有能替換的已經算不錯了。「娘，今天這魚湯我來燉。」

以前安玉善生病的時候，也常在家裡幫忙做飯，尹雲娘倒覺得沒什麼，她正好有事要出去，想了一下便道：「還是讓妳三姊燉魚吧，那裡還有兩個玉米麵餅，回頭熱上，等妳爹醒來後讓他吃一點。妳孫大娘家明天要辦喜事，我先去幫忙。」

「娘，您去吧，家裡有我呢！」安玉若說完就去水缸邊舀水刮魚鱗，不一會兒，一面魚鱗就被她用小竹筷子刮乾淨了。

尹雲娘又叮囑了兩句，去堂屋看了一眼睡著的丈夫，這才急急忙忙去孫大娘家。要不是為了找兩個女兒，她早就該去了。

等到尹雲娘一離開，安玉善就趕緊把背簍裡的野菜放進另一個背簍裡，然後把她辛苦採來的藥草倒在一處乾淨的地上，接著從裡面挑揀出幾樣拿在手裡，先用水洗乾淨，有的留下葉，有的留下根。

安玉若把魚處理乾淨後，正打算放點蔥花和粗鹽把魚直接用水煮時，安玉善卻攔住了她。

「三姊，今天的魚我來做，妳幫我燒火就好，我保證做的魚很好吃！」自己的廚藝可是被嘴刁的怪老頭訓練到厲害得很，再說她還打算把藥草和魚湯一起燉給家人吃，不但能治癒安松柏的風寒之症，還有預防風寒之效，對家人的身體很好。

「小妹，妳行嗎？」安玉若也吃過安玉善以前做的飯，和她做的沒什麼差別。

「當然行了，三姊，妳就相信我吧！」安玉善瘦弱的身子已經站在了案板邊，拿起刀先在魚身上片出條條縫隙，接著將草藥夾進這些縫隙之中，又在魚肚子裡塞了許多蔥、薑和藥草，最後撒上鹽巴。

安玉若一開始以為安玉善是要燉魚，可最後她發現她把兩條魚放在籠屜上和玉米麵餅一起蒸。

過了一會兒，魚肉的鮮味開始飄散出來，不知道是不是真的有些餓了，安玉若使勁地吸了吸鼻子，覺得今天的魚聞起來可真是發自骨子裡的香。

安玉若燒火蒸魚時，安玉善已經把院子裡採來的藥草分類放好，然後找來乾淨的木板，將藥草鋪在上面曬。

等到再過一段時間，山裡的花花草草都長出來，她就能採到更多的草藥了。

「什麼味道這麼香？咳咳……」沈睡中的安松柏在飢餓、香味、病痛的三重折磨下終於醒來。睡了一覺身上有了些力氣，他勉強下了床走了出來，就看到小女兒滿頭大汗地在曬草。「玉善，妳幹什麼呢？這家裡的柴火不是還夠嗎？」

安玉善抬起因勞累而紅潤的笑臉，看著她這一世的父親說道：「爹，待會兒三姊就做好飯了，您再等一會兒。」

安松柏見女兒沒有回答自己的問題，正要再問，就見安玉若從小廚房裡跑出來，興奮地說道：「魚蒸好了，可以吃了！」

安松柏被兩個女兒扶著在炕床上坐了下來，安玉善給他端來蒸魚和玉米麵餅，安玉若則快跑著把另一條魚送到村中的老宅裡。

「今天這魚好香呀！怎麼聞著還有藥味？」不知怎地，聞著這魚香藥味之後，因風寒而堵塞的鼻子竟然暢通了，似是心裡的憋悶之氣也散去不少，安松柏忍不住又多聞了兩下。

「爹，這是藥用蒸魚，您多吃幾次，這風寒就能好了。」安玉善將筷子遞給安松柏。

雖然做安家的小女兒才短短一個月，但是安松柏和尹雲娘對她這個小女兒的偏愛和三個姊姊的疼寵，都讓從未體會過家庭溫暖的安玉善感動不已。既然老天爺垂憐，給了她一個完整的家，她一定會好好守護。

「藥用蒸魚？玉善，妳認識藥草嗎？」安松柏驚訝地看著自己的小女兒以及魚肉裡的草根。

熱騰騰的蒸魚散發出淡淡的藥香味，吃在嘴裡的魚肉更是香軟可口，安玉善只吃了一口就放下了。該怎麼和眼前的爹說她的不尋常呢？

「玉善？」見小女兒有些愁眉苦臉地低下頭，安松柏也放下了筷子，靜靜地看著她。

安玉善抬起小臉，先是對著安松柏甜甜一笑，接著說道：「爹，我也不知道怎麼回事，迷迷糊糊的像作了夢，只記得在一個長滿藥草的山上有一個草廬，一個白鬍子老爺爺住在那裡，好多人都來找他治病，還有人叫他『醫仙』，他讓我幫他燒水、做飯、種藥草，還教我讀書識字，我還看了好多好多醫書，到後來我也給人看病呢！可醒過來之後，有些東西我似是記得又似忘記，亂亂的……」

看著小女兒揉著腦袋瓜的樣子，安松柏也是吃驚不已。難道是這次寺廟寄命而過了神氣？

「玉善，妳還記得什麼？」安松柏小心地看著她問道。

安玉善假裝迷茫地搖搖頭。「一時有些記不清了，老爺爺說什麼『天機不可洩漏』，讓我醒來後不要對外人亂說，但爹娘不是外人，老爺爺不會怪罪我的，爹，是不是？」

安松柏趕緊點頭說道：「是，玉善，妳記住，今日對爹說的這些話以後誰都不能說，就是妳大姊她們也不要說，知道嗎？」

「嗯！」也不知安松柏信了幾分，安玉善乖巧地點點頭。

她藉神佛之名也不過是權宜之計，要不然她一個從不出家門又整日裡病著的小丫頭哪會認識什麼藥草？

在現代，她不過是一名被遺棄的孤女，只因為幼年聰慧便被醫術高超又脾氣古怪的師父撿回山裡做徒弟，在她大多數記憶中，自己不但要學習醫術，還要被逼著學其他東西，直到十六歲師父死了，她才下山過正常人的生活。

只是沒想到正常人的生活還沒過夠，她就因為一場空難穿越到古代，在這裡，她並不想畏畏縮縮、隱藏著才學過一輩子，既然有了第二次生命，那就要活得更有價值才對。

到了傍晚，尹雲娘就從孫大娘家裡回來了。現在世道艱難，娶妻嫁女都沒有那麼麻煩，席面也少，幾個手腳勤快的農家婦人很快就弄好了。

尹雲娘前腳剛到家，後腳安玉璿和安玉冉就有些心情沮喪地回來了。

「玉璿、玉冉，藥買來了嗎？」尹雲娘待兩個人將背簍放下，趕緊問道。

「娘，鎮上的恆和藥鋪被衙門查封了，說是掌櫃的拿桔梗當人參害死了人，新上任的縣老爺把他拿下問罪了。」安玉璿揉了揉腳踝。來回二十里的路倒不算什麼，只是最後竟是白跑一趟，恆和藥鋪可是附近二、三十里內唯一一家藥鋪了。

「怎麼會這樣？」尹雲娘急了。雖說恆和藥鋪的藥有如天價，但好歹生病了還能有個治病的地方，現在藥鋪關門，以後要是生了重病可怎麼辦？

「哼，那種不拿人命當回事的黑心掌櫃就該關進大牢！現在想想，說不定玉善病重一直沒好，就是吃他家的藥的關係！」安玉冉倒是覺得解氣。就是因為恆和藥鋪是附近唯一一家抓藥、診病的地方，所以黑心錢掙得可不少，也不知背地裡害死了多少條人命？

尹雲娘本還想斥責二女兒兩句，可聽她這麼說，倒有些躊躇起來。眼下到底該怎麼辦呢？

「對了娘，爹呢？他還病著呢，不會又去地裡了吧？」安玉冉進到堂屋，沒發現安松柏躺在炕床上。

尹雲娘也是疑惑。「我去妳孫大娘家時，他還睡得好好的，他那病著的身子連下炕都發抖，怎麼可能不在？」

安玉瑢又去了東屋和西屋找，不僅安松柏不在，就連安玉若和安玉善也不在。「娘，三妹和小妹也不在家！」

「這些人能上哪兒去？」尹雲娘有些急了。不過是兩、三個時辰的工夫，家裡竟然都沒人在？

「伯娘，爺爺讓您去老宅！」就在這時，安松烈的長子安齊文跑進小院喊道。

「知道了！」尹雲娘趕緊應道。

待尹雲娘幾人到達村中老宅時，安清賢、安清順和安清和三位長輩竟然都在，安松柏看起來身子也好了些，安玉善則是躺在鄭氏的炕床上睡著了。

安松烈的妻子梅娘依照安清和的吩咐，把幾個小輩都叫到了自己屋子裡。

安玉瑢和安玉冉都覺得今天家裡人神神秘秘的，於是拉著梅娘問道：「嬸娘，這是怎麼了？」

「沒什麼。對了，玉瑢，這次妳去鎮上，小繡坊可開門了？」梅娘故意轉移話題道。

安玉璿不是個蠢笨的，知道梅娘是不想說，於是笑著說道：「那小繡坊的東家已經賣了鋪子回老家了，不過鎮上新開了一家叫祥瑞閣的繡坊，看起來門面很大，聽說是大晉朝的商人開的。」

而此時，安家老宅的堂屋裡氣氛有些凝重，三位家中舉足輕重的男性長輩都在這裡，讓尹雲娘心裡有些不安，似乎有什麼大事要發生一樣。

果然，當安清和告訴她，安玉善可能在寺廟裡「過了神氣」時，她驚得直接從木墩椅子上站了起來。

不過她不是害怕，自古「佛堂寄命」如果真過了神氣，那可是天高地厚般的上天恩德，代表自家孩子是得菩薩看重的，那可是有福之人。

「雲娘，妳也不必驚慌，剛才我和妳二伯還有妳爹都已經試過玉善那孩子，她應是得了仙人教導的，只是早慧易夭，現在又是亂世，需設法護她周全才是。」安清賢不但是家裡的大家長，如今還是峰州安氏一脈的族長。

四、五十年前，安家也是北朝望族，只可惜昏君殘暴不仁，誅殺安氏一族，要不是躲在這山野之地，怕是難存一脈。

尹雲娘突然「撲通」一聲跪在安清賢三人面前，懇求道：「還請大伯、二伯和爹護住玉善那孩子，雲娘只求玉善平安長大，不希望她像臨姚村的那個孩子一樣，請長輩們成全！」

第三章　鐵板煎餅

二十多年前，天懷大陸上還沒到各國激戰正酣的時候，在峰州一個叫臨姚村的地方，一戶農家的六歲兒子因氣息微弱而送到佛堂寄命。

沒想到三日後他一醒來，就被寺廟的方丈說是過了神氣，還直言說其是九天娘娘身邊最親近的仙童，之後他便披著小袈裟端坐在寺廟正殿，成了百姓們祈福消災的轉世靈童。

而那戶農家也從朝不保夕的苦日子變成天天錦衣玉食，就連臨姚村也「一人得道，雞犬升天」，村民們皆被人追捧著。

只可惜好景不常，很快地，峰州及其他各州突然出現不少過了神氣的孩子，倒把眾人給弄糊塗，不知哪個是真、哪個是假？

前北朝帝君是個猜忌心重、不信天道輪迴，又不尊上天神佛之人，他認為是妖民在作亂，便將所有自稱過了神氣的孩子和他們的家人全部斬殺，還將臨姚村燒個精光，從那以後，再也沒人敢提起孩子過了神氣的事情。

當時的尹雲娘只是個剛懂事的孩童，她娘家離臨姚村不遠，那慘烈和漫天大火讓她至今仍心有餘悸。

自己的小女兒過了神氣那是百年難得一遇的好事，可她不希望好事變禍事。作為一個母親，她只希望自己的女兒平平安安地長大、嫁人生子，和樂一生便足矣。

「雲娘，妳快起來吧！」安清賢示意安松柏將尹雲娘扶起來。「我安家雖家道中落，於亂世中避居鄉野，但祖訓不忘，家規猶在，對待任何一個安氏族人都是寬厚仁德，不會將其置於危險之中，何況玉善還是我嫡親的姪孫女。」

與山下村其他異姓村民不一樣，安氏一族的族人十分團結和睦，而且很多族人都是識文斷字的，只不過安氏一族有祖訓：男不得入仕途，女不得入後宮。

當年正因為有安氏女違背祖訓入宮為妃，其兄弟入朝為官，攪動風雲，結果連累天下安氏都受其害，帝君一怒，血染萬里，能在那場浩劫中活下來實屬不易。

「松柏、雲娘，玉善過了神氣這件事情越少人知道越好，你們回頭也要叮囑她，在人前儘量不要表現出異常。我看這孩子眼眸清明有神，眉宇之間靈慧聰穎，怕是瞞不了太久，但萬事不說破，咱們全當這孩子通了心竅變聰慧了。」見多識廣的安清賢心裡自有一桿秤，而且這山下村的村民淳樸善良，即便到時候心裡有所懷疑，念著同村的情分，也不會多說什麼。

「是，大伯。」安松柏和尹雲娘也是如此想法。

到了隔日，安玉善見家人對自己沒什麼異樣，神色如常，她心裡也放下一塊大石。

昨日安清賢三人一會兒讓她唸書，一會兒讓她寫字，一會兒又故意考她連他們都不知道的醫術，讓她開始對安家有了另一番認識。窮鄉僻壤、連飯都快吃不起的安家人竟然文房四寶齊備，而且還會舞文弄墨，真是太奇怪了！

「玉善，妳爹和妳大姊、二姊、三姊都下地幹活了，娘把妳送到老宅，中午妳就在老宅吃飯，娘待會兒還要去妳孫大娘家再幫幫忙。」尹雲娘用一塊破木板擋住院門，然後拉著安玉善往老宅走。

剛走到老宅，門還沒有推開，兩人就聽到裡面傳來打罵之聲。

「你個渾孩子，就知道禍害東西，你知道現在糧食有多貴嗎！」老宅院裡，梅娘一手拿著短掃把，一手拉著自己的小兒子安齊武，朝著他的屁股狠狠地抽著。

尹雲娘趕緊推開門把安齊武護在自己身後，一把奪過了梅娘手裡的掃把。「梅娘，妳怎麼下這麼狠的手？孩子還小不懂事，妳可以慢慢教，打這麼狠妳就不心疼？」

「嫂子，這孩子不打不行，妳看看他幹的好事，那可是家裡僅剩的兩瓢麵粉了！」梅娘心裡是又痛又委屈，說著眼淚也掉了下來。她操持一個家容易嗎？

尹雲娘和安玉善順著梅娘手指的方向一看，本來盛水的小木桶裡放了兩瓢玉米粉，全被攪成了黃黃的稀麵粉。

「可妳也不能這樣打孩子！」尹雲娘看著被禍害的玉米粉也是心疼，可一想到安齊武這孩子早些年上山磕破了頭，如今是個癡傻的，哪裡還忍心責怪？

「梅娘，妳別打齊武了，說他兩句就是！」屋內，躺在床上的鄭氏也是愁苦一嘆。

這些年來，她自知這病體拖累家人，好幾次都想死了算了，要不是當初兒子和兒媳跪了一地，她也撐不下來。

「嬸娘，這木桶和水都是乾淨的嗎？」安玉善把自己的小哥哥安齊武也護在身後。

她已經知道這孩子的腦袋是有問題的，而且剛剛拉他手的時候，她乘機給他把了一下脈，這孩子似乎是瘀血不清。

「玉善也來了？」梅娘慌忙擦了擦眼淚，有些不好意思。「這都是乾淨的。唉，中午的時候只能用來燒湯了！」

這稀麵粉是怎麼都捨不得扔的，哪怕是撒在地上也要撿起來吃，誰教這年頭收成不好，地裡刨不到糧食，外邊又賣得貴。

「嬸娘，我看這麵粉挺多的，用來做煎餅如何？」安玉善笑著問道。

「煎餅？是用豬油烙的餅子嗎？別說這麵粉不成，家裡可是連油都不夠了。」梅娘苦笑一聲，心想肯定是玉善這孩子也嘴饞了。

「嬸娘，不是的，一點點油就可以了。」安玉善走到水桶那裡看了一眼。「這玉米粉是有些稀了，要是再加一些麵粉，做成糊狀就行，家裡有攤餅的平底鍋嗎？」

「誰家做飯用平底鍋呀？就是用油攤餅都好些年沒人捨得了，不過家裡有一塊鐵板，是妳二叔以前在鎮上打鐵的時候用來抵工錢的。」梅娘想了一下說道。

「在哪裡？我能看看嗎？」安玉善問道。

要是在以前，尹雲娘和梅娘都不會把安玉善一個小丫頭的話放在心上，可現在不一樣，這孩子過了神氣，懂的自然是比其他人多些。

「咱們家還有些高粱麵粉，要是能用我就去拿來。」如果真能攤成煎餅，這玉米粉也不會浪費了。

「能用。」安玉善回答完尹雲娘，就見梅娘已經找到了那塊用來蓋水缸的鐵板，雖然邊緣不規則，但是很平整，用來攤煎餅正適合。

「玉善，妳看這鐵板怎樣？」梅娘用身上的補丁圍裙擦了擦。

「嬸娘，這鐵板很好，只是不能乾吃煎餅，總要配點什麼菜才好，還可以燒個魚湯。」安玉善笑著說道。

「就像妳昨日蒸的那條魚？那敢情好，妳奶奶吃了那魚，說是不但好吃，覺得身上也有勁了呢！」梅娘是個賢慧的，這些年照顧癱在床上的婆婆，雖然辛苦卻沒有怨言。

「那今天我就多蒸幾條。娘，我和您一起回去吧，蒸魚還需要別的東西呢！」安玉善來了興致，她可是好久沒吃飽過了。

「好，那妳和娘一起回去。」尹雲娘心下已經猜到，安玉善應該是要回去拿那些草藥。說來還真是神奇，安松柏昨天吃了一頓藥用蒸魚，晚上又喝了安玉善配好的藥草煮的藥汁，早上起來風寒就好了大半，吃完早飯又喝了一次藥汁，竟然生龍活虎地扛著鋤頭下地了。

尹雲娘又帶著安玉善回到自家，她用小布袋舀了兩大瓢的高粱麵粉。老宅日子也不好過，這些年要不是有梅娘這個任勞任怨的妯娌在，她的日子怕是更難過。

安玉善將曬蔫的藥草都裝在一個小挎籃裡，然後和尹雲娘再次去了老宅，而尹雲娘放下東西就去孫大娘家幫忙了，梅娘則正在刷鐵板；比安玉善還大一歲、實則心智只有四、五歲的安齊武已經去河邊捉魚了。

別看他腦袋不中用，不但游泳技術好，捉魚也是一等一的好手。

安玉善見老宅院子裡有個壘好的現成爐灶，而且上面沒有鍋子，把鐵板放上去正好適合，下面燒上火，一個簡易的攤煎餅的鏊子就弄好了。

安玉善先把麵粉攪成糊狀，用乾淨的布沾上油水代替刷子，從廚房找來鏟子，再用一個齊整乾淨的長木頭代替筢子，待攤煎餅所需要的東西都準備好之後，梅娘生起火，安玉善先試著攤第一個煎餅。

「真沒想到玉善妳的心思這樣巧！」看著在安玉善手下變成薄如紙張的麵餅，梅娘是又驚又喜。

「我這也是瞎琢磨來的。」安玉善不好意思地笑著說道。「嬸娘，我個兒矮，要不還是您來攤吧，我來燒火。」

「好，嬸娘來！」梅娘本意也是如此。她會烙餅，可攤這麼薄的煎餅也是頭一次，好在試了兩次就攤得有模有樣了。

就在安玉善和梅娘興高采烈地攤煎餅時，山下村村東頭的孫氏家卻炸開了鍋。眾人怎麼都沒想到，迎親拜堂之後，這送進裡屋洞房的新娘子竟然被李代桃僵了。

「這個挨天殺的老乞婆、喪盡天良的臭婆娘，竟然做這等缺德事！」孫氏原本就是個好強的農家婦，她膝下有一子二女，為了兒子的婚事，可謂是煞費苦心，這次更是把全部家底都掏了出來備彩禮。

可她怎麼也沒想到，那張媒婆和錢氏竟然聯手擺了她一道，說是要把錢氏的大女兒許配給自己的兒子林大壯為妻，結果嫁進林家的竟然是錢氏那死了爹娘的啞巴姪女，連帶著在縣衙登記造冊的婚書也成了啞巴新娘的名字。

孫氏一家如今是有苦說不出。剛才孫氏的丈夫林石已經帶著村裡的幾個後生去李家莊鬧了一通，可錢氏撒潑打滾反咬說是林家耍賴，這縣衙婚書上寫得明白，林家要娶的是李妙，根本不是她的女兒李嬌。

歡歡喜喜迎進門，又熱熱鬧鬧拜了堂，結果新娘被掉包，現在婚也不能退，彩禮錢更要不回來，好好的一場喜事變得愁雲慘霧起來。

「孫大嫂，妳別氣壞了身子，事到如今，就算到縣老爺那裡打官司，也是咱們吃虧不是？」性子沈穩的陳氏是安清賢的大兒媳婦，也是安家的長媳，更是秀才之女，她說的話在山下村的女人之間頗有分量，也令人信服。

「可我怎麼嚥得下這口惡氣？為了給大壯成親，我把二花的嫁妝銀子都拿來用了，我對不起兒子，也對不起女兒！」孫氏又是愧疚又是惱恨，淚水從沒有斷過。

「娘，您這說的是什麼話，那錢是我願意拿的，您也別哭了。說實話，我還真不希望那什麼李嬌當我的嫂子呢！以前我怕您罵我嘴碎就沒說，那一看就是個心大的，哪能安心在咱家過苦日子？」林二花拿來一盆乾淨的水給孫大娘擦臉。喜事變醜事雖說滿心憤懣，但就像陳氏說的，就是打官司，自家也占不到理。

村中相熟的婦人又安慰了孫大娘一番，這才各自返回家中，而孫氏一家也不得不認下那同樣身世可憐、不會說話的啞巴媳婦。

「以後咱們家孩子說親，可不能找那個張媒婆！」安家二房安清順膝下有一子一女，此時從孫氏家回來同陳氏和尹雲娘說話的，便是安清順獨子安松樹的妻子丁氏。

尹雲娘點點頭，又看向了陳氏。「大嫂，齊明今年都十六了，這婚事是不是要抓緊了？」

陳氏輕嘆一聲。「是要抓緊了，只是這兒媳婦不好找呀！」

陳氏的大兒子安齊明自小便由安清賢教養長大，雖然家中清貧，可安家的男兒個個聰穎，安齊明又熱愛讀書習字，如果參加科舉考試，怕早就是秀才了，只是有祖訓在，他就算是滿腹經綸也只能困在這窮山溝裡。

安清賢、安清順和安清和是一母同胞的三兄弟，三家的老宅院子在村中相連，只是彼此隔了一道牆，各房分家之後雖不住在一起，但逢年過節也會在一處吃團圓飯。

尹雲娘一推開三房老宅的院門，撲鼻的清香讓她忍不住深吸一口氣。「這可真香！」

「嫂子，妳怎麼這麼快就回來了？新娘子好看嗎？」梅娘正挽起袖子攤煎餅，剛才煎餅裡還捲上她醃製的蔥花。

尹雲娘見攤煎餅並不難，就讓梅娘歇一會兒，她來試試，然後便把孫氏家新娘子被換一事告訴了梅娘。

「孫大嫂這次怕是要懊惱壞了，好不容易將兒媳婦娶進了門，卻是個無所依靠的啞巴。唉！」梅娘也跟著感嘆一番。

「這年月人心都壞了！好在我聽說那個叫李妙的姑娘雖然是個啞巴，但也是個勤快的姑娘，家裡好像還有兩個弟弟，也是個可憐人。孫大嫂是個心善的，應該不會苛待了人家，只是……」這件婚事始終是卡在孫氏心中的一根刺，尹雲娘想著新娘子估計也要忍受幾天婆婆的壞臉色，保不齊林家人還以為這件事情是李妙和錢氏合謀的呢！

「各人各命，這也是沒辦法的事情。」除了感嘆幾句，梅娘也不知道能說些什麼。

安玉善正在廚房裡燒火蒸魚，不過院子裡梅娘和尹雲娘的對話她還是全都聽見了。這個時代的女人總是命苦，但她還是想要緊緊掌握住自己的命運。

其他的事，她現在籌謀尚早，倒不如趕緊想一想怎樣掙點錢買一套銀針，先把家裡這老老小小的病給治好才是最要緊的。

「妳們這是做什麼呢？可真香！」昨晚上就出去打獵的安松烈拎著幾隻野雞和野兔子回來了。天將山最多的就是這兩種野物，他都快一天沒吃飯了，此刻聞到這食物的香味，不禁吞了一下唾沫。

「這是煎餅，那裡面有我剛弄好的鹹蔥，你捲在煎餅裡吃，可香了！」

「煎餅？」安松烈把獵物隨手放在院子裡，而這時梅娘已經捲好一個遞給他，安松烈迫不及待地張大一口咬下去。「真好吃！」

「相公，你去田裡把爹和大哥他們都叫來老宅吃飯吧！」看著自己的丈夫吃上一口熱的，梅娘心裡也是暖暖的。

「好咧，我這就去！」

一頓雜糧煎餅配魚湯，安家三房的人都吃撐了，安松烈的兩個兒子安齊文和安齊武更吵嚷著天天都要吃。

梅娘和尹雲娘攤的煎餅還剩下許多，安清和就讓她們分別給安清賢和安清順兩家都送去一些，陳氏和丁氏也各送了一碗肉菜當回禮。

開春進山打獵的人多了，山下村的百姓能吃上肉並不稀奇，只是糧食一天三漲，米麵反倒更金貴。

第四章 嘔吐急症

一晃又是半月有餘，春暖花開，就連懸壁山的崖壁上都掛滿了綠意，滿山滿谷的花花草草在春風的吹拂下蓬勃生長，潺潺流水洗淨了磨白的河底石，靈動的大魚小魚躲著孩童的追逐。

安玉善是再也坐不住了。這段時間以來，她利用做飯的機會加入藥草，自己的身體已經將養得差不多，就是安家的老老小小臉上也都沒了病態，多了健康的紅潤。

只是尹雲娘和安松柏總是以她年齡小、身子弱為藉口，不讓她進山。

「玉善這是怎麼了？小臉懨懨的，不會是身體又不舒服了吧？」傍晚耕田回來，安松柏看著院子裡神情沮喪的小女兒，走到廚房問尹雲娘道。

尹雲娘透過廚房的門瞧了在院中扒拉著雜草的安玉善一眼，對疑惑的安松柏一笑。「還不是因為我不讓她去山裡，抓耳撓腮的急得都要火上房了。」

聽著妻子打趣小女兒，安松柏也是無奈一笑。「玉善既然與藥草有緣，咱們雖為了她著想有些拘著她，可也別把孩子憋壞了。我今天去老宅，聽爹說自從玉善每日裡去給娘敲打身體，又給娘熬藥汁喝，娘說就算不燒炕，這雙腿也是暖的呢！」

「真的？」鄭氏的腿癱了也有十年了，而且一年四季都是涼的，以前不是沒找大夫瞧過，但都說治不好了，尹雲娘聽到她的腿這才短短幾天就變暖，著實大吃一驚。

安松柏別有深意地朝她點點頭，又小聲說道：「爹說了，老仙醫既然收了咱家玉善做弟子，菩薩又給她兩次續命，那定是有用意的，咱們還是儘量多順著玉善一點。」

尹雲娘了然地點點頭。自從知道安玉善有可能過了神氣，她這個當娘的其實沒有睡過一次好覺，真不知道該怎麼辦才好？

當天吃晚飯時，安松柏告訴安玉善第二天要親自帶她進山，她興奮極了，睡覺的時候都掛著滿臉的笑容。

次日，天空剛剛露出魚肚白，安松柏就帶著安玉善和安玉冉兩個女兒進了天將山，三個人都揹著一個背簍，安松柏的背簍裡還有一個小鐵鏟，安玉冉則是拿著鐮刀。

一進入天將山腹地，安玉善就嘰嘰喳喳忙開了，很是自然地「吩咐」安松柏和安玉冉做事。

「爹，這種外皮褐色、有點甜味的是甘草，它的根和根莖可以入藥，具有祛痰止咳、清熱解毒、補脾益氣的功效，您小心點，咱們多弄一些回家。」安玉善沒想到在天將山低矮陰暗的後山坡會遍布甘草，這可是良藥呀！

「爹知道了，爹一定不弄壞它的根。」在山中看了幾十年的雜草突然成了良藥，安松柏半信半疑之中也滿是感慨。老一輩人常說這大神山脈裡的山都是神山和寶山，以前沒人信，但安松柏現在卻是有些信了，他的病不就是這些雜草治好的嗎？

「小妹，這個也是藥嗎？」安玉冉找了一圈，發現一株同旁邊綠草不一樣的小草，頗有些激動地問道。

「那個不是，不過它旁邊的這一大片都是。」安玉善小跑到安玉冉身邊，順手就拔起了一棵，驚喜極了。「這種應是金毛狗脊，原本應該秋冬採挖，我料想這山土裡還埋著成形的狗脊，二姊，妳挖挖看。」

「好。」雖然安玉冉對金毛狗脊是一無所知，但看到自家小妹興奮的臉，她渾身上下都是用不完的勁兒。

很快地，安玉冉就用鐮刀挖出了山土裡埋著的狗脊，細細看去，那根部還真有些像金毛狗的形狀，以前怎麼就沒發現呢？

在安玉冉繼續挖狗脊時，安玉善又走遠了一些。

在她眼中，這遍地的花草各個都是藥材，恨不得全都弄到自家去，而她站的地方不過是天將山的一個小角落，她想著要是能把天將山逛完，不知能尋到多少珍奇的草藥呢！

不過，她也知道貪多嚼不爛，反正這大山又不會消失，她先把能採的草藥都採回家，然後炮製出最上等的藥材，到時候煉製成丸、熬製成汁或研磨成粉，治病救人也就更方便了。

她的心裡好似有一團火，將她的臉燃燒得似燦爛朝霞般迷人，而安松柏和安玉冉也彷彿受到了感染，父女三人一刻也不停歇，不到兩個時辰，三個背簍竟然全都裝滿了。

「玉善，咱們先回家吃午飯，到了下午，爹和妳二姊再過來，保准把這些藥草都給妳採回去。」安松柏捨不得小女兒受累，兩個背簍一前一後都掛在自己身上。

「爹，咱們村有人會做簸籮嗎？」安玉善本想拿著鐮刀和小鐵鏟，但是安松柏和安玉冉怕她傷到自己，就讓她空著手。

「小妹，妳怎麼忘了，二堂伯就會做呀！他編的竹筐、背簍、簸籮還有竹篦子在鎮上是賣得最好的，二堂伯還專門在後山那邊種竹子呢！」安玉冉嘴裡的「二堂伯」就是安清賢的次子安松榮。

「二姊，那一個簸籮要多少錢？」安玉善現在身無分文，就是自家估計也是沒什麼錢的，前天晚上自家爹娘還說家裡沒糧吃了。

「小妹，妳要是讓二堂伯給妳編簸籮，他肯定是不會跟妳收錢的，到時候我上山去砍青竹給他，讓他順手給妳編幾個就是。其實也不用找二堂伯，齊傑手藝也不錯，讓他來給妳編也行。」安玉冉笑呵呵地道，她嘴裡的齊傑是安松榮與林氏的獨子。

「沒錯，這點小事哪還用得著妳堂伯出手，就讓妳齊傑哥幫妳好了，回頭給他蒸條魚就行。」安松柏也笑了。

「那可是太好了，回家我就去找他！」安玉善腳下走得更輕快了。

安清賢三兄弟光是子女就有十一個，其中老大安清賢是三子三女，除了小兒子安松堂剛說好親，其他的兒女都已經結婚生子；老二安清順是一子一女，皆已經成家；老三安清和是兩子一女，也都已經成家生子。

不過三家子輩中，只有安松柏生了四個女兒，其他兄弟生的都是兒子。

這一段時間與安家眾人相處，安玉善發現這是一個和睦團結的大家庭，幾個堂兄雖然性格迥異，但都是良善之輩。

其中，十二歲的堂兄安齊傑最是鬼馬機靈，人雖然也很勤快，但卻是個十足的吃貨，自從吃過一次安玉善蒸的魚，現在只要逮著空就來求她做吃的。

因此，要想讓這位堂兄幫自己的忙，安玉善還是很有把握的。

只不過，安松柏父女三人剛興沖沖地出了天將山，還沒走到小路上，就有一個健壯的身影急急跑來，來人正是安松達與陳氏的次子，十四歲的安齊全。

「三叔、三叔——玉善！」安齊全腳下生風，跑得飛快，不知道要先喊誰好，安松柏只比安松榮小一歲，在安家來說排行第三。「快點、快點！」

「齊全，這是怎麼啦？」安松柏見安齊全跑得滿頭大汗，一雙炯炯有神的虎目都急紅了。

「三叔，駿哥兒快不行了！」安齊全衝到三人面前大聲說道。

駿哥兒是安清賢二女兒安沛芬的兒子。安沛芬今年二十八歲，十年前嫁給鎮上一個賣酒的商人為繼室，婚後生下一對龍鳳胎。那商人七代單傳，原先正室無所出，得病去世之後託人求娶安沛芬，這駿哥兒可是他們的心頭肉。

安松柏不敢耽誤，將一個背簍給了安齊全，然後拉著安玉善就往村裡跑。現在鎮上沒有看病的大夫，駿哥兒要是得了急症，也只能指望安玉善了。

一行人慌慌張張跑到村中安清賢家裡，滿院子都已經擠滿了人，有安家自己的人，也有左右來幫忙的鄰居。

安玉善剛踏進院子裡，就聽到安清賢家裡的東屋傳來女子呼天搶地的哭聲。

「啊——我的兒呀……駿哥兒，你怎麼扔下娘不管了……嗚嗚……我的兒呀！」

眾人心裡皆是一咯噔。壞了，這孩子怕是沒保住！

安玉善滿頭大汗。她個子矮，見縫插針地擠進東屋的炕床上，安清賢最先看到她，臉上閃過悲痛。「玉善，晚了，駿哥兒他……他……」

安清賢實在是說不下去，這可是他嫡親的外孫，是他女兒和女婿全部的希望呀！

安玉善這會兒也不知道哪裡來的力氣，她麻利地脫鞋爬到炕床上，先翻了翻孩子的眼皮，用手指隔著眼皮輕壓了下孩子的眼球，然後又快速地摒除雜念，靜心地給孩子把了把脈。

還好，這孩子並不是真的死了，只是假死，她想把孩子扶起來，可是安沛芬此時正趴在自己兒子身上痛哭，安玉善只得求助安清賢。「大爺爺，請您先讓姑母讓開一下。」

「玉善，妳這是幹什麼？妳……」滿屋子的大人都被安玉善一連串的動作給嚇住了。她難道還能讓死人復活不成？

「蘭芳、月紅、雲娘，妳們先把沛芬扶起來，其他人都先出去！」安清賢畢竟是見過大場面的，很快就有了決斷，並做出安排。

「爹，我不走！駿哥兒，駿哥兒……」安沛芬眼裡哪還有別人，一心只有她死了的兒子。

陳氏閨名蘭芳，林氏閨名月紅，她們兩個和尹雲娘對視一眼，也不管安沛芬願不願意，硬是把她從炕床上拉開。

幾乎在同一時刻，安玉善將安沛芬的兒子馬駿扶起來，然後蹲坐在他身後，把他的衣服一下子扒了下來，在他背後的幾個穴位用巧勁使力，最後猛地一拍，就聽到「咳」一聲，原本被眾人判定死亡的孩子竟然出氣了！

這如「詐屍還魂」般的震驚場面，當下把幾個還沒退出東屋的村民和安家人給嚇得一哆嗦。

活了！這孩子竟然活了?!

「駿……駿哥兒……」安沛芬、陳氏和幾名婦人都覺得像作夢似的，安沛芬的丈夫馬東更是驚得說不出話來。就在前一刻他還覺得天崩地裂，怎知現在峰迴路轉，他兒子竟然沒死！

馬駿一喘過氣就又開始嘔吐。這段日子以來，無論他吃了什麼、吃進去多少全都吐了出來，馬東和安沛芬還拉著孩子去了峰州府城，幾乎花光所有積蓄，就連酒坊都賣了，但孩子的病還是沒好。

安沛芬趕緊掙開陳氏幾人，跑到炕床上小心翼翼地輕拍著兒子的後背，這東屋因為馬駿嘔吐，味道愈加難聞。

「大爺爺，駿表哥就是這樣一直吐嗎？」安玉善也是一頭的汗水，尹雲娘趕緊把她從炕床上抱下來，給她擦了擦臉，現在一屋子人看她的眼光都是複雜的。

「沒錯，妳二姑母說駿哥兒就是像這樣一直吐，跟府城的大夫拿了止吐的藥，可是吃完了一點用也沒有，人生生地就這樣瘦了下來，人家大夫也說是頑症，治不好的。」安清賢對安玉善說了馬駿的情況，不過看到安玉善一下子就讓馬駿起死回生，他心中又燃起了希望。

「玉善，妳可是有法子治？」

「這嘔吐急症要治也不難。」聽她這樣的大話出口，屋裡眾人竟然沒有懷疑，都熱切地看向她。「只要用生薑、半夏還有茯苓等幾味藥，服下兩劑，七、八天就能好的。」

「玉善，妳說的可是真的？姑母求求妳，救救駿哥兒！」安沛芬一聽，就要哭著朝安玉善下跪，陳氏和林氏趕緊扶住她。

尹雲娘更是放下安玉善，也扶住安沛芬說道：「沛芬，妳這是做什麼？哪有長輩給晚輩行這麼大禮的，這不是要折了孩子的壽數嗎？既然玉善說有辦法治，就讓她試試，大伯，您說是不是這個理？」

「雲娘說得沒錯，咱們都是一家人，別再外道了。玉善，妳說的生薑家裡倒是不缺，可半夏和茯苓……大爺爺我只在書裡聽過，長什麼樣子可不清楚，府城的藥鋪應該有吧？」安清賢年少時讀過的書不少，醫書也讀過半部，可惜沒那個天分。

「那我現在就去府城，玉善，妳給二姑父寫個藥方，二姑父這就去抓藥！」一聽到兒子有救，就是上刀山、下火海，馬東也是沒有二話的。

「好，不過這些藥拿回來之後先讓我看看。」安玉善不知道這個時空的大夫炮製藥材的程度到了哪一步，入口的藥還是自己看過比較放心。

雖然她在天將山裡也看到過半夏和茯苓，可半夏入藥的是塊莖，還要過一段時間才能採挖，馬駿的身體肯定等不到那時候。

「好！」馬東重重地點頭，眼裡的淚光已經被喜悅取代。如果這藥方有用，能保住他兒子的命，玉善就是他馬家的大恩人。

等到東屋裡的人都出去，安清賢便拿來筆墨，安玉善說，他寫，很快藥方就寫好了。馬東拿到藥方之後，安清賢讓小兒子安松堂陪他一起去府城，免得路上出什麼差錯。

死而復生本就是奇事一件，更何況還是一個剛滿八歲的小女孩給看好的，就算安家人心有靈犀，不停地幫忙掩飾，這件事還是悄悄地在村中流傳開來。

從安清賢家裡回來時，安玉善倒是沒什麼，剛才她已經見過安齊傑並拜託他幫忙編簸籮，安齊傑也答應了，還說明天就會先送來兩個。

一到家，她就把三個背簍裡的藥草全都倒了出來，開始專心地整理藥草，安玉冉和小跑回來的安玉若都在院子裡幫她。

安松柏本來也打算幫忙，尹雲娘卻把他拉進了堂屋，一臉的愁眉不展。

「相公，現在村裡可是有不少人都知道玉善會醫術，這可怎麼辦才好？」

「妳別擔心，剛才大伯已經悄悄跟我說了，如果有人問起，就說咱們安家老祖先留下好幾本醫書，玉善自學成才，要是有人問為什麼玉善以前會醫術卻沒治好病，就說她現在才小有所成，這樣一來，就算有玉善不會或者不想治的病症也能說得過去，畢竟她才八歲。」安松柏也不希望別人拿異樣的眼光看自己的小女兒，只想她儘量像一個普通孩子那般成長。

「這樣能行嗎？」尹雲娘還是有些不放心。

「能行，待會兒妳也這樣跟玉璿她們三個說，別讓她們說漏了。」安松柏叮囑道。

尹雲娘點點頭，又抬眼看了看時辰。「這都快下半晌了，玉璿怎麼還沒回來？」

第五章　被逼成婚

正說著，安玉璿就揹著一個小包袱笑呵呵地進了家門，看到三個妹妹都在院子裡擺弄山裡常見的雜草，笑著問：「妳們這是幹什麼呢？」

「大姊，妳又去鎮上送荷包了？有沒有給我買好吃的呀？」安玉若笑嘻嘻地問道。

「呵呵，妳個小饞嘴，玉善比妳小都沒整日裡想著吃。這次大姊沒錢買好吃的，下次一定給妳們買！」說著安玉璿就走進了堂屋。「爹、娘，我回來了！」

安玉璿告訴尹雲娘和安松柏，她和村裡的幾個小姊妹在鎮上的祥瑞閣重新攬了繡香囊的活兒。

為了生活，農家女的手不巧也練得巧了，雖然繡功比不上真正的繡娘，可在布上繡個栩栩如生的梅蘭竹菊或是小魚、小鳥，對於心靈手巧的農家女或者農家婦人來說倒不是很難。

「娘，我和秀兒她們已經說好了，現在山裡都是盛開的鮮花，摘一些香味濃的稍微曬乾裝進香囊裡，每個香囊人家掌櫃的多給一文錢呢！」安玉璿想著只要自己多繡幾個香囊，這家裡的進項就會多一些。

「玉璿，我看那山裡也有香味很濃的綠葉，也不比曬乾的花差。」尹雲娘不是很愛這些花啊草啊的，她只是單純地認為既然要保持香囊的香味，為何不用香味持久一些的東西？

「娘，人家愛的是花，哪看得上草呀？」無論是前北朝還是現在的大晉朝，有錢人家的公子小姐、老爺夫人甚至有點地位的下人，配戴香囊都要求的是花而不是草。

「大姊，若是放藥材呢？」這時一直站在門邊的安玉善突然出聲問道。

「這孩子什麼時候站在門口的？快進來！」尹雲娘見安玉善一手的泥土，趕緊拿條破抹布先給她擦了擦。

「小妹，妳是說在香囊裡放藥材？」安玉璿去得最遠的地方也就是四十里外的峰州府城，可沒聽說過誰家的香囊裡放藥材的。

「香囊裡不是本就該放藥材嗎？」安玉善對此是真的覺得疑惑，她對這個時空的歷史一無所知。這裡風俗人情雖和現代有些相同，但很多又是不同的，這是一個她既熟悉又陌生的地方。

「玉善，妳過來給爹說說，這香囊裡為什麼要放藥材？」安松柏把小女兒拉到自己面前道。

「俗話說：『戴個香草袋，不怕五蟲害。』香囊裡放入具有芳香味的白芷、菖蒲、川芎、蒼朮等中藥，不但能驅除瘟疫、防止毒蟲，還能預防疾病。」這都是最基本的常識，可安玉善發現在山下村甚或在這片天懷大陸，估計知道的都不多。

「這香草袋還真有這等奇效？」經過剛才給馬駿治病，安松柏和尹雲娘已經對安玉善的醫術深信不疑，但安玉璿卻像是聽天書似的，安玉善說的那些藥名她一個都不知道。

「當然了，如果大姊做的香囊不但香，還有治病防病的功效，不就能賺更多錢了？」安玉善現在守著群山不怕沒藥材，可她手裡沒銀子，總要利用這些藥材賺一點才行。

「如果真是這樣，還真不愧是一個好法子。」尹雲娘一聽能貼補家用，也有了極大的興致。

「真的能行嗎？」安玉璿也有些躍躍欲試。「可真要是有此等奇效，那別人拆開香囊，不就一下子能學會了嗎？」

聽到安玉璿提出這個疑問，安玉善心裡不得不對她這個大姊高看一眼。這亂世下的善人可是不易做的，能活命才最重要。

「大姊，不怕，我們將藥材煉製成藥丸，把它放在荷包裡，這樣別人就偷學不了了。」安玉善跟著怪老頭師父學了十年的正宗中醫，也學了不少雜七雜八的「邪門歪道」。這煉製藥丸雖然不是邪道，不過也不是什麼人一學就會，就和炮製藥材一樣，有些乃是不外傳的秘技。

「這事先不急。玉璿，妳也別往外說，回頭我找妳爺爺商量一下。」安松柏做事一向謹慎，現在最重要的是安玉善懂醫術這件事會引起多大的風波？自家還是低調一些好。

「爹，這是咱們自家的事，我誰都不會說的。」安玉璿笑著說道，她知道事情輕重。

安松柏和尹雲娘頗有些忐忑地過了四、五天，發現村裡人也沒有多說什麼，即便馬駿吃下馬東抓回來的藥，一劑就大好，也只是感嘆那麼幾句，似乎全村的人都心有靈犀地要幫著安家守著這個秘密。

這其間，安玉善則是成了天將山的常客，有時候待在山裡一天都不回家，幫她採藥的人從安松柏、安玉冉一下子又增加了好幾個。安齊全、安齊文、安齊武還有安松樹與丁氏的兒子安齊志，安齊傑則是手不停地編曬藥材的簸籮；至於安玉善的大堂兄安齊明則一直在峰州府城的書院讀書，半年才回家一次。

而在馬駿住在山下村完全痊癒的這天，去鎮上祥瑞閣送香囊的安玉璿卻出了事。

「怎麼樣？玉璿還沒消息嗎？」

老宅裡，尹雲娘坐立難安，心急如焚，不停地往門外瞧。

今天早上，安玉璿和同村的幾個姑娘去鎮上送香囊，沒想到在祥瑞閣裡，一個峰州府城來的登徒子看上了樣貌出眾的安玉璿，更膽大包天地把她綁走了，現在都已經近午時，還是音信全無。

安玉善乖巧地陪在尹雲娘身邊。來到這裡她無權無勢，大姊出事她竟是一點忙也幫不上，這種無力感和挫敗感讓她攥緊的拳頭都散發出灼人的熱氣。

上一世，她只有怪老頭一個嚴厲的親人，從未體會過父母之愛與手足之情，一門心思也只在行醫救人上。可現在不一樣了，她不能只埋頭在藥材堆裡，她必須強大起來，只有這樣她才能守護這一世的家人，保護自己這貧弱的家園。

現在她能做的就是祈禱上蒼保佑她的大姊平安無事，否則上天入地她也要討回這個公道，讓害她家人的人付出千倍萬倍的代價，不死不休！

「雲娘，妳別急，爹和二叔已經帶著咱家的男人們去了鎮上和府城。安家雖然沒落了，可在府城還是有說得上話的朋友在，不管那人是誰，這朗朗乾坤也是容不得惡人猖狂的！」

陳氏心裡也是著急，但面上鎮定，不停地安慰著尹雲娘。

「大嫂說得對，雲娘，妳先別自己嚇自己，玉璿也不是個傻的，許是秀兒她們沒把事情說清楚，也沒那麼嚴重，不會有事的。」雖是這樣說，但林氏心裡也是忐忑不安。

安家的女人就這樣相互安慰著，可隨著時間毫不留情地流逝，彼此心底的那塊石頭也越沈越深。

府城離山下村有四十里路，平時步行兩個時辰就到了，安清賢他們這次是坐馬車去的，按理說會更快，可現在太陽都西斜落了山，晚霞都要燒沒了，人影兒還是不見一個。

村尾的安家小院裡，安玉若有些怯怯地坐在院裡的樹墩上，尹雲娘還在老宅；陳氏讓她們三姊妹先回家等著，可一回到家，二姊安玉冉就從廚房裡拿出一把菜刀，使勁地在磨刀石上磨著，那眼神還陰森森的。

更讓安玉若害怕的是小妹安玉善，一張小臉如千年寒冰似的，回到家就開始搗鼓她那些草藥，而且還不許她靠近。

「小……小妹，妳……妳在製什麼藥？」院子裡，安玉冉磨刀的聲音太瘆人了，旁邊的鄰居家又離得遠，安玉若縮了縮脖子，想找安玉善說說話，打破這可怕的窒悶。

「毒藥。」安玉善眼神平靜無波，幽深得看不清她在想些什麼。

她這冷冷的兩個字讓安玉冉停下了磨刀的動作，愣著抬眼看了她一下，安玉若更是嚇得被自己的口水給嗆到了。

「咳……小妹，妳說著玩的吧？」安玉若不信地道。

「三姊，我是認真的，這的確是毒藥，所以我才不要妳們靠近。」怪老頭醫毒雙絕，她更是青出於藍而勝於藍，只不過怪老頭曾讓她發誓只准救人不准傷人，尤其不准用毒害人，除非為了自保。

非常時期行非常事，她現在所處的已經不是那個和平法治的世界；再說，當年去戰亂區做無國界醫生的時候，她就已經違背過誓言，更別說是在這個弱肉強食、不把人命當回事的古代了。

「小妹，不准做了！」安玉冉猛地扔下菜刀走到安玉善的身邊，把她拉了起來，然後一臉嚴肅地看著她。「大姊要是出了事，二姊就去宰了那人，以後妳們就在家好好孝順爹娘。小妹，爹娘還要指望妳呢！」

安玉若此刻覺得自己有些沒用。大姊下落不明，二姊磨刀要去殺人，小妹製毒怕也是要殺人，那她要做些什麼呢？就是在這一刻，安玉若才真正開始長大的。

不等安家姊妹「磨刀霍霍向惡霸」，先回來報信的安松堂已經氣喘吁吁地跑到了老宅裡，他累得差點趴到地上，安家的女人們卻呼啦一下子把他圍了起來。

「松堂，玉璿可是有消息了？」

「玉璿有沒有出事？你倒是說句話呀！」

「快說呀！」

安家的女人七嘴八舌地把問題全都砸向安松堂，他大喘一口氣，使勁說道：「我的嫂子們，妳們倒是容我喘口氣，玉璿她沒事，沒事！」

一聽安玉璿沒事，屋子裡的女人們全都鬆了一口氣，緊繃一天的神經終於能紓解開來。

「只是……」安松堂臉上又露出為難的神色。

「只是什麼？玉璿她是不是……」尹雲娘又被安松堂的話給弄得全身緊張起來。

「三嫂，不是妳想的那樣，玉璿沒被人怎麼樣，她是被齊明的朋友給想法子，從那惡人的手中救了下來，只是她……她已經被逼著和別人成婚了！」安松堂一咬牙，梗著脖子說道。

「松堂，你……你說什麼？」尹雲娘只覺得全身癱軟，再無一絲力氣，離得最近的陳氏和梅娘趕緊扶住差點暈過去的她。

「松堂，這究竟是怎麼回事？你不要話說一半，看把你三嫂嚇的……快詳細說說！」陳氏有些責怪地看了安松堂一眼，接著把尹雲娘扶到椅子上坐了下來，這個時候先把事情弄清楚再說。

別看安松堂人活泛，膽子也不小，還有點兒小孩子心性，但平時挺怕他這個嫡親的大嫂陳氏，所以他喝了一口林氏端過來的水，就趕緊將在府城發生的事情原原本本地告訴了尹雲娘幾人。

「幾位嫂子，把玉璿擄走的那人叫許榸，他也不知道怎麼突然來到咱們這鎮上的祥瑞閣，看到玉璿長得漂亮，就把人給綁到了府城許家，幸虧齊明一個朋友正巧在許家做客，他曾經得過齊明的恩惠，又曾看過玉璿去府城書院找過齊明，所以就趕緊派人去書院找齊明……」

「等等，松堂，你說的那個許榸，可是給敵軍打開峰州城門的現任峰州知府的兒子？」陳氏瞳孔一緊。那可是個有仇必報的陰狠主兒。

「什麼！就是那個把『山魚繡莊』許家害得家破人亡的知府的兒子?!」丁氏也差點尖叫出聲。

這許傑父子在峰州的名聲可是連山野小民都如雷貫耳的，當然這「名」自然是人人唾棄的惡名。

兩年多前，大晉朝官兵以破竹之勢直攻北朝各州，其中峰州官民眾志成城，誓不做亡國奴，打算要與攻城的敵軍拚死一戰。

可誰都沒想到，當時只是一個名不見經傳的守城門小吏許傑，為了獲得名利權勢，竟然趁著夜深人靜幫敵軍打開了峰州城門，要不是前來攻城的領兵大將軍嚴令不許傷害城內百姓，怕是峰州城內就要血流成河。

即便如此，睚眥必報的許傑父子一朝得勢就開始假借消滅亂黨的罪名四處抓人、殺人，試圖威懾沸騰的民怨。

令人沒有想到的是，許傑父子最先對付的，竟然是對他們有救命提攜之恩的本家親戚「山魚繡莊」許文之家，只用了一個月不到的時間，峰州當地百年望族許家就換了家主，山魚繡莊更是被一把大火燒得乾乾淨淨。

現在的峰州是許傑父子的天下，老百姓就算再不齒這對小人父子的嘴臉、痛恨他們賣國求榮的卑劣行徑，終究是一腔悲憤化為流水，無可奈何。

許棟自從翻身之後，好色紈袴的他不知道禍害了多少好人家的姑娘，安玉璿落到他手裡，不說清白能保，命能保住就不錯了。

「松堂，你……你接著說，我……我能挺得住！」尹雲娘早就被安松堂說出的一連串消息震得麻木了。如花似玉的女兒落到那惡賊手中，怕是這一生都毀了……

安松堂見幾位嫂子臉上都是灰敗憤恨之色，知道她們一聽到許棟的名字，就不相信安玉璿真的沒事，急忙說道：「三嫂，妳們都別急，玉璿依舊清清白白的。妳們也應該知道，許傑父子最信鬼神之言，他們身邊不是有個烏半仙嘛？那人說玉璿是個『煞神女』，誰離她近誰倒楣，結果烏半仙這話剛說完，許家後宅就莫名其妙著火了。」

沒想到是這樣柳暗花明的翻轉，陳氏趕緊追問：「那後來呢？」

「許傑父子最信這烏半仙的話，那許棟也是個心思狡詐的，竟然把玉璿硬配給了山魚繡莊已經淪為乞丐的殘廢三少為妻，連婚書都給他們在知府衙門辦好了。」這裡安松堂省去了一些話沒說——許傑父子原本是要殺了安玉璿的，免得以後她煞到他們，可也不知那烏半仙說了些什麼，最後就變成把安玉璿嫁給原山魚繡莊的三少許誠了。

「這……」安家的幾個女人面面相覷，面對這種情況，一時間也不知道該說些什麼。

好在一個半時辰左右，安清賢一行人就帶著安玉璿回到了山下村，同行的還有那位苟延殘喘的許家三少許誠和他毀了容的小妹許雲。

九死一生的安玉璿見到尹雲娘幾名婦人，不禁大聲痛哭，這短短一天的經歷讓她在生與死的邊緣幾度徘徊，如今活著見到親人，她只想發洩出所有的害怕與委屈。

安玉冉三姊妹見到平安歸來的安玉璿，也是又哭又笑。不管過程如何驚險，好在最後人沒事。

直到當天晚上，安玉善才知道她大姊安玉璿已經被許棲硬配給了一個斷了腿的乞丐，還附帶一個毀了容的拖油瓶妹妹，而依照安清賢和安清和的意思，現在安家是惹不起許家的，更何況婚書也有了，為今之計，也只能替兩人操辦婚事。

第六章　姊妹談心

「我可憐的女兒，真是苦了妳了！」東屋炕床上，尹雲娘拉著安玉璿哭得肝腸寸斷。這真是飛來橫禍，原本還以為家裡的日子會越過越好呢！

「娘，您別傷心，」白天痛哭幾場過後，現在的安玉璿雖然眼睛紅腫，可她也是個拿得起放得下的人。「回村的路上我已經問過那許公子，如果他願意做安家的上門女婿，別管他是瘸子還是瞎子，我都真心實意嫁給他，拿他妹妹當自己的親妹子。反正我也想通了，比起被許槤那個畜生禍害，嫁給一個乞丐又算什麼？」

「玉璿，我的女兒……」聽到安玉璿這樣說，尹雲娘更是心疼得摟著她哭了起來。她這懂事能幹又心善的女兒本該有一門好親事，如今卻要嫁給那樣一個人為妻，她這個當娘的心裡就更加難受了。

「雲娘、玉璿，妳們別哭了，大伯和爹說明天就在咱們院子旁邊再蓋一個小院，以後玉璿他們就住那裡。事已至此，說些別的也沒用。」安松柏這一天在府城裡也是提心吊膽，那許傑父子實在是厲害人物，現在城門樓上還掛著好幾顆逆犯人頭。

這一夜，安家的老老小小都沒睡踏實，許誠、許雲兒兄妹二人也是一夜無眠。他們暫時住在了安清賢家裡，好心的安家人還給他們洗了澡、換了衣服，雖說農家院簡陋，總比這兩年餐風宿露強太多了。

第二天一大早，許誠還躺在床上時，就聽到猛地有人大力推開門，他心下一沈。

這門婚事原就是不情不願的，那安玉璿又長得貌美如花、和善大方，比之富家千金也絲毫不差，她家裡人又怎會真的讓她與自己這個殘廢成婚呢？

「你就是那個要娶我姊姊的乞丐？」安玉冉說話絲毫不客氣，她手裡拎著一把明晃晃的小匕首，臉上晦暗不明。

「二姊，一看他這個怪樣子就是了！我不要他當我的大姊夫，他根本配不上大姊！」安玉若毫不掩飾自己對許誠的「不欣賞」。

只有安玉善沒有說話，只是很認真地打量著已經半坐起身的許誠。雖然鬍子拉碴、一身病態，但這人眼中藏著深沈，家破人亡還能忍辱負重活這麼長時間，可見是個有韌性的。

「哎喲，我的三位小祖宗，你們這一大早是要幹什麼？玉冉，還不把那嚇人的刀子收起來！」林氏緊跟著就跑進來。這三個來勢洶洶的姪女哪是看什麼乞丐姊夫，分明是來給人家下馬威的。

「娶我姊，他不行！」安玉冉冷冷地瞅了許誠一眼，滿是不屑。

「伯娘，我不要他當我大姊夫，我大姊那麼好，可他是個瘸子，還是個要飯的乞丐。」安玉若冷哼著瞪向許誠。

「我三哥不是乞丐，我不許妳這樣說他！」許雲紅著雙眼也跑進了屋裡，護在了許誠的面前。

這兩年多來，她與哥哥許誠相依為命，彼此安慰鼓勵，天地之間他們是唯一的親人，要不是立志為冤死的家人報仇，他們兩個怕是早就死了。

「一大清早都鬧什麼？玉冉妳們給我出來！」安清賢站在自家院子裡冷斥道。

林氏一聽自己公公生氣了，趕緊把安玉冉和安玉若都拉出了許誠的房間，不過安玉善卻是安靜地站在角落裡沒離開。

「三哥！」許雲縱使再委屈也沒有落淚。三哥說了，無論多苦，他們都沒有哭的資格，家人的血海深仇還沒有報呢！

「雲兒，三哥沒事。」許誠苦笑搖頭安慰著自己的小妹，又抬頭看向房間陰暗角落裡一直默默站著的那個小人兒，那雙琥珀般晶瑩的眼睛直視著他，竟讓他感到一股壓力。「妳是誰？」

「我叫安玉善，安玉璿是我的大姊。」安玉善無害地笑著走近許誠和許雲一些，此時的她看起來就像個天真可愛的小姑娘。

「妳也不想我娶妳大姊吧？我……的確是配不上她。」許誠想著，如果自己還是山魚繡莊春風得意的許家三少，沒人會說他配不上安玉璿吧。

「你現在的確是配不上我大姊。」安玉善微微一笑，尤其強調了「現在」兩個字。「不過，也因為你的存在，算保住了我大姊的一條命。」

許誠雙眼一怔，這小姑娘話裡有話。「照妳這樣說，我算是妳大姊的救命恩人了？」

沒想到安玉善輕輕搖頭。「因為大姊的存在，你和你妹妹才有地方住、有東西可以吃，誰都不欠誰的。我大姊是個好姑娘，你能娶她很幸運。」

說完這些，安玉善扭頭就離開了，留下一臉沈思的許誠和不明所以的許雲。

當尹雲娘得知安玉冉她們三個一大早就去了安清賢家裡找許誠，而且安玉冉還拿了刀子，回家拿著掃把就把她給打了一頓。

她雖然為大女兒不值，可安家不是那等勢利小人，她尹雲娘的女兒也不該是那種沒有同情心與善心的冷漠之輩，是非愛憎總要分明才是。

「娘，您別打二妹了，妹妹們都是為了我好。」安玉璿護住安玉冉道。二妹是個倔性子，認準的事情誰說都不管用。

尹雲娘又哪裡不知道是這個原因，只是聽安松柏說那許家兄妹也是個可憐人，這時自家若再做那落井下石的事情，就沒了良心道義，菩薩也是不答應的。

「我去山上採藥。」安玉冉見尹雲娘不打她了，扭頭拿著一個背簍，悶哼哼地出了家門。

「二姊，我也去！」安玉若左瞅瞅、右看看，也趕緊拿著背簍跟了上去。

「娘，我去勸勸二妹吧！」安玉璿心裡也不好受。她的婚事就這樣草率地被人作了決定，曾經心中期許的那些美好都成了泡影，但日子總要過下去，她不怕。

三個女兒都離開家門之後，尹雲娘眼裡的淚水哪裡還忍得住？直到一雙小手輕輕替她擦著眼淚，她才驚覺這院子裡還有小女兒在。

尹雲娘也委屈，一把抱住安玉善，在她稚嫩的懷裡痛哭起來，安玉善小手輕拍著她的後背，什麼話也沒說。

「雲娘，妳這是怎麼了？」陳氏、丁氏來看尹雲娘，發現她半跪著抱著安玉善在哭。尹雲娘慌忙在安玉善的衣服上擦乾眼淚，臉上帶著笑。「嫂子、紅梅，妳們來了？我沒事，只是被沙子迷了眼睛。」

「好了，我們還不了解妳嗎？」陳氏和丁氏都知道尹雲娘心裡是難過的。「玉善，今天怎麼沒進山呢？我聽說山裡又有好些花開了呢！」

安玉善知道陳氏和丁氏應是有話要單獨和尹雲娘說，所以才要把她支開，她自己也識趣，拿著小挎籃進了山。

當然，進入後山之後，她不是真的去採什麼花草，而是找三位姊姊。她繞過小山頭，發現安玉冉、安玉璿和安玉若就坐在小河邊說話。

「小妹，妳怎麼來了？」看到安玉善跑來，安玉璿有些驚訝地問道。

「大伯娘和四嬸娘來找娘說話，我就來山裡找妳們了。」安玉善笑呵呵地在安玉若身邊坐了下來。

「小妹，妳覺得那人怎樣？」安玉善一坐下，安玉冉就抬頭問她。

安玉善明白安玉冉口中的「那人」指的是許誠。她看了看安玉璿，她的眼中似乎也有此疑問，想了一下說道：「還行吧！」

「還行吧？這是什麼意思？」安玉冉有些氣悶地拿起一塊小石頭扔進河裡，濺起了一些水花。

「大姊要是嫁給他，一不用受公公婆婆的氣，二沒有兄弟家人搶奪良田家產，三也不用擔心會受欺負，因為他和他妹妹要是敢欺負大姊，二姊和三姊肯定不會放過他們的，爹娘也肯定會給大姊撐腰。」安玉善很是直白地說道。

誰知她一說完，安玉冉先忍不住「噗哧」一聲笑了，頗有些「嘲諷」地說道：「他就是個一無所有的乞丐，看起來還是個快死的，他能給大姊什麼？」

「二姊，三十年河東，三十年河西，咱們不能輕視任何一個人，哪怕他是個一無所有的乞丐，妳怎麼就能斷定他將來會是什麼樣子的呢？大姊嫁給他確實委屈了，可這已經是無法改變的事情，既然如此，為什麼不努力把事情往好的一面去做？」這些話根本不像一個八歲女童會說的，但安玉璿她們都沒想那麼多，三個人都沈默下來，細細回想她這些話的意思。

「小妹說得不錯，路都是人走出來的，我與他既然婚書都有了，那麼我便是他的妻子，他便是妳們的大姊夫。玉冉、玉若，以後妳們敬他當如敬我，好嗎？」安玉璿的心結徹底解開，一頭烏雲全都散了，有些懇求地看著自己的兩個妹妹。

「我聽大姊的。」安玉若心思敏捷。她不喜歡許誠也不過是為自家大姊感到可惜，如今大姊和小妹都這樣說了，她也只能認下那個姊夫。

「玉冉，妳呢？」安玉璿笑看向自己的二妹。

安玉冉脖子一扭，雖然心中鬆動，但還是嘴硬地道：「什麼時候他真心實意對大姊，我就什麼時候認他做姊夫，否則……」

「二姊，只要他以後敢對大姊不好，我就把昨天配好的藥給他吃，呵呵！」安玉善站起來走到河邊的石頭上笑著說道。

「什麼藥啊？」安玉璿不解地問道。

「好。」安玉冉這才露出一個鬆快的笑容。

「可我看不吃那藥，他也活不長吧？」安玉若撓了撓頭。就算那人真的不錯，可畢竟還是個瘸子。

安玉璿到底也沒從三個妹妹口中問出「那藥」是什麼，而安玉善則開始把「掙錢」這件事列為優先計畫。

安松柏特地在院子裡給她搭了一個木頭棚子，棚子裡壘砌了一個小鍋灶，專門讓她炮製藥材。

與此同時，安家的男人們也抓緊時間把隔壁的小院落蓋了出來；也不用壘院牆，直接就用籬笆圍了起來。

這期間，安玉善也乘機替許誠把了脈。吃了安玉善配的幾副藥，許誠身上的病痛就好了，人也有精神許多，原本的手神俊朗漸漸顯露出來，與安玉璿的感情也慢慢增進中。

半個多月後，新小院就建成了，而這時安家小院原本空著的地方全都擺滿了曬製藥材的簸籮，還有簡易搭起來擺放簸籮的木頭架子。

滿院子都是藥香味，半個村子都能聞得到，越來越多的村民對安玉善會醫術這件事深信不疑，身體有些不舒服的時候，也會來安家小院討一劑藥喝。

「許誠，今天你和許雲就先搬到小院住，你伯娘和嬸娘她們都把被褥、衣物和鍋碗瓢盆給你們湊齊了，等你大爺爺選好日子，就讓你和玉璿拜堂成親。」這一次蓋小院，安松柏和尹雲娘把全部的家底都拿了出來，還借了不少外債，可好歹大女兒一家終於有地方住了。

「岳父、岳母，謝謝你們。」一家破人亡之後，許誠和妹妹被族人趕了出來，又時時被許棲羞辱折磨，原本以為天道無情，卻沒想到這小小農村還有善良的安家人給他們最珍貴的溫暖。

「都是一家人，說什麼謝謝？只要你和玉璿好好過日子，我們也就無所求了。」尹雲娘欣慰地笑道。這姑爺病好之後容貌倒是上乘的，也不算辱沒了她女兒。

「岳父、岳母請放心，我許誠以父母兄長的亡靈起誓，這一生一世我都會真心對待玉璿，雖然我雙腿已殘，但是我的心沒殘。」許誠堅定地看著安松柏和尹雲娘說道。

「大姊夫，誓言就先別說了，咱們還是好好想想怎麼掙錢養家吧！」安玉善頗有些調皮地從屋外走進來，她身後正跟著一臉羞紅的安玉璿，剛才許誠這話她可是全都聽到了。

許誠被安玉善一個小人兒揶揄，不免尷尬，又見她身後的安玉璿紅唇香腮惹人醉，自己的耳根也跟著紅了。

「妳這孩子怎麼現在學得油嘴滑舌的，都快趕上妳三姊了！」尹雲娘無奈地指了指自己的小女兒，眼中全是寵溺。

可接下來提到掙錢一事又犯了愁。現在無論是鎮上還是峰州府城，尹雲娘心裡都有了陰影，萬一又碰上那許棲該怎麼辦？

「我和松烈、松堂他們商量好了，明天就去鎮上找找活兒，看鐵匠鋪還要不要人？」安松柏原本是想進深山打獵的，但家人都不同意，現在進深山無疑是去送死。

「爹、娘，我也和秀兒商量好了，以後我在家繡香囊，讓她幫忙拿去祥瑞閣賣，大爺爺說我暫時還是不要出村為好。」安玉璿繡的香囊算是村裡姑娘最好的，再加上這幾天許雲也教了她刺繡針法，以後倒是可以開始接繡帕的活兒。

尹雲娘點點頭，這時她發現小女兒安玉善一臉無奈地看著他們幾個，似乎沒讓她說話有些不高興似的。

「玉善，妳是不是有什麼話要說？」安松柏也發現了小女兒的「不滿」。

「爹、娘，其實你們不必這樣辛苦，我的藥丸是可以賺錢的。離咱們村往南五十里不就是緊鄰峰州邊界的敬州嗎？那裡可不是什麼許家父子能管得著的地方，而且要是從山裡穿過去，也就二十里就能到敬州的封安縣了，聽說那個小縣城很熱鬧的！」安玉善興沖沖地笑道。

「妳這都是聽誰說的？妳怎麼知道從山裡過二十里就到封安了？」尹雲娘詫異地看向鬼馬可愛的小女兒。

「還能是誰，肯定是松堂！」安松柏笑著說道，看著安玉善很是附和地點點頭。

「岳父，小婿覺得小妹這法子可行，我妹妹也會刺繡，到時候可以在封安接繡活兒，況且許傑父子不會輕易放過我的，如果在峰州城內賣藥丸，很可能會引起他們的注意，而且就算去封安賣藥丸，也要隱蔽一些為好。」提起許傑父子，許誠是恨得牙根癢，但他既然能忍兩年多非人的生活，接下來行事就更要小心。

「大姊夫說得沒錯。」畢竟是商家出身，安玉善正因覺得許誠是個不簡單的，商議賣藥丸這件事情才沒有瞞著他。

安松柏也點點頭。他起身去老宅找父親，把賣藥丸的事情說了一下，之後安清和又去找了安清賢和安清順，最後三人一商議，覺得此事可以先試一試。

於是，安玉善將先熬製出的三十顆藥丸分別裝進三個粗製的小瓷瓶裡，這些瓶子還是安清賢特地去鎮上買的。

這個時節，各地得風寒感冒、發燒咳嗽與春季瘟疫的比較多，所以安玉善給這三類藥丸分別取名為禦寒丸、退燒丹和避瘟丸。

這藥丸自然是要找藥鋪來寄賣的。天下紛亂，這坑蒙拐騙的也不少，直接拿著藥丸上門去賣，受盡冷眼是小事，說不定還會被關進大牢裡。

安清和有些不放心，便和安松柏、安松堂一起從山裡過路去臨近的封安縣。

安玉善在家裡也是等得焦急。她的藥丸即便藥不對症也吃不死人，想起以前，她名氣享譽國內外，不知有多少達官貴人拿著鈔票送到她面前，為的還不是她親手煉製出的那一顆小小的神奇藥丸？

從日出等到日落，安清和三人終於急急地回來了，還把尹雲娘幾人都叫進了老宅裡。

第七章　病有轉機

「三弟，怎麼樣？」安清賢和安清順也來了，這一天他們也是等得著急。

「爹，這藥丸竟真的有人花大錢來買，都賣完了！」安松堂再也壓抑不住內心的興奮，激動地說道。

「你吵嚷什麼，小點聲！」安清賢瞪了沈不住氣的小兒子一眼，看向了安清和。「都賣完了？賣給什麼人？可靠嗎？他們有沒有追問什麼？」

安清和對著自家大哥點點頭，臉上緊繃的神情也鬆懈下來，笑著說道：「大哥別擔心，這藥丸是賣給封安縣城裡老字號的藥鋪『益芝堂』，他們在帝京也是有鋪子的。說來也巧，我們詢問過後去找的時候，正好有一位婦人帶著高燒不退的兒子求醫，玉善的一顆退燒丹就讓那孩子好了，坐診的大夫看過了咱家的藥丸，二話不說就全買了，還說以後若有此類藥丸，益芝堂都收，一共賣了十五兩銀子。」

「什麼?!」安家人各個吃驚。沒想到不過是山裡採來的藥草做成的藥丸，竟然能賣那麼多的銀子。

「什麼?!」安玉善聽後卻是一臉失望。她辛苦這麼久，精心配製煉成的藥丸竟然只賣了十五兩銀子，這也太虧了吧！

其實也不能怪安玉善會這樣想，她的藥丸在現代的確是千金難求，可十五兩對於很多在夾縫中求生存的小老百姓來說卻是一筆不小的鉅款。現在縣鎮府城物價高漲，大夫和醫藥更是短缺，三十顆藥丸給十五兩銀子已經算是很仁厚了。

安玉善小小的失望之聲在場許多人還是聽到了，安松柏走到她身邊獻寶似地掏出一個小布包道：「玉善，妳看這是什麼？」

安玉善被她爹逗小孩子的聲音逗笑了，看著他寬厚手掌裡的小布包，想著會不會是在縣城給她買的糖果？

可她一打開，整個人都驚呆了，竟然是一套手柄處有些生鏽的銀針！

「爹，這是……」這可真是意外之喜。她來到這裡之後，除了想念她的手術刀之外，就是想念銀針了，有了銀針，她這個前世女華佗才算有了手腳。

安松柏這才告訴她，益芝堂原本有另外一名大夫常年坐診，只是那大夫被拉去軍中充當軍醫，後來死在了軍中，這套銀針算是他的遺物，益芝堂的掌櫃原本想把銀針埋起，安松柏知道安玉善一直心心念念銀針，於是央求掌櫃的把這銀針賣給他。

那掌櫃的原本就想和他們交好，而且這遺物也不能用「賣」，直接就送給了安松柏。

看到這套銀針，安玉善心裡的那點不舒服才徹底緩解。這可比銀子重要多了。

「玉善、玉善，快救救妳剩子叔！」

安家眾人還沈浸在十五兩的鉅款之中，就聽一個婦人大喊著奔進安家三房老宅，只見她滿臉泥土，看來是來得急才跌了一跤。

「張嬸子，妳這是怎啦？」尹雲娘和梅娘趕緊上前扶住她。

「雲娘，妳剩子兄弟上山砍柴摔斷了腿，可他一直喊肚子疼，這嘴巴都青紫了，實在是嚇死人了，求求妳，快讓玉善救救他！」苗氏是個寡婦，家裡只有一兒一女，女兒已經出嫁，如今這家裡的兒子便是頂梁柱，可千萬不能有事。

「嬸子妳別急，剩子兄弟呢？」梅娘剛問完，就聽到院外一陣嘈雜，接著苗氏的兒子張剩就被幾名村民抬了進來。

「玉善，快給妳剩子叔瞧瞧！」安清賢看了安玉善一眼，現在人命關天也不是藏拙的時候。

安玉善點了一下頭，趕緊走到張剩的身邊，大家自動給她讓了空兒，她先迅速地察看了張剩的瞳孔、嘴唇和手指，又給他把了脈。

「剩子叔，你在山上是不是吃了東西，像是蘑菇之類的？」安玉善忙問道。

張剩現在極為痛苦，只能使勁點了一下頭，然後就昏死了過去。

安玉善立即讓尹雲娘和梅娘去準備溫鹽水，並拿筷子幫張剩催吐，同時讓人把張剩的上衣扒開，銀針也來不及消毒了，直接就在張剩身上開始施針。

一院子的人，包括聞訊來看熱鬧的村民沒有一個人出聲，整個場面顯得肅靜而莊重，無形之中更多了緊張和擔憂。施針前安玉善說張剩是吃了山裡的毒蘑菇中了毒，估計是中毒之後站立不穩，這才摔下了山。

在山下村，村民們儘量不會吃蘑菇，因為滿山的蘑菇長得都很像，可有的人吃了沒事，有的人吃了，大羅神仙也救不回來。

張剩連膽汁都吐了出來，人才算緩了一口氣，再加上安玉善及時施針，他的毒算是解了。

「爹、小堂叔，你們幫我找一些木板和麻繩來，我先回家取點草藥。」解了毒之後，安玉善就要設法保住張剩的腿。

「小妹，我陪妳一起回家！」安玉冉拉著安玉善就往家裡跑，很快就取來了草藥。

等到安玉善幫張剩抹上治癒骨頭的草藥，又綁好夾腿的木板，這才喘了一口氣說道：「張奶奶，接下來的時間讓剩子叔好好休息，不要幹重活，讓他吃幾副解毒的藥，腿上再換幾回草藥就沒事了。」

「玉善，妳剩子叔的腿……不會廢了吧？」苗氏有些小心翼翼地問道。

「張奶奶放心，剩子叔的腿不會有事的，只要好好養傷，痊癒後就能站起來，多給他做點好吃的就行。」安玉善笑呵呵地說道。

「玉善，張奶奶可謝謝妳了，妳是我們張家的大恩人！」苗氏忍不住就想下跪。村裡人雖然嘴上不說，但每個人心裡都跟明鏡似的，這安家的玉善定是在菩薩那裡過了神氣，這也算是菩薩對山下村的恩德，所以他們這些村民也沒有多嘴多舌。

尹雲娘趕緊扶住她。「嬸子，妳這是幹什麼？大家都是鄉里鄉親的，這些都是玉善該做的，剩子兄弟沒事就好。」

張剩和苗氏一行人千恩萬謝地離開安家老宅之後，看熱鬧的村民也都感嘆地離開了，再看安玉善的眼神是更加敬畏，回頭就叮囑自家的孩子出去不要亂說。

等到老宅裡就剩下安家自己人，安清和大手一揮說今夜都在自家吃飯。賣了藥丸之後，他們在封安縣可買了不少糧食回來。

「娘，還吃煎餅！」安齊武傻呵呵地拽著梅娘的衣袖笑道。

「聽齊武的，做煎餅吃！」今天賣了藥丸，玉善又救人一命，安清和心裡也高興。

很快的，陳氏、林氏和丁氏就來三房老宅裡幫忙做飯；安松達領著安松樹和安松烈進山打獵還沒回來。安清和讓安松堂把許誠兄妹也叫來老宅，今天晚上大家在一起好好熱鬧熱鬧。

「小妹，今天還蒸魚嗎？」安齊傑一跑進院子就四處找安玉善，最後在鄭氏的炕床上發現了她。「三奶奶，嘿嘿，我找小妹！」

安清賢和安清順的妻子早幾年已經先後過世了，鄭氏算是安家三房裡輩分最高的女眷，平時陳氏幾人對她十分敬重，小輩們見到她也是親熱得很。

「齊傑哥，你先別說話。」安玉善正在認真地給鄭氏診脈。

這段時間經過藥補和按摩推拿，鄭氏的身子已經大為好轉，得虧這些年梅娘把她伺候得很好，肌肉也沒有萎縮，只要施針得法，再加強鍛鍊，還是有站起來的可能。

「玉善，妳奶奶的情況怎樣？」安清和也走進屋裡。剛才安玉善給張剩施針，那手法嫻熟精準，要說她沒有仙機奇緣，那是沒人會相信的。

「爺爺，奶奶的病已經大好，現在我有了銀針，就可以給她針灸了；再加上咱們這山裡的草藥，奶奶要想站起來也不是不可能。」做為醫生，安玉善從來不說大話，她說出口就一定能做到。

「真的？」安清和和安齊傑都不敢置信地看向她，就連鄭氏也是激動不已。

安玉善點點頭。「不過，銀針過穴可能會有些疼，還需要慢慢鍛鍊，飲食方面也要注意，時間會長些。」古代醫療設施落後，康復時間肯定會比現代還長。

「只要能站起來就好了。」鄭氏滿心歡喜，她從未想過這輩子還有能站起來的一天。

之後，安玉善又告訴安清和和鄭氏，等到銀針消過毒之後，她還想給安齊武施針，把他身體裡的瘀血清除乾淨，說不定他還能變聰明點。

這個消息可是把滿院的安家人都驚呆了，連同許誠兄妹也震驚不已，梅娘更是拉著安玉善的手不停地問：「玉善，妳真能讓齊武不傻？」

「嬸娘，這個我還不能保證，不過當初齊武哥正是因為跌倒才造成心智不全，我診出他身上還有瘀血未清，即便癡病不能治好，清除瘀血對他身體也是好的。」沒有精密的儀器檢查，安玉善也只能憑藉把脈和以往的經驗來給安齊武治病。

「嬸娘相信妳，嬸娘相信妳！」梅娘的眼淚忍不住落了下來，尹雲娘幾人趕緊勸她，說這是好事，應該高興才對。

看著安家人喜極而泣的溫馨場面，許誠、許雲兄妹很是羨慕。曾幾何時，他們家也是這樣和睦快樂，都怪那許傑父子心狠，這滔天仇恨一定要報。

「三哥，讓玉善妹妹也來看看你的腿吧，說不定你也能站起來的。」許雲小聲地對許誠說道。

此刻許誠正坐在一輛簡陋的輪椅上，這還是安松柏求村裡的木匠做的。

「我這腿都廢了兩年了，怕是治不好了……」即便嘴上這樣說，許誠心裡還是存著期望的。

他不清楚安玉善的醫術是跟誰學的，但小小年紀就能有如此修為，說不定以後她的醫術會更加精湛，也許到那時他這雙腿還是有希望的吧！

一大家子人熱鬧地吃了晚飯，接著安松柏一家就和許誠兄妹回去了，而安玉璿也沒有什麼避諱，她幫著許雲把許誠推進小院裡，打了水給他擦臉，又給他鋪好床，說起來這段時間也都是她在照顧許誠。

許雲是個識趣的，她也很喜歡安玉璿這個嫂子，雖然安玉冉和安玉若還不是很能接受他們，但是安家其他人對他們還是挺好的。

遠處的山中傳來幾聲野獸的低吼，如今是晚春時節，早就過了驚蟄，小蟲子見到光總是飛來飛去，在昏暗的房間裡留下穿梭的影子。

看著安玉璿為了自己忙前忙後，許誠心裡除了感動還有甜蜜。這樣美好的女子將會成為他的妻子，或許這將是他唯一感激許棟的地方。

「玉璿，別忙了，妳也累一天了，快坐下歇歇吧！」許誠想著安玉璿應是有什麼話要跟他說。

果然，安玉璿抹了一把額頭上的細汗，看著許誠溫柔一笑，說道：「我不累，這些活兒我都做習慣了。對了，我之前就問過玉善你的腿的事情，她說要治好你的腿必須要用一些珍貴的奇藥，像是靈芝、人參都是不能少的，還要給你針灸，具體的我也不清楚，總之你別急，萬事都有解決的辦法。」

這樣熨貼的話語聽進許誠心裡只覺得暖暖的。原來她什麼都知道，連他心裡的擔憂都是一清二楚，這樣的女子就像一株清幽的玉蘭，在他乾涸已久的心裡生根發芽，讓他再也忘記不了。

這邊小院屋裡情意漸濃，那邊大院堂屋裡，安松柏、尹雲娘則是喜不自勝。

原本賣藥丸的十五兩銀子，安清和都要給安松柏，但安松柏只拿了十兩，另外五兩給了安清和。

「有了這十兩銀子，欠的債也能還清了，還能給玉璿辦一場像樣的婚事；另外玉善不是一直說要再買一些藥臼和什麼碾藥船，還有炮製藥材的工具嗎？你明天去溪雲村的邱石匠那裡問問他可能做出來？石頭的東西總比鐵、銅的要便宜些。還有，我得去鎮上買些布給幾個孩子做些夏日裡穿的衣服，家裡的糧食也要再買些才夠，做席面的時候也不能什麼都沒有。另外……」尹雲娘越說越多，越覺得原本十兩銀子的鉅款好像不大夠，因為家裡缺少的東西實在是太多了。

而安玉善可沒時間關心那十兩銀子的用途，她的心思都被那一套銀針勾引了去，一回到家就先用熱水給銀針消了毒。

只要回頭再買一些烈酒備用，並且把這套銀針手柄處生鏽的地方處理乾淨，就能發揮它真正的用途了。

安玉冉和安玉若也是無心睡眠，想著安玉善的藥丸竟然能賣那麼多的銀子，她們現在就恨不得起身去大山裡採藥，只要照這樣下去，安家的日子肯定會越過越好的。

因此次日天沒亮，兩個人就起身拿著背簍進了天將山。這兩個月來，在安玉善的教導下，她們已經認得很多草藥，也知道該怎麼更有效地採藥。

「爹、娘，我想讓幾個姊姊和堂兄跟著我學習炮製藥材；另外，我還想做一些中藥香囊拿去封安縣賣。」安玉善一起床就跑到安松柏和尹雲娘身邊說道。

看著風風火火跑進來的小女兒，說了大半夜話剛起床的安松柏和尹雲娘相互看了一眼。真是怪了，他們待會兒要和小女兒說的正是這兩件事情呢！

安清賢、安清順得知安松柏夫婦和安玉善的決定，立即就帶著各自的孫子來到了村尾，安清和也把安齊文和安齊武帶到了大兒子家。

「玉善，以後妳齊全、齊傑、齊志哥還有齊文、齊武哥，包括妳的三個姊姊，那都是妳的徒弟了，讓他們做什麼、想教給他們什麼、要教多少，這全都由妳決定，大爺爺、二爺爺還有妳爺爺和爹娘都不會過問，他們要是不好好學，或者不聽妳的話，妳只管來告訴大爺爺，大爺爺以族規懲治他。」安清賢很是鄭重地對安玉善說道。此時他並沒有拿她當晚輩孫女，更像是以一個族長的身分在請求她。

「大爺爺，您放心，只要哥哥姊姊們想學，我一定會好好教他們的。採藥、炮製藥材和學醫其實都很辛苦，但我相信幾個哥哥姊姊都能吃苦。」安玉善被家人這樣慎重地拜託還是頭一次。

安齊全幾人雖然年齡比安玉善大，但這段日子安玉善所表現出的聰慧還有她那一手過人的醫術，早就讓他們信服了。

安家的男兒就算讀書再優秀那也是不能做官，比起學旁的手藝，或許學醫才是最好的選擇。

於是從這天開始，安玉善白天帶著安齊全他們進山採藥，並教他們辨認藥草，傍晚回來就帶著他們一起學習炮製藥材，在給鄭氏施針的時候也會讓他們在旁觀看，給他們講解穴位的基本常識。

安家其他的男人和女人們也沒有閒著。男人們除了種田、打獵，就是幫忙做一些曬藥材或是炮製藥材的工具，而女人們做完家務活之後，就幫忙翻曬藥草，或者簡單地處理藥草。

許誠和許雲自然也沒有閒著。許誠所住的院子裡也有草藥，都是他幫忙翻曬、處理，而許雲則忙著教安玉璿和村裡的幾個姑娘刺繡，主要繡的就是香囊。

安家這邊忙得熱火朝天，卻是急壞了五十里外封安縣城益芝堂的大掌櫃還有本家那位原本只是路過的坐堂大夫。

第八章　兩種合作

「閻大夫，這都十來天了，那賣藥丸的人怎麼還不來呢？」後院花廳裡，益芝堂的大掌櫃徐奎焦急地踱步。

「徐掌櫃，你不要總是在老夫面前晃來晃去，老夫這眼睛都要被你晃花了！」閻明智摸了摸自己的山羊鬍，很是無奈地說道。

大概半個月前，他聽從益芝堂大東家的指派去了遵州一趟，途經敬州封安縣時，聽說這裡的坐堂大夫死在了軍中，他正巧沒有其他事情，便決定留下一段時間，等到新的大夫上任，他再回帝京。

只是他怎麼也沒想到，就在這麼個彈丸之地的小地方，居然有人會煉製具有奇效的藥丸，莫說那退燒丹一粒下去就能讓人神清氣爽，就是那禦寒丸對於治癒風寒之症也是療效顯著。

最讓閻明智欣喜的是那避瘟丸，竟然對於治療和預防瘟疫真的有效果，那十顆藥丸可是救了十個人的性命呀！

如今，大東家讓他們無論如何都要找到這家人，不管花費多少金銀都要獲得這三種藥丸的藥方，如果對方不願意賣，那就要誠心誠意和對方合作，畢竟自從北朝亡國，益芝堂的處境也是十分艱難。

「閻大夫，你怎麼就一點兒也不著急？那父子三人繞到附近的山裡就再也找不到人影，現在好多客人都來詢問那退燒丹和禦寒丸，說是吃起來不苦，病好得又快，尤其那個銀子多得沒處撒的姚員外天天派人來問，但這藥丸又不是糖果，他吃這麼多幹麼？」徐奎當初見退燒丹有奇效就多了心眼，讓人悄悄跟著安清和幾人，想知道他們究竟住在哪裡？可派去的人卻把人跟丟了。

「既然那幾個人說會再來，你就安心等著，我看他們雖是農家打扮，眉宇之間倒與一般的山野村夫有些不同，應是家裡有什麼事情耽擱了。再說，你以為炮製一顆能救人性命的藥丸就那麼容易嗎？也要給人家時間才是。」作為內行人的閻明智理解地說道。

「閻大夫，您說的這些我都懂，可我這不是著急嘛！雖說我老徐在封安這個小地方做藥鋪掌櫃，可也是從本家出來的，現在大晉朝那些藥商四處打壓咱們北朝舊民，大東家在帝京的日子也不好過，如果益芝堂有了這三種藥丸，就能很快在新朝之下站穩腳跟。」徐奎暗嘆一聲，走到花廳的椅子前重重坐下。

「徐掌櫃，你的焦慮老夫明白，怕是再過一、兩個月，這大晉朝的新政就要頒布了，屬於北朝的影子都會被抹去。」閻明智也是無奈一嘆。

「掌櫃的，來了、來了！」這時藥鋪一個小夥計跑進來大嚷道。

「什麼來了？小九，你怎麼越來越沒規矩了！」徐奎瞪了一眼叫小九的夥計。

那小九也不介意，笑著告訴徐奎，前來賣藥丸的安家人來了。

徐奎和閻明智一聽，趕緊齊齊往外走，盼星星盼月亮，今天終於把人給盼來了。

不過，這次來賣藥丸的是一老一少，還有一個二十歲左右的年輕人，這年輕人徐奎和閻明智倒是認識，就是前一次來賣藥丸的其中一人。

「徐掌櫃，這是我爹和我堂姪女，藥丸的事情你們和他們說吧！」安松堂很是自來熟地笑著替雙方介紹。「爹、玉善，這位是益芝堂的徐大掌櫃，這位是閻大夫。」

徐奎和閻明智都沒有忽略安松堂說的是「他們」，而不是單指那名氣度沈穩的老者。難道這藥丸還和眼前這七、八歲的小姑娘有什麼關聯不成？

徐奎和閻明智也就心思那麼匆匆一轉，但覺得這想法有些太過驚世駭俗，所以只當安玉善是陪著來縣城貪熱鬧的尋常孩子罷了。

一行人來到益芝堂後院的正廳坐下，因看著安清賢氣度不凡，徐奎和閻明智都不敢怠慢，甚至想著這藥丸正是出自眼前的老者也未可知。

下人端上熱茶後就退了出去，安玉善一直乖巧地站在安清賢的身邊，睜著一雙明亮的大眼睛四處看著。這算是她第一次真正走出家門吧！

「安……先生。」因為摸不準安清賢的真實身分，三十多歲的徐奎論年紀在安清賢面前也是晚輩，尊稱一聲「先生」既顯得恭敬又拉近了彼此的距離。「今日先生可是親自前來送藥丸的？」

「徐掌櫃客氣了，老朽一介尋常百姓，當不得『先生』二字。」安清賢微微一笑。

他言語自謙，但態度不卑不亢，甚或有大家族一家之長的風範，徐奎和閻明智又怎敢真的當他是普通百姓？

「先生客氣了，閻某雖略通醫術，但也見識過不少醫家煉製出的藥丸，迄今為止怕是只有藥王神穀子煉製出的藥丸才能有此奇效。」閻明智並沒有過譽，他是益芝堂本家的坐堂大夫，幾十年來經過他手的藥丸也是不計其數，就連宮中太醫煉製的藥丸他也是見過不少的。

「閻大夫謬讚了。」安清賢示意安松堂把揹著的小包裹打開，裡面有三個粗製的小瓷瓶，還有一、二十個顏色鮮豔、散發出淡淡奇異藥香味的香囊。「徐掌櫃、閻大夫，這三個瓶子裡分別是和上次一樣的禦寒丸、退燒丹和避瘟丸，每瓶裡面是二十粒。另外這些是中藥香囊，繡有梅花的香囊裡放了一粒安神紓壓的藥丸，晚上放予枕旁能使人更快入睡，而繡有蘭花的香囊裡則放了一粒醒目解乏的藥丸，佩帶在腰間即可，不知徐掌櫃可願代賣？」

「願意、願意！」徐奎簡直是如獲至寶。他在封安縣這麼個小地方開藥鋪，原以為就此碌碌無為一生，誰能想到近十年過去了，竟等著如此在本家露臉的大好機會，不管是這三種藥丸還是兩種中藥香囊都讓他看到了極大的商機。「先生，不知這藥丸和香囊您家裡還有多少，我們益芝堂願意全部買下來。」

閻明智對著欣喜若狂的徐奎咳嗽一聲。他雖然是一名不通庶務的大夫，可見過的人、經過的事也非尋常人能比，徐奎如此表現，已經是落了下乘。

好在徐奎經他這麼一「提醒」，立即反應過來，頗有些尷尬地一笑。

安清賢權當沒有看到兩人之間的小動作。「這瓶裡的藥丸和香囊裡的藥丸都是最近煉製出來的，閻大夫應該很清楚煉製藥丸並沒有那麼容易，再說我家這煉製出的藥丸所選用的藥材也皆為上乘，無論是炮製還是煉製，都是獨一無二，一次能煉製出的藥丸並沒有多少。」

「先生所言甚是。」閻明智有些疑惑。這懂醫藥的到底是不是眼前的老者呢？他有心想試一試，可他有自知之明，單憑這三類藥丸，這人醫術就一定在他之上，到時候自取其辱不說，還怕得罪了眼前之人，如今倒不如以誠心換誠意，於是笑著說道：「安先生，實不相瞞，您這藥丸的療效的確顯著，益芝堂的名氣想必您也是知曉一點的。」

見安清賢點點頭，閻明智趕緊說道：「益芝堂本家在帝京的鋪子也很需要這三類藥丸，如果先生願與益芝堂合作，益芝堂絕對誠心誠意與先生相交。」

「沒錯，先生，我家大東家最是仁厚之人！」徐奎也慌忙說道。

「咱們都是北朝舊人，我也坦率相告。這次前來的確是有心想與益芝堂長期合作，我這裡有兩種合作方法，兩位可以跟你們的東家好好商量一下，認為哪種適合咱們就按哪種來。」

說著，安清賢就掏出了兩份合約，安松堂趕緊接過，分別遞給徐奎和閻明智。

兩個人交換互看之後，臉上都露出了震驚與為難。且不說那合約上的一手正楷寫得正直大氣又清爽宜人，就是那合約內容也簡潔明瞭。

合約上所寫的兩種合作方法，一種是安家每月賣給益芝堂固定量的藥丸和中藥香囊，價格、藥量都由安家來決定，而且安家也可提供給其他家藥鋪同樣的藥丸和香囊，買賣自願，銀貨兩訖。

另外一種方法是安家只和益芝堂合作，除去成本，賣出的利潤三七分，其中安家占七成，益芝堂占三成。

前一種方法正是徐奎和閻明智這十幾天一直擔憂的，就怕別家藥鋪也知道這種藥丸，好在附近百里內也就益芝堂一家藥鋪，可出了這百里的藥鋪就多了，想獨占一份便不容易。

但第二種合作方法益芝堂又太過吃虧了些，沒想到這安清賢看著挺樸實磊落，內裡卻是比那些精明的商人還要狡猾，果真是人不可貌相。

「先生，這……這有些不妥吧，三七分我們藥鋪也太過吃虧了。」徐奎老實地說道。

安清賢淡淡一笑。「徐掌櫃覺得不適合，可以選第一種合作辦法。藥丸貴不貴其實不是由咱們定，而是由病人來決定。有些病不用吃藥丸，大夫扎幾針也是能好的，但世上總有把自己的命看得比身外之物更重要的。益芝堂是百年老店，信譽良好，說實話，如果不是因為這個原因，這合作方法是只有一種的。」

安清賢話都說到這種程度，徐奎和閻明智都聽出沒有商量的餘地，而且他說得也沒錯，這種藥丸在大戶人家圈子裡可是很受歡迎，能治病救人的良藥就算傾盡家財也會有人願意買。

「安先生，您能保證以後的藥丸都具有這種效果嗎？」閻明智換了一種語氣問道，顯得尤為正式。

「只會比這更好。」安清賢淡淡一笑。

但只有他自己知道說出這種大話是什麼感覺。他剛才所說的那些話多多少少都是安玉善之前有意無意透露給他的，那兩張合約他看了之後也是嚇一跳，三七分？這孩子還真敢要！

「安先生，此事算得上一件大事，閻某和徐掌櫃怕是都不好做決定，能否寬限幾日讓我等問過主家？一有決定會立即通知先生的，只是不知先生家住何處？」閻明智想著，此事非同小可，大東家又如此重視，他們作為下人可做不了主。

「這個當然，我家住在距離這裡五十里的山下村，不過從縣城外的後山過去二十里也可到我們村，只是我安家乃是貧民之家，不喜張揚，還望二位行事之時莫要讓不相干的人知道為好。」安清賢請求道。

「先生放心，我等皆不是話多之人。」徐奎和閻明智也不想這件事情太過高調，免得引起益芝堂對手的關注，安家行事越隱蔽，益芝堂所需的藥丸和中藥香囊才越有保障。

接下來，安清賢將三瓶藥丸以跟上次同樣的價格賣給了益芝堂。六十粒藥丸一共是三十兩，而二十個中藥香囊也賣了四兩銀子。

當然，香囊雖然刺繡精巧也是不值幾文錢的，但它裡面的藥丸稀奇珍貴又能防病，這香囊究竟值多少也是由安家人自己說了算。

安清賢與徐奎商議好下次見面的時間後，就帶著安松堂和安玉善走出了益芝堂，往封安縣城最熱鬧的集市走去。

等到離益芝堂有一段距離之後，安松堂看看前後左右也沒什麼人，就不解地看著安清賢問道：「爹，去之前我不是告訴過您，光是那退燒丹，益芝堂就賣一兩銀子一粒，我還聽說有個姚員外常得風寒，花了二十兩銀子把那一瓶禦寒丸都買了，您怎麼還是以上次的價格賣給他們，咱們不是太虧了？」

安清賢看了一眼心有不甘的小兒子，又低頭瞧了一眼正四處打量街市的安玉善，然後才說道：「玉善，告訴妳小堂叔，大爺爺為何沒有坐地起價？」

安玉善抬頭甜甜一笑。「大爺爺，安家家規第七條，為人行事信義為先，不貪不叛，方為仁者道。」

「連家規都忘了，你呀，連個孩子都不如！」安清賢頗有些失望地搖搖頭。

安松堂立即「不滿」地說道：「爹，忘了家規的可不只我一人。玉善，我問妳，妳這藥丸賣這麼貴，還和人家益芝堂三七分，難道這不是貪嗎？」

安玉善狀似無奈地看了一眼不服氣的安松堂，天真地笑問道：「小堂叔，安家家規第五條是什麼？」

第五條？安松堂努力地回想，在安清賢的瞪視下縮了一下脖子，撓撓後腦勺，恍然大悟地道：「我想起來了，第五條是待人待己以公平，就是讓安氏子孫既不貪便宜，也不要吃悶虧。」

「對呀，我熬製出的藥丸是能救人命的，那你說，一條人命值多少銀子？現在賣給益芝堂的藥丸，一粒只有五百文，對於富貴人家來說，九牛一毛都不算。」

這段時間，安玉善也從安清賢幾人的嘴裡多多少少瞭解到外面世界的狀況。現在天懷大陸的大夫是越來越少，要不然四、五十里好幾個集市也不會連家藥鋪和會看病的大夫都沒有。

再加上安家自身的狀況也很糟糕，她可不會在這個時候想著做什麼廣濟天下的仁醫。不足以自保又談何保別人？

朱門酒肉臭，路有凍死骨，北朝是滅亡了，可聽說北朝的世家貴族們依舊歌舞昇平，歡欣鼓舞地做著亡國奴，說不定很多人都慶幸亡了國，能夠成為大晉朝的人。

北朝舊民也好，大晉朝新民也罷，安玉善現在可沒什麼忠君愛國的豪情壯志，她只想在亂世中護住自己的家人，這便是她今生的夙願。

安松堂想想安玉善說得也對，這藥丸原本就沒指望賣給平民百姓，如此奇效顯著的藥丸，自然會有人花大錢來買的。

三個人說著話就到了一家打鐵鋪，找到當家掌櫃。安玉善從懷裡掏出幾張紙，讓掌櫃的給她打出一套縫針和持針器，這樣以後一些簡單的皮膚縫合手術她就能做了。

「這位大叔，您這畫上的東西我們鋪子裡從未打過，這彎針倒是不難，可這些小東西聽起來十分精細，怕是要費一番功夫……」鐵匠鋪的王掌櫃有些為難地說道。

第九章　發現人參

安玉善見那掌櫃的一直和安清賢說話，截過話頭說道：「掌櫃大叔，您只要按要求給我做出來，銀子不是問題。」

「這……」王掌櫃見一個穿著破舊的小女孩說這樣的話，更加有些懷疑，總覺得這件事情透著蹊蹺。

「掌櫃的，就照我姪孫女說的做，訂金我可以先給你，你看什麼時候能做好？」安清賢也不懂安玉善那畫上的是什麼東西，但既然是她想要的，這銀子又是她掙得的，自然是以她的要求為主。

王掌櫃一聽到先給訂金，想了一下說道：「最少要一個月，這幾樣小東西少說要六、七兩銀子。」

「這麼貴？不就是幾根繡花針和幾把小剪刀嗎？爹，要不咱們去別的鋪子看看，這街上還有兩家打鐵鋪呢！」安松堂作勢要勸說安清賢和安玉善離開。

「這位小哥別急，在封安縣沒有比我王氏鐵匠鋪更好的打鐵鋪子了，我這裡做不出來的東西，別的地方您去了也是白去；還有，您仔細瞧瞧這紙上哪是普通的繡花針和剪刀，而且這小姑娘還說了，要又薄又利，沒有好師傅是打不出這套東西的！」王掌櫃不想損失這單生意，可他也知道這套東西不好打出來。

安清賢明白王掌櫃沒有胡說，最後雙方定下是六兩銀子，訂金先給了二兩。

從鐵匠鋪出來之後，安清賢又買了安玉善要求的筆墨紙硯和幾本裝訂好的空白書冊，還在布莊買了紅、藍兩種彩綢和五色繡線，以及在雜貨鋪買了棉花和兩小罈烈酒，最後還在菜市場買了幾根散發著臭味的羊腸。

「玉善，小堂叔不明白，妳買這些臭烘烘的羊腸幹什麼？妳要是想吃肉，小堂叔進山給妳獵野雞去！」安松堂手裡拎著幾根羊腸，發現好多路人都摀著鼻子躲著他。

「小堂叔，我要這些羊腸不是為了吃，是有用的，回家處理一下就不臭了，只能先委屈您拿一下了。」安玉善笑嘻嘻地說道。

「哼，知道委屈妳小堂叔就好，回頭買的酒可要讓我喝點兒！」安松堂有些眼饞地看著安清賢懷裡的那兩罈酒。

「小堂叔，那酒……呵呵，也不是喝的。」這烈酒自然是用來消毒的，不過安玉善央求安清賢買了兩罈，其中一罈是給安家的男人喝的，此時她不過是逗逗安松堂。

果然安松堂一聽，臉上激動的神情瞬間低落下來。敢情他前前後後忙這麼久，連口酒都沒喝上！

安清賢三人在天黑之前趕回了山下村，擔憂女兒出門一天的尹雲娘這才安下心來。

賣藥丸和香囊的銀子，安清賢自是一文錢也沒有占，全都給了安松柏。

在這之前，安清賢就對三房的老老小小把話都說清楚了，賣藥丸的銀子全數歸安松柏一房所有，各房幫忙其他雜七雜八的事情，那都是念在自家人的情分上，更何況幾房的孩子現在都跟著安玉善學醫，銀錢上誰都不必覺著虧欠。

歷來安氏子孫在帳目上分得都很清楚，各房分家也比較早，再加上族人、兄弟姊妹之間都很團結，鮮少因為金銀田產之物鬧得離心，而情分自然是需要彼此互相維持的。

安松柏、尹雲娘夫婦自然也懂得這一點，次日一大早，兩人就出發到鎮上買些柴米油鹽之物，並讓安玉璿和安玉冉通知各房家人晚上在自家吃飯。

「小妹，今天晚上給哥哥做蒸魚吃，好不好？」一聽說晚上要在安玉善家吃飯，早上出去採藥的時候，安齊傑就纏在安玉善身邊嘿嘿笑著求道。

「齊傑哥，你都快吃成蒸魚了，就不能換個花樣？」安玉若一邊小心地採著安玉善說的能止血的藥草，一邊嫌棄地看著安齊傑說道。

「就是，齊傑，你就是死心眼，小妹做飯可比玉若好吃多了，會的又不只這一樣，上次在老宅熬的山藥粥就很香，我看今天還能不能挖到山藥！」安齊全一雙眼睛迅速掃過茂密的草叢，不錯漏任何一處地方。

「齊全哥，上次那山藥可是我發現的！」安齊志拿著小鐽子跟在安玉善身邊，得意地笑道：「小妹可說了，那是良藥，是不是，小妹？」

安玉善笑著點點頭。她發現安齊志總喜歡被人誇讚，所以就像以前學醫時教她外科手術的那位老師一樣，她也把安齊志當成學生，時常鼓勵他。

「小妹、小妹，蘿蔔！」就在這時，喜歡在大山裡四處跑著玩的安齊武拉起安玉善就往天將山一處隱蔽的松樹林跑去。

安玉善已經給安齊武施針診治過，他腦中的瘀血也已經除去大半，現在行為和認知能力都比以前強太多，眼神也越發清明，可是喜壞了安家人。

「齊武，你跑慢點，小妹跟不上你！」別看安齊全人長得壯，心思挺細。

安清賢一直教導他進山之後要好好保護安玉善，那片紅松林區因為緊挨著懸壁山，又時常有野獸出沒，所以村裡人都不讓孩子靠太近。

「齊全哥，沒事的。」自從有了銀針，安玉善也會在自己身上施針，現在她的身體已經沒什麼大礙。

到了紅松林區，安玉善一眼就看到安齊武說的「蘿蔔」是什麼，竟然會是她在山裡搜尋許久的人參！

她就想這處藥山環境絕佳，怎麼可能有別的藥草，單單沒有人參這百草之王呢？果真是她在山裡走的地方太少了。

「小妹，這是蘿蔔嗎？」安齊武有些好奇地看著安玉善，她猶如捧著寶貝一樣地把那東西拿起來。

「齊武哥，這可不是蘿蔔，而是非常好的一味藥，有了它，奶奶的病會好得更快，齊武哥也會變得更聰明，咱們再找找還有沒有？」安玉善欣喜地說道。

「好，變聰明！」安齊武高興地手舞足蹈起來，比吃了糖果還開心。

很快的，安齊全幾人也跟了過來，當聽到安齊武竟然找到了人參，先是萬分驚奇地看了傳說中的人參一眼，也開始跟著尋找。

令人失望的是，這附近就只有這一株人參，再往裡面的地方，安齊全卻是不讓他們進去了。

「小妹，咱們別往裡面走了，現在山裡野獸多。」安齊全身為哥哥，首先考慮的就是弟弟妹妹們的安全。

「好吧！」能尋到這一株看起來有些年頭的人參已經很不容易了。安玉善壓抑住內心的激動，暫時從林區退了出來。

總有一天，不管裡面多危險，她都一定要進去探查一番。

因為意外獲得人參，大家都很興奮，又採了一會兒藥草之後，安玉善就開始挖野菜，還讓安玉若和安齊武去小河裡捉魚。

中午回到家，安玉璿已經把午飯做好，安齊全幾人也一起吃了飯。

下半天，安家的男孩們就照著安玉善先前教的辦法炮製藥材，藥臼、碾藥船等用具全都用上了，安玉善則是親自處理那棵人參。

「我聽說今天齊武在山裡立了大功？」安清和笑呵呵地走進小院，就看到大家手裡雖然都忙著，但眼睛都不時地瞟向正襟危坐在小院木頭椅子上的安玉善，她正在仔細地將人參切成薄片。

「爹，您來了！」安松柏搬來一個板凳讓他在安玉善旁邊坐下。「這孩子魔怔了一樣，先是盯著瞧，然後又是小心翼翼地用水洗，又用刀片刮，現在是切成片，我都怕她傷到手。」

「爹，我不會的。」待安清和一坐下，安玉善就拿起一片人參給他瞧。「爺爺，這真的是人參，可不是什麼桔梗，而且還是五十年的人參呢！」

安玉善不是沒見過人參，只是現代自然林區被人類過度砍伐，野生的藥材成色都不好，人為種植的又少了那麼一點藥材的靈性，所以這樣成色、質量皆上等的五十年人參的確很是難得。

「爺爺可不懂這些，玉善看著好那定是極好的，妳打算拿這人參煉製藥丸？」安清和親和地揉揉小孫女的頭髮，真沒看出這孩子還是個藥癡。

安玉善搖搖頭。安家人的確和普通的百姓不一樣，一聽到從山裡挖到人參，沒有一個人勸她賣掉，就是梅娘和安松烈明知道人參是安齊武發現的，到現在也沒來問一句。

「我打算給奶奶和齊武哥煎藥吃，如果還有剩下的再煉製成藥丸。」人參難得，但家人的健康更重要。

「嗯。」安清和欣慰地點點頭。

快到傍晚的時候，安家的人都齊聚在村尾的安松柏家，男人們跟著自家孩子學習認識藥草，女人們則幫著尹雲娘一起做飯，梅娘更是把鐵板也拿來了，準備攤煎餅吃。

正當小院裡越來越熱鬧的時候，山下村幾名婦人說笑著也走進了安松柏家。

「林大嫂、張嬸子、陸大娘、菊英，妳們怎麼來了？」正在洗菜的尹雲娘趕緊擦擦手，笑著迎了上去。

「雲娘，我們想找妳家玉璿商量件事，只是沒想到妳家晚上會這麼熱鬧，要不我們明天再來吧？」孫氏沒想到安清賢他們都在。

這山下村大得很，在亂世中求生，各家串門也都不勤快，安松柏家又在村尾，來的人就更少了，所以孫氏幾人也沒想到人家一大家子人正在吃團圓飯呢。

「林大嫂，來都來了，哪有見人就走的道理，難不成這家裡還藏著老虎不成？」陳氏也笑著從廚房裡走出來，順便把安玉璿也叫了出來。「玉璿，妳幾個嬸子、大娘找妳有事，東屋沒人，妳們去吧！」

安玉璿答應一聲，接著笑著把孫氏幾人請進了東屋，沒過一會兒，安玉璿又把許雲也喊了進去，也不知道幾人在屋裡說了些什麼，不一會兒就傳出了笑聲。

事情說完之後，安家人要留孫氏幾人一起吃飯，她們都藉口說家裡有事婉拒離開了。

「大姊，林大娘她們是為了香囊的事情來的吧？妳答應了？」安玉冉湊近安玉璿小聲問道。

「嗯。」

平時安玉璿和秀兒她們繡的香囊最多也就是三文錢到五文錢一個，繡布、繡線都是繡坊的，而現在安家也給她們提供彩綢和繡線，做成的香囊卻是十文到十五文一個，這也算是天價了。

安玉冉想著怪不得孫氏幾人離開前眼圈都紅紅的，安家此舉意在幫扶村裡人，這番好意她們自然也是明白的吧！

正當安家人在天將山下的農家小院裡，一家老小聚在一起吃飯聊天時，遠在三千里外的帝京，有一戶顯貴人家正處於愁雲慘霧之中。

「太醫怎麼還不來？」原是北朝舊臣，如今是大晉朝元武帝親封的一品侯府內，列軍侯孟少輝氣急敗壞地問道。

「回侯爺的話，如今帝京城裡僅有的幾名太醫都來給老夫人瞧過了，說自己沒能耐，治不好……」

大管家一頭冷汗都不敢擦。侯爺是孝子，可如今的帝京已經不是北朝的都城，而不過是大晉朝的一個州而已，所謂的太醫院早就空了。

更何況當初大晉朝攻打北朝形勢危急，為了帝京幾十萬無辜老百姓的性命，孟少輝率軍投降，不管他的本意是什麼，在北朝舊民眼裡，他就是個令人不齒的逆賊，要不然城裡醫術最高的周太醫也不會寧死也不給孟家人治病。

「他們沒能耐！」孟少輝一身戾氣，一拳擊在廊柱上，鮮血順流而下。

大管家一臉焦急地道：「侯爺，您千萬別氣，為今之計也只能去益芝堂求大老爺了，他藥鋪裡有大夫，也有藥啊！」

「大伯不會見我的。」孟少輝不是沒想過去求自己的大伯孟壽亭，可老爺子性情耿直剛烈，對於他向大晉朝投降一事恨之入骨，如果不是孟氏族長力保，他早就被逐出了孟氏家族。

「爹，我去，大爺爺他不會見死不救的！」這時，孟少輝的嫡子孟元朗堅定地說道。

「我一定會讓大爺爺出手救祖母的。」

「你大爺爺最是疼你，去吧！」如今也只能讓自己長子一試了。

半個時辰不到，少年英武的孟元朗就帶著益芝堂的坐堂大夫匆匆回來，先給孟少輝的母親荀氏診了脈、施了針，所說之話也與前幾位大夫沒什麼不同。

「徐大夫，除了閻大夫之外，你可是益芝堂醫術最高的坐堂大夫，難道真的一點辦法也沒有嗎？」孟少輝臉上都是痛苦和絕望。

「侯爺，徐某的醫術也只能為老夫人再續命半月，如今閻兒正在敬州的封安縣益芝堂分號，他在那裡似乎遇到一位製藥奇人，如果能請來此人為老夫人治病，說不得還有一線生機。」

「製藥奇人？」

孟少輝不敢耽誤，而孟元朗則義不容辭領了此任，快馬加鞭趕往敬州。

都說寶馬良駒，一日千里，孟元朗累死了兩匹馬，終於在第四日傍晚趕到了封安縣，見到了徐奎和閻明智。

兩人見到孟元朗手持的是孟壽亭的玉牌，說是孟家二房的老夫人病重，帝京的大夫束手無策，這才找到了封安縣。

「徐宗賢弟要是都沒有辦法，估計我的醫術也治不好，徐掌櫃，看來咱們要去一趟山下村了。」

徐奎和閻明智讓孟元朗先休息一晚，第二天一大早，三個人便騎馬來到了山下村。因記著安清賢叮囑過不要張揚，所以他們裝作討水喝的外鄉人進了村，並探聽到安家人住的地方。

安清賢請三人先進了自家堂屋，得知來意之後，臉上沈思片刻，並沒有告訴他們自家會醫術的是何人。

「安先生，此為人命關天之事，難道老先生要見死不救？」閻明智從一開始就覺得安家人行事太過神秘了些，似是一直在保護什麼人或者守著什麼秘密，就連進入這山下村，他們也覺得村民們看他們的眼光透著防備和古怪。

「閻大夫，不是老朽不願意幫忙，實在是無能為力。我只會種田、打獵，並不會醫術。」安清賢說完就站了起來。「松堂，你進來。」

安松堂今日正巧在家，他走進堂屋之後，安清賢在他耳邊低語兩句，他看了孟元朗三人一眼，快步走出了家門。

「老先生，我祖母危在旦夕，您有什麼條件儘管提，孟家一定盡力完成，只求老先生仁心為念，救她老人家一命。」孟元朗只當安清賢是不想出山救人，言辭愈加懇切。

安清賢已知他的身分，為難地說道：「孟公子，老朽並沒有誆騙你，你也別著急，我已經派犬子先出去了，如果……你還是等等吧！」

見安清賢欲言又止，孟元朗幾人只覺得更加揪心，這安家人到底是怎麼回事？

第十章　大姊成婚

好在安松堂很快就跑進來了，對著孟元朗說道：「還請這位公子將你家祖母的病情詳細告知。」

孟元朗不明其意，可只要有一線生機，他就不會放棄，便將自己所知的病情都告知了安松堂，然後見他又急匆匆地跑出家門。

等到安松堂再次歸來，手裡拿著兩張未乾的紙，先出聲對孟元朗說道：「你家祖母除了剛才所說的那些症狀，可還有唇甲紫暗、手腳麻痺、睡多眩暈之狀？」

「沒錯，正是如此。祖母現在腹脹身痛、面容蒼白、全身高熱不退，可有解法？」孟元朗一聽安松堂把自家祖母的症狀說得分毫不差，心中的希望急速上升。

安松堂一聽也笑了，似是鬆了一口氣，將右手拿著的紙張遞給他。「這乃是治癒此病的藥方，你們回去讓人按照藥方上所說的煎藥熬製，不用拘著時辰，病人不舒服的時候就讓她喝些，很快便能好了。」

說完，他將自己左手拿著的藥方摺疊好放進懷裡。

剛才安玉善說了，如果有以上那些額外的症狀就給右手拿著的藥方，如果沒有，就給左手拿著的藥方。

「只是這一張藥方？」孟元朗是武將，但小時候跟在孟壽亭身邊久了，一些草藥他還是認識的，再說身邊還有閻明智呢。

「六味茯苓湯？」閻明智心中更是大駭。

這藥方上的藥草他都知道，可就這簡單的幾味藥，真的就能治好太醫們都無法醫治的重病？

作為一個很有上進心的大夫，他太想找出寫藥方的人問個究竟了，可無論是他、徐奎還是孟元朗如何求見此人，安清賢都出言拒絕。

沒有見到幕後真人，只拿到一張不知道有沒有效果的藥方，孟元朗很不甘心，可他看出就算是強人所難，安清賢父子也是不會說的。

就連他們從安清賢家出來後，想從村民口中探聽一二，最後也是徒勞無功，看來這山下村真的藏著一個大秘密。

心不甘情不願的孟元朗只好拿著那一張藥方離開此地。安家人說了，病好之後再給診金。

幾日後，回到帝京的孟元朗先去見了孟壽亭，將藥方拿給他和益芝堂的徐宗看。

「湯泡七次的半夏、去皮的赤茯苓、去瓤麩炒的枳實，還有桔梗、甘草等幾味藥乃是十分常見的，不過這炮製之法與尋常醫家倒是不同，如今看這張藥方倒像是對症的，大東家不妨一試。」徐宗嘖嘖稱奇，他現在都想啟程去封安縣見一見此人了。

「元朗，你也聽到了，就照這張方子試試吧！」孟壽亭面無表情地說道。

「是，大爺爺。」孟元朗趕緊出發去益芝堂抓藥。

誰都沒想到，一劑藥喝下去之後，荀老夫人的脈搏變強了，就連身上的熱度也退了不少，呼吸也順暢了。

一見有效，孟家人自然大喜，又接著給荀老夫人喝這六味茯苓湯，一天下來，老人不但睜開了眼睛，還能進食，三日後竟然有了精神，也能下床走動。

不到兩日，孟家老夫人因為一張神奇藥方轉危為安的消息便在帝京悄悄傳了開來。

有些人自然是不信的，想著這定是孟家為了讓益芝堂在新朝站穩腳跟而故意演的一齣戲罷了，現在誰不知道益芝堂的生意並不好？

不過也有人是半信半疑的，而存疑就要解惑，有些人暗地裡已經開始打探這藥方的真正來源。

帝京四大主街之一的富源街上，川流不息的人群都快把街道堵住了，這還是疆土不足大晉朝三分之一的北朝滅亡之後，富源街上第一次如此熱鬧。

聽說是新科狀元娶親，要搭臺子唱曲兒，好多人都來湊熱鬧呢！

在街尾拐巷口有一家不打眼的小酒樓，二樓雅間裡站著一對中年夫婦，他們面前的床上躺著一個面如冠玉的清瘦少年，白皙的肌膚泛著病態的紅潤。

「南叔，可打聽清楚了？」少年看起來只有十四、五歲，微閉著雙眼，睫毛很長，手掌骨節分明，彷佛一捏就碎，出口的聲音輕如鴻毛，卻敲得人心裡悶悶的。

「回公子話，打聽清楚了。那孟家二老夫人病重之後，孟少輝幾乎把全城的大夫都拉進了列軍侯府，可都說治不好，後來孟少輝之子孟元朗快馬去了封安縣，拿回來一張藥方，孟家老夫人只吃了一劑就見效了。」被稱為「南叔」的男子恭敬地說道。

「這麼說那人的消息還是準確的，藥王神穀子一直隱居在大神山脈之中，難道在封安不成？」少年依舊沒睜開眼睛，聲音還是很輕，彷彿漂浮在空氣之中。

「公子，那咱們要去封安縣嗎？」程南眼中露出希冀。

「嗯，去吧！」說話的少年語氣中有著藏不住的無奈。

不去的話，留給他的性命怕是就只有半年了吧？籌謀了那麼久，難道還沒開始就要結束？不，他不甘心！

轉眼初夏都快要過完了，就在前兩天，安玉善不但等來了益芝堂的合約，還等來了孟家送來的診金，二百兩白銀，算是十分豐厚了。

有了銀子，安家準備辦的第一件事就是許誠和安玉璿的婚事。

「許誠、玉璿，大爺爺想問問你們，要是現在把你們倆的婚事辦得簡單低調一些，你們會覺得委屈嗎？」

這天，安清賢、安清順和安清和把許誠和安玉璿叫到了面前問道。

許誠和安玉璿相視一眼，笑著看向了三位長輩，異口同聲地道：「不委屈。」

接著許誠繼續說道：「三位爺爺，晚輩和玉璿心裡都明白，現在許傑父子依舊不肯放過我，我過得越好，他們就越看我不順眼，說不定還會為家裡人帶來災禍。許誠得安家恩惠，這輩子做牛做馬也還不完，如今蒙長輩們不棄，能與玉璿這樣美好的女子結為夫妻，是我許誠天大的福分和運氣，我很珍惜，更想要守護好這份得來不易的幸福。以前我以為香車寶馬、錦衣玉食便是不委屈，可我現在明白了，真心相對才是不委屈，其他的都不重要。」

「三位爺爺，許大哥說的便是玉璿要說的，玉璿從不在乎這些，只願夫妻和睦真心，甘苦與共。」安玉璿淺笑盈盈地道。

「好孩子，兩個都是好孩子！」安清賢滿意地點點頭，安清順和安清和也看著他們滿意地微笑。

「既然這樣，就依照原先定好的日子，七日後便給你們完婚！」安清賢大笑著說道。

聞言，剛才還在長輩們面前疑似互相表白的小倆口都不好意思地低頭一笑，抬頭再看對方，眼波流轉都是化不開的濃情密意。

許誠和安玉璿的婚事正式敲定後，安家所有人都開始忙碌起來。

由於陳氏和丁氏心細又會殺價，她們就幫忙去鎮上買做席面所需的各種油糧米麵和雞鴨魚肉；而林氏和尹雲娘則去買紅燭、嫁衣等婚禮所需之物，梅娘就負責在家裡給眾人做飯。

至於安家的男人們，一批跟著去鎮上扛東西，一批進山打獵。

家裡的大人們把所有的事情都攬去了，安家的小輩們只能繼續進山採藥，別的忙也幫不上。

就在安玉璿嫁人的前兩天，安家幾位出嫁的女兒都陸陸續續回來，準備參加婚禮。

「沛玲、沛芬、沛瑤，妳們怎麼也都沒帶孩子過來呢？」

尹雲娘和林氏從鎮上回到三房老宅的時候，就看到安清賢的大女兒安沛玲、二女兒安沛芬，和安清和的小女兒安沛瑤正陪著鄭氏在屋裡說話。

安清賢的小女兒安沛琴和安清順的女兒安沛如嫁得遠，一收到信就趕來了，昨晚上才剛到的，她們也是沒帶孩子回娘家。

「三嫂，咱們家裡人本來就多，我家那兩個太鬧騰，再說他們在人家鋪子裡上工，也不好回來。」安沛玲爽朗一笑說道。

安沛玲是安家長房嫡女，今年三十歲，膝下有兩個兒子，大兒子文強今年十三歲，在峰州府城的一家小酒樓做店小二；二兒子文壯今年十歲，在一家鐵匠鋪做學徒。

「大姊說得是，我家那兩個還小，這路途又太遠，公婆也都不放心，以後有的是時間帶他們過來。」安沛瑤也笑著說道。

「其實妳們不必如此，現在家裡日子好過一些，幾個小的又能吃掉多少？」尹雲娘還是有些「不滿」地唸了一句。

其實她心裡清楚得很。安沛玲幾個之所以沒把自家的孩子帶來，不外乎是因為覺得娘家日子不好過，多一個人來就要多添一張口，到時候飯菜不夠吃會讓安家丟顏面。

「三嫂，妳可別想太多。」自從兒子撿回一條命，現在安沛芬根本不怕日子苦，更把安玉善的恩情謹記心中。「玉璿是我們的親姪女，這次她成婚是大事，我們這些做姑母的雖說添箱拿不出什麼金貴物件，可幫幫忙還是有力氣的，孩子們要是都跟來，鬧哄哄的可是腦仁疼！」

「還是咱家沛芬會說話。妳們的好意妳們三嫂心裡明白得很，不過下次說什麼也要把孩子們都帶過來，都是一家人，可不要太外道，否則這情分就淡了。」鄭氏以長者溫和的口吻看著她們說道。

「嬸娘，您說的我們都記住了，下回一定帶孩子們來看望您。」安沛玲握著鄭氏的手親熱地說道。

很快的，安家的女人們都聚在了屋子裡，不一會兒氣氛就更熱鬧了。

當然，安沛玲幾人去村尾安家小院時，關於那滿院子的藥草雖然沒有多問什麼，但看安玉善的眼光還是不同的，好奇中有著些許敬畏。

安玉善從安玉冉和安玉若的口中已經得知自己五個姑母都嫁得遠，而且她們在婆家的日子也很清貧。

因為亂世中經常鬧兵鬧匪，安清賢讓她們沒有急事儘量不要回娘家，不過這次安玉璿成婚，安清賢還是讓人通知了她們，怎麼說安玉璿也是安家的嫡長孫女。

安玉善初見她們時還是有些陌生，但相處之後，很快就親近起來。畢竟都是安氏女，血緣是騙不了人的。

安玉璿與許誠成婚的前一天，下了場大雨，好在次日就放晴了，就連暑氣也減了許多，風和日麗，難得的夏日好天氣。

雖然沒有鑼鼓喧天的迎親隊伍，但是全村人都來湊熱鬧，人群的歡笑聲讓喜氣更加濃厚。

穿著大紅嫁衣的安玉璿被安齊明揹出了院門，而院外停著一頂用山裡粗實的綠色藤蔓和青竹綁好的花轎，從外觀上看這就是一把簡易的竹椅轎子，不同的是椅子上到處都是山裡常見的五顏六色的鮮花。

這是安齊全、安玉冉幾個弟弟妹妹一起送給安玉璿的結婚禮物，一台名副其實的「花轎」。

安玉璿上了轎之後，安齊明、安齊全、安齊傑、安齊文四人抬著她繞著山下村走了一圈，最後在許誠居住的小院停了下來。

許誠這個新郎官雖然雙腳不利於行，但他坐在輪椅上也陪著安玉璿繞了村裡一圈，這便是迎親了，雖然儀式簡單，依舊風光溫馨。

等到安家開席的時候，看熱鬧的人群全都自動散去，雖然安家小院裡飄出陣陣誘人的香氣，但沒人會厚著臉皮來蹭飯。

「這道醋溜白菘一定是沛瑤炒的！」喜宴上，滿臉笑容的安清順已經有了些許醉意，每上一道菜，他就要猜猜是誰做的。

安清順這一說，知道內情的安家人都哈哈大笑起來，只有許誠有些不解地看向他。

「這丫頭從小就愛做這道菜，而且放的醋每次都比旁人多。」安清順笑著解釋道。

「鐵板豆腐來了！」負責從隔壁院端菜的安齊全上了一道菜。「二爺爺，您猜猜這道菜是誰做的？」

眾人一看，這安齊全嘴裡說的鐵板豆腐薄厚均勻，嫩黃的表皮上還有綠油油的蔥花，這一配起來，光是看著都像是大酒樓裡的上等菜，安家的女人們什麼時候有了這樣的巧心思？

「這個……」安清順先挾了塊豆腐嚐一嚐，滿嘴的香氣，配上蔥花更加開胃。「咱家的女人們廚藝雖然都還行，但做出這樣美味菜餚的怕是沒有，依我看……嗯……該是玉善吧！」

在一旁等著聽結果的安齊全露出驚訝的笑意。「二爺爺，您可真神了，這就是玉善妹妹做的！」

「玉善的廚藝是越來越好了，今天的魚也是她做的嗎？」安清賢也吃了一塊鐵板豆腐，的確是又香又嫩，他可記得以往豆腐的滋味不是這樣的。

「今天的魚是二姑母做的，不過玉善妹妹做了一道特別的菜，她說一會兒就好了。」安齊全說的時候都開始犯饞了。

「哦，什麼特別的菜？」眾人的好奇心立刻就被提了起來。

只是還沒等安齊全說出來，就見一位滿頭大汗的村民衝進小院裡，朝著安清賢就跪了下來。

「族長，救命呀！」

「大木，你這是怎麼了？誰出事了？」安清賢放下手中的筷子，一臉不解地看向同村的族人安大木。

「族長，我妹妹快不行了！」剛過而立之年的農家漢子安大木，黝黑粗糙的臉上已經有了淚痕，跪在地上就給安清賢磕頭。

「你快起來，把話說清楚！」安清賢一臉的族長威儀和長者風範，成功地震懾住心思慌亂的安大木。

「大木，巧珍不是剛生完孩子嗎？聽說還是個大胖兒子，怎麼就不行了？」同來吃喜宴的一位安氏長輩很是疑惑地問道。

安大木抹了一把眼淚，哽咽地告訴眾人。他妹妹巧珍半個月前剛生下一個兒子，可生完之後就大喘出汗，不但身體發熱，還一直咳嗽。

穩婆說以前遇過有產婦也是這樣的情況，就給了一個藥方，安巧珍的丈夫就慌忙去府城抓藥。人家藥鋪的坐堂大夫聽了症狀之後，開出的藥方和穩婆說的一樣，於是安巧珍的丈夫也就更加安心了。

可沒想到藥吃下去之後，安巧珍身上的汗出得更多，沒過兩天眼看著就不行了。

家人慌忙地把她拉到府城的醫館，坐堂大夫診了脈又開了藥，原本指望這次能有好轉，但現在產婦就剩下一口氣吊著，安大木知道之後就趕緊來求安清賢。

第十一章　想買荒地

「大木，巧珍現在在哪兒？」安清賢聽完後，眉頭皺了一下。

安玉善會醫術的事情在山下村已經成了公開的秘密，就像之前馬駿那樣連府城的大夫都沒有辦法醫治的病症，說不定到了安玉善的手裡就能化險為夷。

「族長，我妹妹就在我家，除了我妹夫，沒其他別的人了……」安大木畢竟是安氏族人，他和其他族人一樣早就意會到安清賢想要保護安玉善的「心思」。

安清賢點了一下頭，起身到了隔壁叫上安玉善，然後來到了村頭第三家的安大木家。

「族長、玉善，快……」安大木的母親劉氏眼淚漣漣，看到安清賢帶著安玉善來到自家院中，慌忙迎出來，屋裡的女兒都快要翻白眼了。

安玉善小跑進安巧珍躺著的裡屋，先讓其他人都出去，接著給已經暈厥過去的安巧珍診了脈，又察看了她的身體狀況，之後又施了針，才暫時保住她的性命。

等到她從屋裡走出來時，一直等在院子裡的安大木的家人、安清賢、跟來的村民以及其他安家人都急切地看向她。

「玉善，怎麼樣？」

「大爺爺，沒什麼大問題，讓人用六兩生山藥煮汁給產婦慢慢喝下去，喝完之後再添水重煮，晚上也別停，到了明天再換六兩生山藥，還是照樣煮汁給產婦喝，二、三天就能好了。」安玉善輕吁了一口氣道。

「山藥煮汁？就、就這麼簡單？」安大木說話都有些結巴了。「可……可哪裡有生山藥呀？」

安玉善一時也有些作難。現在自己手裡沒有生山藥，上次安齊志找到的山藥早就給家人補身體吃完了。

「大木、松堂，你們通知今天在村的族人去山裡找生山藥。玉善，妳在採藥方面有經驗，帶上妳二姊還有齊志他們也進山，我再去找幾個對山裡熟悉的老獵手，免得到時候大家找山藥的時候遇到危險。」

安清賢很快就想好了對策，單憑幾個人怕是一時找不到生山藥，只能大家齊心協力才有希望。

這麼多年，安清賢說是峰州安氏的族長，可在山下村也是最有權威的人，村裡的雜姓村民也都把他當成自己的族長和敬重的長輩。

因此他的話一說出來，很快的大半個村子的人都主動提出來要進山幫忙找山藥。

「溜子哥、強子，你們和我一起進山，上次的山藥就是我找到的！」已經有了一次經驗的安齊志叫上村裡和他差不多大的幾個男孩子一起繞到了後山。

「齊志，這山藥到底長什麼樣子？」

馬溜子對這片山也熟悉得很，可他從來都是看天不看地，看水不看土，看樹不看草，剛剛才知道這山裡還藏著救命的藥材。

「山藥的葉子形狀有點像尖一些的手掌，能入藥的是埋在土裡像棍子一樣的東西，上面還有密密麻麻的小疙瘩，就和粗樹根差不多，喜歡有陽光的地方，土也要鬆軟的沙質土。」安齊志一邊在後山的向陽處仔細翻找，一邊和自己的小夥伴們講道。

馬溜子他們心裡疑問多得很，比如這藥草根怎麼會長得和棍子很像？比如什麼是沙質土？

不過大家都知道現在不是追問的時候，能照著安齊志所說的找到最好。

一個時辰後，正當其他進山的人一無所獲，安齊志帶著馬溜子他們不負眾望又一次找到了山藥，而且還是不小的一片。

「太好了！哈哈哈，找到啦、找到啦！」安齊志興奮地大吼。

「原來這就是山藥，我們找到了！」馬溜子他們趕緊派人去給附近的大人報喜。

好不容易冷靜下來的安齊志趕緊派小夥伴們護住這片山藥區，這次他可要跟著安玉善好好學著怎樣更有效率地挖山藥。

「齊志哥，山藥真的能煮粥吃嗎？」強子比安齊志小半歲，從三歲開始就是安齊志的跟屁蟲。

「能吃也不准吃，這可都是救人的藥材，要是都挖光吃完了，生病了找不到藥材怎麼辦？」很有憂患意識的安齊志大聲說道，聞訊趕來的大人們也都聽到他說的話。

是呀，要是把藥材都當糧食給吃完了，改天要是自家人生病卻沒藥，那不就糟糕了？

「玉善，妳快來看看這是不是山藥？」好幾個人簇擁著安玉善來到安齊志發現山藥的地方。

「沒錯，就是它。」安玉善趕緊拿著小鐵鏟挖了起來。

其他拿著農具的村民也幫她一起挖，很快的，一整根山藥就被挖了出來，足足有三尺多長。

「這……這就是山藥？怎麼這麼大？」從來沒見過有人從土裡刨出來這麼長的東西，眾人都震驚極了。

不一會兒，這片山藥集中區又出現了許多聞訊趕來的村民，大家全都一臉好奇地看著挖出來的山藥。

而安玉善也不忘告訴他們，這個時節正是山藥的生長期，能在天將山採挖到成熟粗大的生山藥，真是太幸運了。

「玉善，現在山藥已經挖到了，妳最會處理這藥材，趕緊去妳大木叔家給妳巧珍姑煮藥去吧！」人命是大事，安清賢認為還是安玉善親自來做比較好。

「知道了，大爺爺。」安玉善沒有推辭，起身和小心拿著山藥的兩名村民一起回了村。

削皮、切片、溫煮……安玉善在安大木家凌亂窄小的小廚房裡用心地煮好了山藥。

期間，安大木的娘劉氏和妻子李氏都在一旁仔細地看著，每一個步驟都沒放過。

這次是安玉善幫忙煮藥，第二次就需要她們來做了。

等到安玉善從安大木家回來時，太陽都已經落了山。

雖然安玉璿和許誠的婚事因為安巧珍的病情有了小小變故，親友們喜宴也沒吃得盡興，但眾人一同努力救回一條性命，比吃山珍海味還滿足。

第二天一大早，安沛玲幾人就急匆匆地趕回了婆家，自家還有一大攤子事等著她們呢！

安玉善也是天沒亮就和安玉冉、安松柏一起進山採藥。走到昨日的山藥區，竟然發現這裡在一夜之間就搭起了一個簡易的草棚，還有村民住在這裡。

「東海哥，昨晚是你守著？」安松柏一看到聽聞異響便機警地走出來察看的同村人馬大海，並沒有很意外。

昨天安玉善帶著山藥去給安巧珍看病之後，安清賢立即派人護住這片山藥區，雖說山下村的村民都是良善之輩，可如今世道亂、日子難，難保不會有人鋌而走險禍害了這片山藥。

「呵呵，沒錯，是我守著呢！松柏、玉善，今天是不是還要挖山藥呀？」

這「山藥」之名，山下村的村民知道的並不多，見過的就更少了，馬大海聽兩個經常出外的村民提過，這山藥可是難得的好藥材和好吃食，因此他夜裡看管得更加盡心，一是怕人來偷，二是怕山裡的野獸糟蹋，輾轉反側倒是沒睡得安穩。

「馬大伯，今天我不挖山藥，這片山藥還要再讓它長，秋冬的時候再採挖。」不到非動不可的時候，安玉善是不會「貪心」地全都弄到自己手裡的。

現在全村人都知道山藥的好處了，她也不好意思再挖回家自己吃，看村民對山藥如此重視，她或許可以想個更好的辦法。

採完藥回到家，已經是烈日高掛的正午。

盛夏時節的山腳下，因著涼爽山風的緣故，還有村中遮蔭蔽日的高大樹木，山下村倒是酷暑漸消。

正在家裡炮製藥材的安玉若、安齊志幾人見安玉善吃完午飯後就有些心不在焉，不知道在想些什麼？

「玉善妹妹，妳不是說今天要教我用羊腸縫傷口嗎？還教不教呀？」興奮了好幾天的安齊傑湊到走神的安玉善面前道。

就在不久前，安玉善在封安縣訂製的那套奇怪精巧的鐵東西就拿回來了，而且她還教他們製作了簡易的羊腸線，說是有了這套工具和這些線，就能把人或者動物的傷口縫合好。

安齊傑、安齊文幾個男孩子早就按捺不住激動想要學了。這段時間他們白天採藥、炮製藥材，學習基本的醫學常識，晚上還要回家讀書寫字，日子雖沒有以前清閒，但學醫的興趣卻一個個都被安玉善給引了出來。

「齊傑哥，明天再教你好不好？」安玉善回過神來，有些歉疚地笑著問安齊傑。

「好，那可說好了明天教！」安齊傑猜出安玉善此刻有心事煩擾，也沒有再打擾她。

到了傍晚，安玉善還是忍不住去找安松柏和尹雲娘。

「爹、娘，我有件事情想和你們商量一下。」

難得見小女兒對自己說話如此正式，安松柏和尹雲娘也立即嚴肅起來。「玉善，什麼事，妳說。」

安玉善走到二人面前說道：「爹、娘，我聽二姊說咱們家只有五畝地，現在還能不能再買一些地？」

安玉善從安玉冉幾個兄姊那裡得知，舊北朝對土地管制非常嚴苛，普通百姓每戶男丁最多只能購買十畝地，女子最多只能有五畝，而且土地的價格十分昂貴，一畝良田最高可要十餘兩，就連荒地也要三兩銀子一畝。

當然，舊北朝的上流階級對於土地的購買則是沒有限制的，因此造成舊北朝的大部分土地都掌握在有錢有權人的手裡，越發顯得老百姓的日子更艱難。

「怎麼突然說要買地？妳不用擔心家裡的糧食不夠吃，今年風調雨順的，再過一個月，田裡的麥子和稻米就能收成了。」安松柏以為安玉善是憂心家裡糧食不夠吃。

「爹，我想買地不是為了種糧食，我想種藥草。」安玉善直接說道。

「種藥草？」安松柏和尹雲娘疑惑地對視一眼，後者看著安玉善，不解地說道。「玉善，這大山裡藥草不是多得很嗎？就算天將山不多了，別的山裡還有呢！」

大神山脈是山連著山、河連著河，居住在這裡的百姓真正會踏進去的地方很少，不愁以後找不到藥材。

「雖說山裡野生的藥材多，可畢竟取之有限，而且進入深山很危險，有些藥草更是難存，遇到重症找不到適合的藥材，也會讓人丟了性命。如果自己栽種藥草就不怕藥材不夠用了，採挖也更方便。」

野生的藥材藥效自然奇佳，但自己栽種的藥草也未必會差到哪裡去，以前安玉善就自己種過，所以這方面她很熟悉，也很有信心。

安松柏和尹雲娘想著安玉善說的也有道理，就像這生山藥一樣，要是家家戶戶都種，還怕遇到急症找不到藥材嗎？

「玉善，這買地不是小事，爹去問問妳大爺爺。」安松柏心想就算這地到時候買不成，自家院子也不小，讓安玉善在院子裡種藥草也成。

「謝謝爹！」安玉善高興地笑道。

「傻丫頭，我是妳爹，說什麼謝。」安松柏憨厚一笑，起身就去找安清賢。

夜風宜人，繁星閃爍，安家小院燃起了一堆篝火，將村尾照得亮亮的。

此時雖是盛夏，但夜晚的山下村還是有些涼意，而篝火是為了節省蠟燭照明用的。

安齊傑、安齊全幾個人還沒有回自家，吃過晚飯，安玉善可能是因為安清賢同意買地的事情而心情好，很是積極熱情地教他們縫合傷口。

「這縫針怎麼比繡花針還難拿捏？太難了！」安齊志拿在手裡的是最大號的縫針，安玉善讓他們在動物皮上練手，可他試了很多次，縫好的「傷口」都歪七扭八的，像肚子疼的蚯蚓一樣難看。

「我覺得不難呀，你用持針器夾住，找對方向，多練幾次就好了。」安齊傑頗有些得意地道。

他在編竹筐、簸籮方面有天分，沒想到真正的天分是用這種奇怪的縫針和持針器縫合傷口，安玉善剛才可是誇了他好多次呢！

「我覺得還是銀針好，又長又細，找準分寸扎下去就能治病。」比起縫針，安齊文更喜歡銀針，每次安玉善給鄭氏和安齊武扎針的時候，他都非常認真學習。

「要我說，還是進山採藥最好。玉善，二姊能不能不學這些東西，以後專門採藥就行？」安玉冉對於針黹女紅原本就笨拙，實在是提不起學習縫針的念頭，她的手指都扎出血好幾次了。

「不行。」從堂屋走出來的尹雲娘出聲說道。「這多學一門手藝總不會是壞事，大晚上的又不能進山採藥，玉冉妳就老實地學。」

「是呀，二姊，我也覺得挺有意思的。」安玉若嘿嘿笑道。

就這樣，伴隨著安家人的說笑閒聊之聲，夜深了，篝火反而越燒越旺。

次日，勤快的太陽老早就出來上工，安清賢帶著安清和跟安松柏拿著銀子就去了縣衙買地。

如今北朝滅亡，那些屬於北朝的朝廷法度自然也作廢，前段時間大晉朝的朝廷就頒發了新制度，現在百姓買地沒了限制，只要每年繳納一定的田稅即可。

安玉善進山採藥的時候，心中還一直想著買地的事情，現在新舊朝廷交替，不知道這程序上會不會很麻煩？

還有，萬一當地的官員貪財不仁，故意為難自己的家人該怎麼辦？

因為對外面世界的未知讓她怎麼也放心不下，安玉冉也看出她心不在焉，就讓她先回家了。

好在過了中午，安清賢三人就回來了，只不過安玉善沒想到他們竟然是坐著馬車回來的，而且馬車後面還跟著兩輛馬車，一輛似是坐著人，另一輛上面都是摞在一起的木箱子。

三輛馬車在安玉善家門前停住，在山下村出現這樣大的陣仗，自然引起許多村民的注意。

第十二章　救治村民

安清賢三人從第一輛馬車上下來，接著又有一個看起來老實的中年男子走了下來，面對眾人很是和善。

迎出門的安玉善也在打量著此人。這時，她又看到一名綰著髮髻的中年婦人從第二輛馬車上下來，而從很快掀起又放下的車簾間，安玉善瞥見那馬車裡還有一個人，可惜她只看到了白色的衣角。

安清賢微微一笑告訴村民們，站在他身邊的中年男子叫程南，下車的那位女眷是他的妻子柳氏，他們原本是人家的家奴，後來主家出事，他們便帶著生病的小主子落難到峰州，並打算暫時在山下村安家落戶。

不僅如此，他們在縣衙辦的房契就在許誠和安玉璿家的隔壁，地契與安松柏剛辦好的荒地地契恰巧也在一處，以後就是一個村的村民，讓大家多關照他們。

山下村是由很多落難的百姓聚在一起而自然形成的村落，所以村民們對於落難到此的程家並沒有任何排外心理，反而熱情地幫他們一起搭建簡易的房屋。

現在正是夏季，山裡樹木多，村子裡也有木匠，再加上村民們的幫助，只用四、五天的工夫，程南夫婦和他們一直沒有露面的小主子就住進了簡單但飽含全村人熱忱的新院裡。

隔壁住進了陌生的新鄰居，單純善良的山下村村民們倒是沒覺得有什麼異樣，反倒是許誠和安玉善各自心裡起了疑惑，覺得這程家人沒有表面上那麼簡單。

這天，朦朧的清晨裡，安玉善揹著安齊傑替她編織的小背簍走出了家門，哥哥姊姊們比她起得還早，已經進山採藥了。

「玉善姑娘，又進山採藥呀？」安玉善經過程家的時候，早就打開的竹門走出一個高大健壯的身影，此人正是程南。

「是呀，程大伯。」安玉善友好地笑笑，帶著孩童特有的純真。「您今天也要進山嗎？」

「沒錯，我想進山挖些野菜，昨日妳家送過來的野菜餅，我家小公子很是喜歡，胃口也好了不少，真是不知道要怎麼感謝妳爹娘？」程南揹著背簍走近安玉善笑道。

原以為跟山下村的村民打好關係會很難，可沒想到這山野小地方的百姓們會如此淳樸可親，見他們是落難之人就處處幫襯，倒讓他和妻子有些內疚起來。

「喜歡就好。」安玉善淡然一笑。「程大伯，我知道哪裡有新鮮好吃的野菜，不如您和我一起吧！」

「好呀，我也正愁對這天將山不熟悉呢！」程南就是在等安玉善這句話。

於是，一高一矮的兩個身影就消失在清晨的薄霧之中，而從打開的程家竹門內，一雙幽深的眸子似是穿透無數屏障，看進安玉善那小小瘦弱的身體裡。

安玉善帶著程南進了天將山，一路上兩人倒是有說有笑，並不顯得陌生。

面對看起來單純善良的小姑娘安玉善，程南心裡不禁嘀咕。他們查到的消息難道有什麼紕漏不成？

這農家小姑娘真的會和藥王神穀子有什麼牽扯？怎麼相處起來不像呢？可安家突然有了會醫術之人，也的確是太奇怪了些。

安玉善低著頭尋找能採的草藥，但此時她的內心深處並不像她表現出來的那麼平靜，因為她已經感覺出來程家的有意接近。

不知是程南夫婦演技太好還是他們本性如此，倒是很投安家人的脾性，就這短短幾天，兩家人的關係親熱得像是幾十年的老鄰居一樣。

「玉善姑娘，妳這採的是甘草吧？聽說是治病的良藥呢！」程南看看天已經大亮，而進山之後，安玉善並沒有急著和他分開。

「程大伯也認識藥草？」安玉善先是疑惑地仰頭看向程南，然後恍然大悟道：「對了，大伯家的小公子經常生病，認識這些藥草也是不奇怪的，呵呵！」

看著安玉善臉上那燦爛親和的笑容，程南突然有一種錯覺，眼前的小女孩和他那位小主子一樣，讓人有些捉摸不透。

在山裡挖完野菜，程南早早就先回來了，他走進暫住的小院裡，靜悄悄的院落只能聽得到自己的呼吸聲。

走進有些昏暗的屋子裡，程南聽到了一聲輕問。

「怎麼樣？」

「公子，這安玉善或許真的不簡單。」程南想了一下說道：「公子，您要見她嗎？」

「不急，再等等。」屋內有一個坐在書案前的白衣身影，如鬼似魅，透著冷涼的氣息。

對程家那位沒露過面，只偶爾傳過幾下輕微咳嗽聲的神秘小公子，安玉善或是安家人都沒什麼探究的意思，因為隨著盛夏正當時，大晉朝的西南幾州碰上每年一度的澇災，各地米麵糧食又翻漲了好幾倍。

老百姓的生活一日難過一日，死亡人數隨著失控的災情開始急速上升，就連佛領寺裡寄命的孩童也跟著多了起來。

山下村自然也免不了受到這股浪潮的波及。村裡許多人為了養家餬口，白天黑夜地忙碌，要不是有著大神山脈裡的野果、野菜和雪河裡的魚蝦之物，怕是餓死人也是有可能的。

好在值得慶幸的是，自從安家人都跟著安玉善學了醫，村裡人治病求藥有了地方，身體倒是都健健康康的，連帶著村民們也認識了不少藥草。

轉眼到了六月，一場突如其來的大暴雨把山下村村民辛苦耕種的田地都給摧毀了，好多家的茅草屋頂都被暴風無情地掀翻，只能暫時躲進村裡的大祠堂。

很不幸的，安松柏一家也沒有倖免於難，安玉善已經計畫開墾的藥田和家中的藥草都泡在了水裡。

天空依舊陰沈，下著連綿的雨，聞著空氣中濕漉漉的，有些發霉的味道，安家三房的人各個都是愁眉苦臉，一場雨把什麼都給毀了。

「松柏，程家怎麼樣？」安清和看著門外始終沒有放晴的天，心上愁得就像掛著一把重重的鐵鎖。以後這日子可怎麼過呀！

「爹，您不用擔心，程大哥他們住在村裡的大祠堂。」雖然是陰雨天，可安松柏也沒閒著，坐在屋裡和安松烈一起做著木工活，畢竟安玉善的那些瓶瓶罐罐總要有個地方放才好。

「大雨下了三、四天也不停，真不知道老天爺這是要幹什麼，唉！」安清和重重嘆了口氣。「對了，今早你二伯來了，想從你這裡借銀子買些糧食，說是家裡斷糧了。」

「好，我一會兒就讓雲娘把銀子給二伯送去。只是前幾天沒下雨的時候，鎮上的糧食鋪子就都沒糧了，也不知道他們進貨沒有？咱們家也沒多少糧食，也該買了。」安松柏想著，要不是前段時間孟家送來的那二百兩診金，這個夏天安家會更難過。

正當安家三房父子為日後生活發愁時，三房老宅的大門被拍得震天響。

「三伯、三伯！」身披蓑衣的安大木一身的泥水，站在安家三房老宅的門前喊道。

安松烈聽到響聲，連忙衝進雨中打開院門。「大木哥，怎麼了？」

「松烈，不好了，早上林石大哥帶著幾個人進山打獵，遇到了土石流，好幾個人都受了重傷，族長吩咐把人都抬到大祠堂，讓我來通知玉善去救人；對了，程家那位小公子眼看著也快不行了……」安大木慌忙地道。

一直在屋裡陪著鄭氏的安玉善聽到安大木的大嗓門，早就索利地下床。下雨的這兩天，她讓安松柏給她做了一個小型醫藥箱，此時正好派上用場。

「奶奶，我先去大祠堂了！」醫者天性，安玉善不等安清和幾人叫她，就揹起了自己的小藥箱要衝出去。

安玉冉見狀，奪過她提起來有些費力的藥箱道：「小妹，這個我來揹，別急，打著傘出去！」

安玉善也沒爭，一行人或披著蓑衣，或打著破漏的雨傘往村裡的大祠堂跑去。

待安玉善衝進大祠堂，聽到消息的村民早就在雨中圍成一圈，誰都不願意離開。

已經到了的安清賢正帶著安齊全、安齊傑兩個孫子替受傷的村民做簡單的傷口清理，而這些都是之前安玉善教給他們的。

「玉善，妳總算來了！」安清賢一看到安玉善，心裡的大石頭終於落了下來，村民們也是同樣的感覺，似乎只要安玉善在，這人命便能保住。

「這傷口必須要先用酒消毒，然後用縫針和羊腸縫起來，再撒上止血粉，用乾淨的布包起來。」此刻安玉善眼裡只有病人和傷口。這一次進山的村民有十幾個，其中八個人都是重傷。

「齊傑哥，你縫合傷口練得最好，這些人的傷口就交給你來處理。」

「我？玉善妹妹，我……我……」安齊傑不怕血，可他從未給真人縫過傷口。

「齊傑哥，現在不是害怕的時候，不能讓大家流血而亡，快點！」安玉善有些急了。

這時，趕來的林氏直接一掌打向有些懵的安齊傑的後背，斥道：「你個混小子還愣什麼？快縫傷口上藥！」

「齊……傑，你……你別怕，你叔……能忍疼，快……縫……」一位背部被鋒利石塊劃傷的村民看著安齊傑道，蒼白的臉上帶著虛弱的笑容。

親娘的一巴掌把安齊傑給拍醒了，他從安玉善的藥箱裡拿出縫針和羊腸線，蹲在受傷的村民前，提著一口氣開始縫合傷口。

安齊全、安齊志、安齊文、安玉冉和安玉若都沒有閒著。他們都已經略懂醫術，尤其是傷口處理方面，安玉善更是教了不少，很快就各自投入到救治村民的工作中。

而安玉善用銀針暫時穩住有生命危險的兩名村民林石和馬大海之後，就被程南硬拉進了大祠堂後邊的一間小屋裡。

「玉善，快救救我家小公子，快救救他！」一向謹慎穩重的程南此刻也亂了方寸。他在後悔，後悔不該讓小主子留在這什麼保障都沒有的山下村，更後悔沒有帶更多下人來這裡。

如今大雨阻斷道路，就算其他人收到消息帶著大夫趕來，怕也是來不及了，畢竟公子的病不是尋常大夫能治的。

「程大伯，你先別急。」安玉善先適應了下屋內較暗的光線。

這時她看到已經被收拾乾淨的屋裡木板床上，躺著一位身穿白衣的少年，更奇怪的是那少年被布條做成的繩子綁在床上，白皙的面容上都是汗水，嘴裡還塞著一塊黑布。

不等程南說什麼，安玉善就快步走到床邊，挽起那少年的袖子替他診脈，而一直咬牙忍痛的少年艱難地抬起頭看了她一眼，那眼神雖然虛弱，卻透著令人震撼的求生意志。

「把他的上衣脫掉。」安玉善冷靜地吩咐程南，又讓程南的妻子柳氏將一根蠟燭放到她面前，接著她什麼話都沒說，開始替床上的白衣少年施針。

屋外祠堂裡傳來受傷的村民因縫合傷口而難忍的呻吟聲，而屋內安玉善凝神靜氣地扎著針，在她扎下第二針時，床上的少年眉宇間終於露出一絲減輕疼痛的舒適。

等到全部扎完針，安玉善額頭上也冒出薄薄一層細汗。

柳氏貼心地幫她拿來了手帕和一碗燒熱的茶水。「姑娘，擦擦臉，喝口熱水吧，辛苦妳了。」

「程大娘，您還是叫我玉善吧！」安玉善笑了笑，接過茶水喝了一口。溫熱的水一入喉，滿身的寒氣都散去不少。

「是，玉善。」柳氏和藹一笑。這次多虧了眼前的小人兒，她家公子才能無恙。

「玉善，我家公子他怎麼樣了？」程南有些緊張地問道。

「病情暫時控制住了，不過下次發病的時候一定要及時施針，否則痛苦會加倍。另外，這個地方不適合他養病，等到雨停了，你們還是離開吧！」此時安玉善大概已能猜出程家人來到山下村的目的，或許就是想讓自己來給眼前的少年治病吧。

「我家公子可有救？」柳氏一聽安玉善這幾句話，眼淚都要掉下來了。

「他要想保命不難，可是要完全好到像正常人一樣，除了施針、吃藥，還要精心調養身體，這段時間會很漫長。」眼前的少年身體裡有毒素，還有一股真氣，也幸好有這股真氣在，否則他不但活不到現在，也不可能會有痊癒的那一天。

「妳說什麼？」失態的程南夫婦一臉不可置信地看向安玉善。「我家公子他不會死？」

「有我在，他當然不會死。」還沒從醫生模式切換回來的安玉善，下意識就說出了以前最常對病人說的一句話，聽著雖有些大言不慚，可卻是事實。

但剛說完她就想咬掉自己的舌頭。程家畢竟來路不明，自己只有八歲，她可不想惹麻煩。

沒想到還沒等她把話圓回來，程南夫婦就跪在了她的面前。「還請小神醫救救我家公子！」

這時安清賢踏進小屋，看到床上的少年一身的銀針，程南和柳氏則跪在安玉善的面前。

「玉善，你們這是怎麼了？」

安玉善有些無奈地看著安清賢搖搖頭。她也不明白程南夫婦為何行如此大禮？看來他們主僕感情一定很好，才會怕自己不給這少年治病吧！

「大爺爺，您趕緊讓程大伯、程大娘他們起來吧，我只是個小孩子，跪我可不適合。」

安玉善假裝無措地跑到安清賢身邊。

安清賢先讓程南和柳氏起身，得知是為了床上少年的病，心下了然，但也沒有多問。

到了傍晚，下了幾天的雨停了，躺在昏暗小屋的少年也終於清醒過來。

第十三章　恩人之孫

「公子，怎麼樣？」一直守在床邊的柳氏慌忙站起來問道。

入目依舊是陰暗潮濕的窄小空間，程景初清冷的容顏上先有一絲恍惚，等到神魂歸位，他才發覺體內有一股異樣，似是有了溫度。

「程嬸，南叔呢？」每次舊疾復發醒過來，程景初都會看到程南在自己身邊，但這次卻只有程嬸一人。

「回公子話，相公被安家的人叫走了，看來他們是懷疑了……」柳氏輕聲說道，端了一杯熱茶送到了程景初的嘴邊，他微微抿了一口。「公子，還有一個好消息，玉善說她能治好你的病，不過時間要長一些而已。」

柳氏臉上露出欣喜的笑容。她和程南有兩個兒子，可眼前的小公子卻是她耗盡心力照顧長大的，名義上是主僕，但彼此更像是親人。

程景初聽完，只是默默點了一下頭，吐出了一口氣。

這算是老天的憐憫嗎？讓一個七、八歲的孩子來拯救他……不管怎樣，能活著就好。活著，一切才皆有可能。

第二日，天便放了晴，而山下村也變得「熱鬧」起來，因為村民不但要忙著替被暴雨摧毀的田地和房屋善後，還要在沒積水的地方搶種一些蔬菜。

唉，秋收是指望不上了，可也不能眼睜睜地讓自己餓死吧！

最忙的還是安家的幾個小輩。昨日安齊傑一手熟練的縫合技術讓村民們對小小年紀的他刮目相看，就是安家的幾個孩子在村民們心中的地位也瞬間高了起來。

「玉冉，妳墩子叔昨夜發燒了，吃這個草藥就行了是嗎？」昨日受傷村民之一馬墩子的妻子嚴翠玲緊張地問道。

「嬸子，小妹說過這是很好的退燒藥，您回去給墩子叔煮了喝就行，就是味道有些衝。」安玉冉本想進山採藥，但是尹雲娘說山裡天雨路滑，不讓她去。

「齊文，快來看看你溜子哥，他疼得厲害！」馬溜子的娘一夜之間彷彿老了好幾歲。丈夫和兒子昨天都受了傷，以後這個家可怎麼辦呀！

至於安玉善則沒留在祠堂，她被安清賢叫進了大房老宅。今天清晨，程南、柳氏還有那名白衣少年已經住了進來。

也不知道程家人跟自家三位爺爺說了什麼，安玉善總覺得安清賢幾人在對待程家的態度上有些不同了。

「玉善，妳再給程小公子把把脈吧！」安清賢語氣裡的鄭重讓安玉善有些狐疑，這其中肯定有什麼事情瞞著她。

安玉善走進略顯寬敞乾淨一些的老宅西屋裡，就見炕床上躺著一位雙眼緊閉、約十四、五歲左右的少年，昨日光線太暗，除了那雙眸子，她連這人長什麼樣子都沒看清楚。

蒼白憔悴的臉龐、褪去青澀的眼角眉梢、英挺的鼻梁、平闊秀長的眉毛，唯有那雙令人看不透的雙眸藏在厚重的眼皮下。這少年睡著了嗎？

「玉善姑娘，您來了。」柳氏殷勤中透著恭敬。

從來到山下村之後，她就沒把安玉善當成普通的農家女孩。這是一個透著神秘的仙才般的人物，更是她家主子的救命恩人，也是她必須要慎重對待的人。

安玉善笑著點點頭，也沒多說什麼，柳氏態度的轉變只在她心裡輕輕一劃就過去了。其實作為大夫，在面對病人時她沒有多餘的心思。

她把了脈又施了針，想著自己這樣大的動靜，那少年應該會醒，可他躺在那裡一動不動，身上的寒氣倒是讓安玉善有些不舒服，總覺得這少年是故意的，故意不想睜眼看她。

世上的怪人很多，安玉善懶得多想，囑咐了柳氏幾句就走了出去，安清賢和程南正站在泥濘的院子裡等她。

「玉善，怎麼樣？」安清賢顯得有些著急。

「大爺爺，我現在只能用銀針暫緩他舊疾發作的時間，他身體裡的毒素怕是從剛出生時就有了，要不是有人用真氣替他護住五臟六腑，他可能早就死了。」安玉善照實說道：「現在只能先施針，我再配藥，慢慢給他調理吧。」

「玉善，麻煩妳了。」只要能治好就行，這已經是程南十幾年來聽到的最好的消息了。

從大房老宅走出來後，安清賢帶著安玉善回到了三房老宅，安清順和安清和已經等在堂屋裡。

「玉善，大爺爺也不瞞妳，那位小公子是渠州程家的孩子，真要說起來，還是咱們安家恩人的孫子。」安清賢也沒想到昨日程南把真實身分告訴他之後，竟然和自家還有些淵源。

大概是四十多年前，當時的安清賢還是個半大小子，跟隨自己的父親到渠州辦事，沒想到才剛到那裡便遇到了一夥強盜，多虧一位程大俠救了他們。

之後打聽得知，此人名叫程鵬，乃是渠州當地一戶程姓世家的嫡公子，為人仗義，最愛劫富濟貧，打抱不平。

而程南夫婦便是程鵬家中的家奴，程景初便是程鵬嫡親的孫子，因此知恩圖報的安家人自是希望安玉善能治好程景初的病，也算報了當年的救命之恩。

「三位爺爺放心，我會盡力的。」

安玉善沒想到事情會這樣湊巧。渠州離自己居住的峰州千里之遙，四十年前的恩情現在還能續上，不得不說這世上的事情或緣分還真是什麼都說不準。

同樣覺得不可思議的還有程景初和程南夫婦。他們本是衝著藥王神穀子而來，沒想到那人沒找到，卻找到一個醫術更高的人，而且還是一個孩子。

「公子，這可真是太好了，安家人本性不錯，現在又有著老太爺的恩情在，那玉善姑娘也定會盡力的。」程南說著眼眶都有些紅了。

沒想到老太爺耗盡一生修為保住了小公子的命，人死之後還留下這麼一段善緣等著小公子，這真是蒼天有眼啊！

程景初的心也酸澀起來，可他習慣用冷漠和淡然來偽裝自己。記憶中那個爽朗和藹的老人給予他的不僅是第二次生命，還有活下去的勇氣和動力。

很快的，安家人都知道了程景初的真實身分，但皆很有默契地沒往外說，只是對待程家人的態度更熱情了。

「程大嫂，這是玉善剛剛熬好的魚湯，裡面特地加了藥草，讓小公子喝點吧！」一大早，太陽剛露出了臉，尹雲娘就端著一碗熱騰騰的魚湯來到了大房老宅裡。

柳氏很不好意思地接過道了謝。程景初因為常年生病的原因，身體十分虛弱，食物必須精細才能入口。

這次出外求醫，原本要帶很多下人來，可那些人都被程景初留在了帝京，只有兩個近身護衛在暗中守著，飲食上不免就有些不盡如人意。

當魚湯端到程景初面前時，他已經在炕床上坐了起來。現在他住的這間房子原是安齊明住的，陳氏一向打掃得乾淨整齊，還透著一股子書卷氣。

既然安玉善能治好自己的病，程景初便暫時不打算離開山下村，這兩天程南從府城找來的工匠已經在蓋新房子，磚瓦也都是從府城拉來的。

「公子，這是玉善姑娘親自做的魚湯。沒想到她小小年紀，不但醫術驚人，就連廚藝也好得很。」柳氏之所以如此推崇安玉善的廚藝，是因為昨日安玉善熬了一大鍋大骨湯，香了整個村子，就連山裡的野獸都忍不住嚎叫起來。

喝過的人都伸出大拇指，為了解饞，村裡的幾個婦人還特意找她詢問熬大骨湯的方法，安玉善也不吝嗇，將做法詳細地告訴了她們。

可即便這樣，同樣的做法和食材，不同人做出來的味道都不一樣，就連柳氏也嘗試了一下，結果也沒有安玉善做的好喝。

程景初沒說什麼，臉色平靜，拿起勺子喝了兩口，味道比他想像的還要好。

對於安玉善這個「神童」，他之前有無數種猜想，更讓人做了詳細的調查，正如他對安家做的一樣，可得出的結論是一樣的，他們的身分、家世就如同他們的品行一樣清白、忠正且良善。

可越是這樣就越令人覺得奇怪，難道僅僅「過了神氣」四個字就能解釋一個年滿八歲的女童天翻地覆的改變嗎？別人信，程景初卻是不信的。

即便心中滿腹疑團，也不影響他此時的好胃口。原以為到死能品嚐的都是藥的苦味，卻沒想到因緣際會來到這鄉野之地，味覺似恢復了一般，竟能嚐出這魚湯的鮮味。

安玉善……她還真是一個讓人捉摸不透的小人兒。

一個月後，秋意漸濃，原本應該是豐收的喜悅時刻，可山下村，或者該說整個峰州的百姓都是愁眉苦臉的，一場雨毀了一切。好在朝廷放糧賑災，否則只有離鄉背井，另尋活路。

而這短短一個月的時間，安玉善小小神醫之名已經悄悄在天將山附近幾個小村落悄悄流傳開來，漸漸地開始有外村人主動上門求醫。

只是淳樸的村民們得知安家低調的個性，但凡求醫總是晚上來，似乎黑夜能幫忙保守秘密一樣。

不過真正相信安玉善這個八歲的孩子會治病的外人還是不多的，因此晚上來找安玉善求醫的人並不是很多，治好之後大家也沒有四處散播，所以安玉善的日子倒是過得很安心。

如今山下村村尾蓋起了第一座全磚瓦的「豪宅」，連帶著安家小院和許誠一家住的院子也被程南找來的工匠加緊整修了一遍，現在就是再來一場暴雨，兩家的房子也不會有任何問題了。

「唉！米缸又見底了……」

這天，秋意涼爽，尹雲娘正打算去做午飯，卻發現自家的米缸已經空了。

「娘，要不再向程大娘他們借一點吧？」安玉冉走進廚房看了一眼說道。

「還是算了吧！」尹雲娘搖搖頭。

現在安玉善正在為程景初治病，自家整日裡從程家借糧食顯得不大好，尹雲娘自己心裡就有些不舒服，再說借了之後一直還沒還呢！

鎮上的糧食鋪子倒是開了，只是白米和白麵的價格高得嚇人，就是糠米、黑麵的價格也不低，總不能借人家的是白麵，還回去的是黑麵吧？

中午吃飯時，安玉善見飯桌上是幾個黑乎乎的窩窩頭，心裡就明白家裡的糧食又吃完了。

「娘，這個月賣藥丸的銀子很快就能結算了，到時候讓爹在封安縣買些米麵回來吧！另外，我明天想去鎮上看一看。」這大半年來，安玉善除了去一次封安縣，其他時間都是待在山裡和家裡，外頭的世界她見識得真是太少了。

「跟誰去？」尹雲娘放下碗筷。小女兒主意正，她不會過多干涉，可外面世道亂，一個小孩子可不能亂跑。

「和大伯娘一起。小堂叔冬日裡就要成親了，大爺爺讓大伯娘去鎮上買些東西。」這件事安玉善是從堂哥安齊全那裡得知的。

「那娘也去。」尹雲娘始終不放心。

到了次日，陳氏、尹雲娘就帶著安玉善和同村的幾個婦人朝鎮上走去，一路上女人們嘰嘰喳喳地說笑著，很快就到了。

離山下村十里遠的鎮子叫半里鎮，鎮子不算小，什麼都有賣，以前酒肆飯館是最熱鬧的，如今整個鎮上都顯得冷冷清清的。

一行人剛到鎮上就遇上了挑擔子賣散酒的馬東。自從為了讓兒子治病賣了酒鋪，現在馬東一家就靠自家釀製的散酒養家餬口。

「兩位嫂子，這都到家門口了，怎麼能不進去呢？今天讓沛芬燒兩個好菜，妳們好好歇歇腳！」馬東熱情地邀請陳氏、尹雲娘和安玉善到自家吃飯，他家就在鎮上，兩步路的距離就到了。

陳氏幾人也沒客氣，先去了馬東家歇腳。還沒進院，安玉善就聞到了一股酒香，記得原先聽家裡人說，馬家酒在半里鎮是最出名的。

大人們聊天說話，安玉善就和馬東的一雙兒女馬駿、馬敏在一起玩耍，兩個人帶她去了馬家後院的釀酒坊玩。

「表哥、表姊，我能進去嗎？」安玉善有些踟躕。這釀酒「重地」她能進去嗎？

「當然能進去了！」馬駿和馬敏還是小孩子，哪有那麼多彎彎繞繞？在他們眼中，安玉善是他們的小表妹，什麼地方都能進的。

安玉善點點頭，跟著兩個人進了釀酒的小作坊。她雖然不會釀酒，但卻很懂酒，尤其是藥酒。

這馬家酒雖香，但級別還是屬於劣質酒，如果多蒸餾兩次，酒的純度和香味應該能改善一些，那時候用來炮製藥材，進而做成藥酒，應該就可以了。

跟著馬駿和馬敏從後院出來之後，馬東告訴安玉善，陳氏、尹雲娘和安沛芬三人已經先去鎮上的鋪子買東西了，待會兒就回來，讓她在馬家多玩一會兒。

原本安玉善來鎮上是逛街的，可她覺得現在有更重要的事情要做，於是對馬東說道：「二姑父，你能幫我一個忙嗎？」

馬東現在可不敢拿安玉善當尋常小丫頭，更何況她還是馬家的恩人，於是笑著說道：「玉善，妳和二姑父不用如此見外，有什麼事情就說，二姑父一定盡力幫妳辦到。」

安玉善一笑，告訴馬東她想要兩罈馬家酒，但是這酒要多蒸餾兩次，不但要香，還要醇厚，她要拿來做藥酒。

「妳放心，這件事情包在二姑父身上！」對於釀酒，馬東可是從小就學的手藝，不過是麻煩一些，他有信心能給安玉善釀好。

也就過了小半個月，馬東和安沛芬就興沖沖地來到了山下村，而且還拿來三大罈馬家酒，直接就進了村尾的安家院子。

「玉善，二姑父一家這次可要好好謝謝妳！」馬東一進院子，看到正在整理藥草的安玉善，激動地說道。

「沛芬，你們怎麼來了？」尹雲娘有些摸不著頭腦地問道。

很快的，大家就明白是怎麼一回事。原來那日安玉善讓馬東幫忙釀製兩罈特別的酒，還另外跟他說了一些釀酒的秘方。

作為內行人的馬東很快就琢磨出了方法，並且在釀酒的時候嘗試加上安玉善告訴他的兩道程序。

他怎麼也沒想到，就是這多出的兩道程序，讓馬家酒的味道發生了天翻地覆的變化，一下子變成了頂級好酒，於是馬家父子連夜修改了馬家酒的釀製秘方，又重新嘗試了一次，再次釀製出的新酒比第一次更好。

安家的男人們都品嚐了下馬東帶來的新酒，就連安玉善也破例在安清賢的允許下嚐了一小口。

「二姑父，這酒真不錯！」

安玉善不得不佩服古代人的智慧和手藝，她不過是簡單地說了那麼幾句，馬家父子就能憑此釀製出不遜於前世喝過的好酒來。

「玉善，妳是我馬家的恩人，更是我馬家的福星！有了這樣的好酒，不愁賣不出去了！」

馬東是酒商，走南闖北的日子他也經歷過，就連帝京也是去過的，像自家現在這樣的新酒，必定會成為搶手貨。

「不過玉善，妳要這些酒做什麼？」安清賢幾人並不清楚安玉善讓馬東釀新酒的原因，總不至於是為了喝兩口吧？

第十四章　雜碎藥湯

安玉善告訴家人，她打算用新出的馬家酒來配製藥酒。比起一般的酒，藥酒不但能解饞，更能預防疾病、強身健體。

「玉善，這藥酒真有這麼好？」安清順比較愛喝酒，但因為日子艱難，偶爾才能喝上兩口，也都是馬東送的。

「二爺爺，酒能將一些中藥成分融合，藥借酒力，酒助藥勢，如此一來，藥與酒都能發揮其效力，治病救人的效果也會更好。藥酒對於人來說，有病治病，無病防身，益處極多。」安玉善笑盈盈地道。

她在山中十年，在怪老頭手把手的調教下，會炮製的藥酒種類沒有一千也有八百，再加上她自己愛鑽研的性子，很多普通的藥酒經過她的辛苦研發，有的病不用打針吃藥，喝一杯小酒就能好了。

安玉善一說完，安清賢與馬東的眼睛裡都閃過光芒。現在日子艱難，若是這馬家新酒和藥酒都能賺錢，那麼家裡的日子必定會好上許多。

不過安清賢也不是急功近利之人，他是峰州安氏一族的族長，也是馬東的岳父，有些事情必須要好好籌劃才是。

安玉善可沒心思管太多，她把馬東拎來的兩罈酒留下之後，就拿著背簍急急進了山。這個時節正是秋菊繽紛的時刻，她要先炮製菊花藥酒。

一聽說安玉善要進山採菊花，安玉冉和安玉若也跟了去。山裡的野菊花漫山遍野，三個背簍很快就都裝滿了。

到了這天晚上，安玉善將這段時間曬好的藥材，如防風、乾薑、茯苓、杜仲等十幾種，按照一定的比例放入酒罈中浸泡，再加入菊花和自己秘製的藥丸，密封之後放好。

過了五日，酒罈再度打開，一股菊花藥酒獨有的清香撲鼻而來。

安玉善先前就讓家人幫她買了一些乾淨的小酒罈，消毒清洗過後，她將泡好的菊花藥酒分別裝入十個小酒罈中。

「爹、娘，這十小罈菊花藥酒，兩罈拿到老宅讓奶奶每日早中晚各飲一小杯，再拿兩罈送到程家，讓程小公子也照此飲法，其餘六罈送到封安縣益芝堂賣掉，告訴徐掌櫃，至少要十兩銀子一罈，主治風虛寒冷、腰痠背痛等症，更有延年益壽之效。」安玉善慎重地說完，便開始繼續在院子裡翻曬藥草，其他家人倒是被她一番話整懵了。

「玉善妹妹，妳這藥酒也賣太貴了吧！」安齊傑咂咂嘴，有些驚訝地說道。

「貴嗎？我還覺得便宜了呢！」安玉善不以為然地笑道。

便宜？在場的安家人心裡都是一抽。往日像這樣的一小罈酒，品質最好的在半里鎮上才賣幾十文，現在安玉善張口就要十兩銀子，她莫不是吃了熊心豹子膽，也太敢開口了，誰會傻得買這樣天價一般的酒呢？

「玉善，要不這藥酒咱們再賣便宜一點吧，益芝堂的掌櫃不一定會要的。」尹雲娘打著商量說道。

「娘，就照我說的賣，他們要是嫌貴，咱們就拿回家自己喝，以後這種藥酒我不會釀太多，千金也不一定能買到的。」

安玉善主行是個大夫，不是釀酒師傅，這藥酒如果不是為了治病，她也不會釀這麼多。現在家裡條件不好，一部分拿出來賺錢也沒什麼，物以稀為貴，她可不想弄得遍地都是。

尹雲娘還想再說什麼，安松柏拉住了她，朝她使了一個眼色。如果這藥酒真有如此神奇的功效，莫說十兩銀子，就是十兩金子也定是會有人買的。

當安玉善特製的菊花藥酒送到程家的時候，程南和柳氏滿腔的謝意不知如何訴說。

安家人的善良實誠讓他們汗顏，尤其在得知程景初是故去恩人之孫後，熱情關愛的程度讓他們身為程家的下人都有些不好意思。

「公子，這是玉善姑娘前幾日釀製的藥酒，特地拿來給公子喝的，每日飯後一小杯，說是對公子的身體極好。」程南將兩小罈藥酒放到程景初所在房中的桌子上。

他家小公子是個冷情的性子，自小因重病纏身，與外人總是親近不起來，像個千年寒冰一樣，這段時日安玉善給他扎針治病，他也總是故意閉目不理，倒讓程南夫婦覺得愧對安家人，他們做下人的只好明裡暗裡多幫襯一下安家。

「嗯，知道了。」程景初坐在紅木椅上，手裡拿著一本書冊，幽深的冷目也只是微微掃了小酒罈一眼。

柳氏將清理好的酒杯和小暖爐拿來說道：「公子，玉善姑娘說您身子畏冷，這酒溫熱一下再喝，效果更好。」

現在柳氏心裡對安玉善是既感激又尊敬。作為程家地位不低的家奴，她也算見識過各式各樣的人，唯獨像安家這樣的人卻是少見，四十幾年前的一點恩情，如今幾乎全家人都來報答。

當然，她更沒見過安玉善這樣的人，明明和她家公子一樣，是個自小的仙才神童，聰明異常，猶如妖孽一般，偏偏又純真溫和得讓人想要親近疼惜。

程景初看了臉色欣喜的柳氏一眼，見她手腳麻利地溫酒，心思不免也岔了神。

農家女娃安玉善的精湛醫術已經令人匪夷所思了，偏偏她的其他能力、脾氣甚至言行舉止有時都不像一個孩子。他的少年老成是命運和生活使然，那她又是因為什麼？

心裡的謎團就如這天將山裡的雲霧一般越聚越多，他看書的心思也淡了。來日方長，只要想知道，又有什麼是不能知道的呢？

另一頭，安松柏帶著安松堂去封安縣送藥酒，而益芝堂已經換了新的坐堂大夫，半個月前閻明智就因事回了帝京。

一看到安松柏和安松堂，徐奎心裡雀躍不已。這段時間有了安家的藥丸和香囊，益芝堂的名氣已經在帝京重新打響，來自家求醫問藥的病人迅速多了起來。

「徐掌櫃，這是我家剛釀好的菊花藥酒，不知益芝堂可願代賣？」幾人在益芝堂後院花廳坐下後，安松柏就直接說明了來意。

「菊花藥酒？」徐奎疑惑地問。這安家還真是什麼點子都能想出來，藥丸、香囊的勁兒還沒緩過來，竟然又做出了藥酒？

徐奎對於安家兄弟帶來的藥酒自是好奇非常，待小酒罈一打開，一屋子醇厚的酒香，讓他的四肢百骸都似打通一般，忍不住讚道：「好香的酒啊！」

這酒光聞著都比尋常喝的酒要好些，徐奎趕緊讓人拿來杯子，有些迫不及待地喝了一口，沒想到清酒入喉，一身暖意，唇齒留香。

「徐掌櫃，你覺得這菊花藥酒如何？」安松柏見到徐奎臉上滿足的笑意，臉上也露出了笑容。安家的男人都嚐過這藥酒，喝完這一小杯之後就不懼冷了。

「好，非常好！這口感不比『玉花雕』差，而且又是治病強身的藥酒，這可真是太好了！」益芝堂雖然是藥鋪，可說到底也是生意人家，如此絕佳的藥酒定能賣出好價錢。

當安松柏告訴徐奎，這菊花藥酒能讓益芝堂代賣的只有六小罈，而且一罈至少十兩銀子時，徐奎並沒有猶豫，豪爽地全都要了。

說起這玉花雕，那可是舊北朝最好的酒，分為上、中、下三個等級，年份最久的上等玉花雕至少百兩銀一罈，剛出的下等玉花雕也要三兩銀子一罈，而這菊花藥酒雖比不上年份久遠的玉花雕，也算是上等好酒，更何況裡面還有十幾種治病的藥材，價碼自然不同。

安松柏沒想到徐奎會這麼爽快，直接就付了錢，一共是六十兩銀子。

之後安松柏和安松堂婉拒了徐奎請他們吃飯的提議，出了益芝堂就直奔集市，除了讓王氏鐵匠鋪再打一套縫針和持針器等物，還買一些米麵和安玉善特地吩咐的豬羊的下水。

兄弟兩個揹著重重的背簍翻山越嶺回到了山下村，到了家裡，安清賢幾位長輩問了賣藥酒的情況，當得知益芝堂二話不說就收下藥酒，一家人都很開心。

「玉善，妳買這麼多下水幹什麼？羊腸能用來做成線，那這些心、肝、腸、肚、肺的能做什麼？」安松堂實在太好奇了。

他們出發之前，安玉善可是再三叮囑讓他們多買一些下水回來，難不成這些也能製成藥材？

「這些下水是用來吃的，晚上我給大家做雜碎藥湯喝。」自從上次熬了大骨湯給家人喝，安玉善覺得還是她自己做飯比較好吃。

雖然在吃喝上她不是太過計較的人，可有能力把食物做得更加美味一些，她也是不怕麻煩的。

「雜碎藥湯？這……『雜碎』不是罵人的話嗎？」安松堂覺得，他家這聰明伶俐的堂姪女，以後還是不要跟村裡的那些混小子太常接觸，這粗俗的話都出來了。

「雜碎不好聽嗎？」安玉善皺了皺眉。「要不叫下水藥湯？嗯……要不然五臟六腑湯也行。」

見安玉善十分認真地在想名字，安松堂後背一涼，怎麼覺得此時的小姪女在故意逗他？不對，是故意嚇唬他呢！

「那……還是叫雜碎藥湯吧！」安松堂直覺懷疑安玉善這個小丫頭「不純良」。

「雖說現在是飢荒年月，下水也是難得之物，可做出來的味道實在太過難聞了些。玉善，妳要是想吃肉，我這就進山給妳獵兔子去！」安松烈見那半筐下水倒出來，自家院子充斥著一股難聞的腥臊味，胃口淺的都能吐出來，這東西怎麼能吃得下去？

安玉善知道守著連綿大山，山下村的村民不愁吃不上肉，對於不善處理的下水多半看不上眼，但她卻是極愛的。

因此，也不管家裡人如何皺眉捏鼻，她決定親自來處理這些下水。

「玉善，這些東西讓娘來做吧！」看著和下水較勁的女兒，尹雲娘覺得還是自己來好。

「娘，其實處理下水是有訣竅的，只要用特別的方法就能去腥味。」安玉善笑著將一些處理下水的小竅門告訴了尹雲娘，而一旁聽著的眾人只覺新奇，梅娘和安玉璿也跟著幫忙。

等到全部的下水都處理乾淨之後，安玉善不假人手，將肚、腸等物都切好，加入蔥、薑、鹽、八角等調味料在大鍋中熬煮，又放入一些山中採來的藥草，最後在湯上貼一圈雜糧餅子。

大火先熬，小火溫煮，沒過多久，安家三房老宅的院子裡就飄出一陣又一陣的肉香，就連村尾的程家宅院裡都能聞到。

「好香啊！誰家做飯這樣香？」程南站在院中深吸一口氣。美味佳餚他也算吃得不少，像這樣把人的胃都攥緊的香味還真少見。

「南叔，怪不得公子要在這裡住下，聞著比醉仙樓的大廚手藝還好。」這時，主屋裡走出一位十八、九歲的勁裝男子，一臉笑容地說道。

「我看定是安家又做什麼好吃的了！」柳氏端著一壺熱茶從後院走來。

程家在山下村的房子蓋好之後，家裡只多了兩名程景初的貼身護衛，眼前的這位叫蕭林，跟在程景初身邊有十年了，另一個護衛叫勿辰，正在屋裡守著程景初。

「公子，今天晚上您想吃點什麼？」柳氏走進屋裡，勿辰趕緊接過她手裡的茶壺給程景初倒了一杯。

「程嬸看著辦就好。」程景初淡淡說道。

他從五歲開始，味覺便漸漸喪失，早些年還能嚐到藥的苦味，後來便是連苦味都嚐不出來，吃什麼對他來說都是一樣的。

柳氏的廚藝算不上多好，她也知道程景初沒有味覺，但嗅覺卻很靈敏，想著就算吃起來索然無味，聞著食物的香氣也會多吃上兩口，前幾次安家送來的吃食，小公子可是吃得比平常多呢！

想到這裡，柳氏出屋後就將程南拉到一邊，低聲說道：「要不你去看看誰家做飯這麼香，咱們換一碗給公子喝？」

程家是渠州當地的名門望族，別說程家的主子，就是程家的奴才吃過的好東西也不少，還從未像這樣為了一碗吃食大費心思的。

不過，只要是為了自家小公子，哪怕只是讓他多吃一口，程南和柳氏都能放下尊嚴，因為沒什麼比他們公子更重要的了。

「好，我去找找。」

兩刻鐘後，程南微紅著臉回到家裡，柳氏見他右手拎著一個酒罈子，左手提著一個冒著熱氣的小菜籃，好奇地問：「這是什麼？」

「這是安家三房給的雜碎藥湯和雜糧餅，都是熱的，妳趕緊讓公子吃一點。玉善說了，公子的五臟六腑自小虧損嚴重，吃什麼補什麼，這雜碎藥湯給他補身體是最好的。」

程南剛才到安家之後，熱情的安家人就非要留他吃飯，自己厚著臉皮說出想要一碗湯端回來，安家人就給他盛了一酒罈，安玉善還說這樣味道會更濃郁，也更適合他家公子的病。

柳氏趕緊接過來。雖說這藥湯的名字不好聽，但只要對程景初的身體好，她就沒什麼好在乎的，而且她還要準備一份回禮給安家，總是吃人家的飯也很過意不去。

「程嬸，我來吧！」蕭林也聽到了柳氏和程南的對話，看來這藥湯也是安家人熬煮的。

藥湯一倒出來，熱騰騰的香氣就鑽進程景初的鼻子裡，他還真有些餓了。

「公子，這是玉善姑娘親自做的，她還說以後您隔三差五的就可以喝這藥湯，保管身上不冷。」程南笑呵呵地走進屋裡對程景初說道。

「那我回頭跟玉善姑娘好好學學這藥湯。」總不好讓人家又是治病又是當廚娘，柳氏想著還是自己學會比較好。

程景初點了點頭。經過幾次施針，現在他已經不需要整日裡躺在床上，身上的力氣也大了些，每天有精神的時間也變得多，就連這胃口都一天比一天好了。

熱湯和熱餅一下肚，程景初暢快地吁出一口氣。也不知安玉善在湯裡放了什麼，他的味覺竟似恢復了一般，鮮香之味跳動在舌尖上，讓一向自制力過人的他喝了一碗又一碗。

第十五章　這畫送妳

安玉善這次熬煮的雜碎藥湯不只程景初喝上一口就喜歡，安家的大人和孩子也喜歡，就連一向飯量小的鄭氏都喝了兩大碗還吃了一個餅。

「三嫂，玉善妹妹做飯可真好吃，比府城酒樓的大廚做的還要好呢！我從未喝過這樣好喝的肉湯，還能治病，她可真厲害！」回到自家小院的時候，許雲紅彤彤的笑臉上都是對安玉善的崇拜。

因為塗抹安玉善調製的藥膏，現在許雲臉上的疤痕已經淡了很多。自從來到了安家，她就再也沒有生過病，身體也是越來越健康，整個人看上去就像一朵含苞待放的山桃花。

安玉璿一邊和許誠把晾曬的藥草都整理好，一邊笑著說道：「玉善現在做飯的確是越來越好吃了，新點子也多，不過雲妹妹妳也不差，繡出來的繡品十里八鄉的姑娘都比不上。」

「三嫂，我哪有妳說的那麼好……」許雲被安玉璿誇得羞紅了臉。原本在許家她就是個害羞的性子，這兩年的巨變讓她的性子稍微外放了一些，但骨子裡的個性是變不了的。

許誠在一旁看著妻子和小妹說笑閒聊，臉上也掛著溫潤的笑容，這樣溫馨的農家生活他是越來越喜歡了。

「請問……這裡可是許誠家？」就在這時，門外漸漸暗下的夜幕裡響起一道讓許誠和許雲有些熟悉的嗓音。

「哪位？」安玉璿打開院門，看到一位四十上下的男子，身著藏藍四季花錦緞長袍，腰間束著鑲玉的寬帶，一看就是出身富貴人家。

他身後還跟著一男一女，不過都用帶帽的披風遮住了面容，因此看不清年紀和容顏。

「姑娘妳好，我叫許澤，請問這裡可是許誠家？」許澤問得有些小心，還有意多看了安玉璿兩眼，如果他沒看錯，眼前少婦裝扮模樣的女子應是許誠的新婚妻子。

「澤叔？」許雲推著許誠也走到了門邊，看清眼前之人的模樣，許誠驚訝極了。

「許誠、許雲，見到你們可真是太好了！」許澤疲憊的臉上終於露出了笑容。

許誠趕緊把人請進屋內。許澤是他的族叔，原本與自家的關係稱不上親近，只是山魚繡莊出事之後，別的族人不是落井下石就是有多遠躲多遠，只有這位族叔用錢暗中買通了烏半仙，否則他們兄妹根本不可能活在這世上。

半年前，許澤突然下落不明，許誠又不敢貿然打聽，擔心許傑父子得知許澤這些年暗中相助他們的事情會對許澤和許澤的家人不利，心裡一直懸著一塊大石。

「三公子、小小姐！」還沒等許誠和許雲從見到許澤的震驚中緩過來，跟著許澤來的兩人拉下了遮風帽，更是讓許誠和許雲大吃一驚。

「二管家、夏蓉，你們……你們沒死？」

二管家許南是山魚繡莊的家奴，他是許誠父親收養的孤兒，因機靈能幹後來成了山魚繡莊的二管家；而夏蓉是許誠大嫂身邊的一等丫鬟，他還以為那場把許家幾十口燒成灰燼的大火讓他們也沒能逃過一劫。

「三少爺，小的沒死，小的還活著！」許南早已淚流滿面。

山魚繡莊的那場災難讓他不但沒了主子，連妻子兒女也被許傑派來的人殺了，要不是為了保住許家的一點血脈，他早就找許傑拚命了。

夏蓉也是淚水漣漣。她的爹娘也死在那場大火之中，這兩年為了躲避許傑父子，她和許南也沒少受罪。

「三少爺，甯少爺還活著。」許南又告訴許誠兄妹一個更震驚的消息，他口中的「甯少爺」是許誠大哥的兒子，也是許誠兄妹剩下的唯一親人。

許澤三人的到來，帶給許誠和許雲太多意料之外的「好消息」，他們一直談到深夜，而安玉璿並沒有打擾他們。

關於許家來人的消息，安玉璿並沒有對家人提起，不過許誠倒是找到了安松柏和尹雲娘，告訴他們許澤的存在。

又過了兩天，許澤特地帶了禮物去看安松柏和尹雲娘，還告訴他們一個消息——許傑不知從哪裡打通了關係，如今從峰州知府一躍成了大晉朝京城裡的從三品大員，再過兩天舉家就要搬離峰州前往京城。

「這個惡賊，我一定要親手殺了他！」聽到許傑青雲之路走得順暢，許誠恨得能咬碎一口牙。

為什麼老天爺不睜眼，好人不長命，壞人的日子卻過得如此風光！

「許誠，你別著急，現在不是和許傑他們硬碰硬的時候。這次許傑去京城，族裡就更重視他們了，你要想對付他，還要從長計議。」

許澤認為大丈夫要能屈能伸，這一點許誠已經做到了，但對付許傑那樣陰險狡詐的卑鄙小人，對於任何勢力都沒有的許誠來說，簡直比登天還難，這時萬不可輕舉妄動。

「許大哥說得沒錯，許誠，我知道你心中有恨，這仇是一定要報的，可你不能衝動，現在你也是有家有戶的人了，做事情要冷靜。」安松柏不是尋常農家漢，他也知道不讓許誠報仇是不可能的，這種事情擱在誰身上都不是能輕易忘記的。

許誠自己心裡也明白，他隱忍蟄伏了這麼久，就是為了伺機報仇。

他現在是一副殘軀，本來壓抑的報仇之心，因為得知自家大哥兒子還活著的消息而變得急切起來。

他不想等了，再等幾年又有什麼不同？反倒許傑父子的勢力會越來越大，到那時他報仇還有望嗎？

所以他必須現在就行動。許誠決定先從許澤手裡借一筆錢，他打算重振山魚繡莊。

安玉善只知道家裡來的客人是許家的，對於自己姊夫的家事，她也插不上手，更何況她還有更重要的事情要做，那就是到程家給程景初施針。

面對自家曾經恩人的孫子，安玉善心情很平靜，在她眼裡，程景初和普通的病人沒有什麼不同，雖說他長得帥了點、脾氣怪了點、人悶了點，但在大夫眼裡，他這個病人還是很聽話的，那種對於活著的渴望，連她都有幾分感染。

程景初依舊是閉著眼睛躺在床上，安玉善走到床邊的時候，勿辰已經熟門熟路地將他的上衣脫了下來，那瘦弱見骨的少年胸膛，安玉善不用摸都覺得硌手。

她每次都是半跪在床沿替程景初施針，要不然她這小個頭站在床邊扎針得趴在人家身上，幸好施了這麼久的針，程景初從未在她治病時睜開過眼睛。

換句話說，兩個人以大夫、病人的身分相處了幾十天，一句話也沒有說過。

在他身上扎好針，安玉善就從床上輕輕下來，勿辰則規矩地守在一旁。

起針需要一刻鐘之後，所以安玉善打算像往常一般坐在椅子上等待。

緊挨著程景初床邊一丈遠處有一張書案，安玉善剛才進門就看到書案上擺著新添的文房四寶，最上面還有一張畫好的畫。

剛才她沒瞧清楚畫得是什麼，這時她有了好奇心，走過去看了一眼。

只見畫風蒼勁，一塊厚重的大石壓著一株枯草，她微微挑眉。還真不像一個十四歲的少年畫出來的，可見這孩子內心有多成熟……

「這畫送妳。」突然身後響起一道冷肅的嗓音，就像冬日崖頂的雪水劃過裸露的岩石，涼得讓人心裡都跟著打顫。

「什麼？」安玉善轉頭看去，詫異的眸子掉進一泓深潭之中。

程景初有一雙令人一見難忘的美目，可惜給人的感覺太過深沈了些，沒有屬於他這個年紀該有的青春與朝氣。

「這畫送妳。」程景初躺在床上，面無表情地轉頭看向她。面對自己的救命恩人，他想，破例一次也是沒關係的。

「哦，謝謝。」安玉善轉頭又看向那一石一草，直到給程景初起針之前都還傻愣愣地看著那幅畫。

勿辰站在床邊，雖面上不顯，心裡卻已經琢磨開來。公子今天有些奇怪，小神醫今天也有些奇怪，那畫有什麼好看的嗎？

安玉善將畫紙疊好放進小藥箱裡，又給程景初起了針，見他又閉上了眼睛，也沒說什麼，起身就離開了。

等她一轉身離開，程景初沒讓勿辰幫忙，自己穿好了衣裳，接著起身坐到書案前，看著空白的畫紙也發了會兒的呆。

剛才安玉善站在這裡時，那腦袋裡在想些什麼呢？

回到家之後，安玉善將那幅畫從藥箱裡取出來，又看了一會兒，然後輕嘆一聲，把畫又放進了藥箱的夾層裡。

一幅畫道盡了他的心聲，巧的是，她竟然讀懂了。

兩日後，馬東送來了釀好的新酒，還帶來一個好消息——

府城的一家大酒樓已經決定跟他家買酒了，再過兩天，他家的酒鋪也能重新買回來了！

同一天，許誠也把要開小繡坊的事情告知了安清賢和安松柏幾人。他心裡很清楚，從娶了安玉璿那一刻起，安、許兩家的命運就已經牽扯在一起了。

「許誠，你可想好了？」安清賢心裡也清楚，許誠的身分和經歷決定他不可能安分守己地待在山下村，或許從安玉璿被許樋綁走，安家人就已經踏進這渾水裡了。

「大爺爺，孫婿與許傑父子有不共戴天之仇，此仇不報，枉為人子。孫婿心裡也清楚，許傑如今仕途順遂，我與他鬥猶如蚍蜉撼樹，但即便要踏過刀山火海，孫婿也會義無反顧，只是……以後勢必會因此連累到安家眾人，我……我願意和玉璿和離，她現在還是清白女兒身。」許誠有些說不下去。這也是他深思熟慮之後做出的決定，雖說有負安玉璿一片真心，但他也不想讓安家陷得更深。

與許傑父子作對還不知道會不會成功，他不在乎生死，但不能把無辜的安家幾十口牽扯進來。

「許誠，大爺爺知道你的用心良苦，只是這些話以後莫要說了。你既與玉璿成婚，那便是我安家人，而且從得知你和玉璿有了婚書那刻起，我就知道以後會面對什麼樣的境遇，安家的老老小小也都知道，他們當初沒有反對你和玉璿的婚事，就已經證明他們選擇站在你這邊。以後有什麼困難，一家人同舟共濟便是，明哲保身那是對外人，不是對自家人。」

幾百年來，安氏一族團結和睦，就是因為安氏人從不拋棄自己人，不做令人寒心之事，有些行為在外人看來或許有些過於單純癡傻，但卻是安氏族人做人的根本。

安清賢是一族之長，他比任何人都清楚安家人該怎麼做，莫說許誠是安玉璿的丈夫，即便他和安家沒有任何關係，大是大非之下，安清賢也會伸出援手的。

此刻許誠只覺得一股熱意直衝腦門，讓他鼻酸眼熱起來。都說「錦上添花易，雪中送炭難」，他家破人亡之後，受盡冷眼嘲諷和羞辱，詛咒過老天無情，但安清賢一席話與安家人的真心維護，讓他一顆千瘡百孔的男兒心霎時被溫暖了。

若說之前對安家人還有保留，那麼從現在開始，他會徹底把安家人當作自己的親人來守護。

許誠要開小繡坊的決定，安家人很快便都知道了，尹雲娘卻還是有些擔憂，即便許傑父子如今不在峰州，想必危險也沒有完全解除。

「娘，您別憂心，誠哥說了，這小繡坊先開在封安縣，應不會有什麼大事的。」安玉璿安慰道。

「娘，您怕什麼？咱們是正經做生意，不偷不搶的！」安玉冉也陪在一旁。她就不相信許傑父子還能翻了天不成？

而此刻正在自己的十畝藥田裡和安松柏、安玉若翻耕土地的安玉善，也在想著小繡坊的事情。

雖然她縫針使得出神入化，可對古代的刺繡卻是一竅不通，別人用繡花針做女工，她卻只會縫合傷口。

不過她畫畫技術卻是一流的，毛筆字也寫得不錯，到時候幫忙畫個新奇的花樣子還是可行的。

「小妹，妳準備在這田裡種什麼藥草呀？」安玉若還從未見過哪家的種地時間會這樣晚的，再過幾天就要到冬天了。

「桔梗、柴胡、白朮、狗脊、黨參這幾種藥材，再留一畝給山藥，在秋冬種植這些藥材，藥效會更好。」安玉善早就想好一種藥材種一畝地，等到明年銀子多了再多買幾畝，這樣製藥丸、藥酒也就不怕藥材不夠用了。

雖說有些藥材在外面的藥鋪裡也可以買到，但那些藥材炮製得不合她的心意，說不定還要她再費兩遍工，倒不如自給自足，其藥效也能全部掌握。

「玉善，那山藥要是能挖了，妳大爺爺說先按照妳說的方法儲藏，明年春上咱們村每家都分一些，再按妳說的來耕種。」安松柏起身扶著鋤頭，看著小女兒笑道。

「知道了，爹。」安清賢想要幫扶山下村的村民，安玉善覺得是件好事，與其「一家富，百家妒」，倒不如大家一起發家致富，畢竟都是舉步維艱的小老百姓，能幫就幫吧！

第十六章　表哥相求

晚飯的時候，許誠說他已經從許澤那裡借了銀子，打算明天去封安縣看看鋪子，再讓安玉璿和許雲挑選繡線和繡布，如果有可能，再尋找幾位繡娘。

開鋪子不是小事，許誠雙腿又不良於行，安松柏和尹雲娘自是不放心，最後決定由安松柏、安松堂先陪著許誠一起去看看。

當天三人從封安縣回來就有了好消息，說是益芝堂旁邊正巧有一家茶水鋪子要賤賣，在徐奎的幫忙下，許誠以八十兩的價格買了下來。

這家鋪子還有個能住人的後院，依照許誠的意思，他打算搬到封安縣去住。既然決定復仇，他就必須要走出去結朋識友，踏出振興山魚繡莊的第一步。

沒來由的，尹雲娘更擔心了。要是許誠搬到縣城，安玉璿自是要跟去的，雖說大女兒已經出嫁，可現在外面也不安生，封安縣離敬州府城又近，三教九流雜亂得很，萬一要是出了什麼事情，家裡人也幫不上忙。

「雲娘，妳別擔心了。」晚上，夫妻兩個躺在床上，安松柏見尹雲娘愁眉不展，便出言安慰。「女兒已經大了，也成家了，現在不僅是安氏女，還是許家婦，咱們也護不了他們一輩子。」

「我心裡也明白，一個玉善就讓我夠提心吊膽了，現在玉璿婆家又是這樣的情況，我只是個農家婦人，有些事情沒你們男人看得長遠，可總歸我是當娘的人，又哪能說不擔心就不擔心呢？」在安松柏面前，尹雲娘不會隱藏心裡話。

「這個我明白，好在還有家裡長輩在，兄弟姊妹也都能幫把手，不會讓孩子受委屈的。再說，不吃苦長不大，不受累不經事，女婿一身血海深仇，骨子裡卻還是個孩子，咱們當爹娘的總不能扯他們的後腿。」很多時候安松柏慶幸自己是安氏族人，不管外面風雨如何飄搖，總有人和他一起撐著，這種內心深處的安全感是榮華富貴和功名利祿換不來的。

夫妻兩個又說了會兒話，直到夜漸漸深了才歇息。

「公子，安家的女婿許誠在封安縣買了間鋪子要開繡坊，怕是過幾天就會搬過去了。」這天吃過早飯，蕭林就將打聽到的消息告訴了程景初。

「嗯，知道了。」程景初淡淡說道。

「公子，玉善姑娘來了！」這時門外響起柳氏含笑的稟告聲，接著一道猶如春芽嬌嫩的聲音響起。

「程大娘，這是我堂嬸娘剛做的煎餅，謝謝您上次送到老宅的雞蛋；還有，上次您不是說雜碎藥湯做不出我那種味道嗎？我娘說了，以後讓我來幫忙做就好。」

「這……怎麼好意思麻煩姑娘？」柳氏語氣中有些尷尬，她這做飯的手藝還真比不上一個孩子。

「沒關係的，還有都跟您說過了，直接叫我玉善就行。」說著，安玉善和柳氏就走進了屋裡，正好看到程景初從書案前起身。

待程景初在床上躺好，安玉善先給他診脈，然後看著他那雙萬年不變的俊美冷目說道：「現在你病情穩定了，以後每三天施一次針就行，不過藥酒記得每天都要喝，過一段時間我再重配新的藥酒給你。天暖氣清的時候，你可以在院子裡走一走，慢慢鍛鍊身體，這樣才會痊癒得更快。」

本是大夫尋常交代的話語，但從安玉善的小嘴溫柔地說出來，彷彿帶著一絲溫暖關心的味道，讓柳氏和蕭林心中感激不已，臉上也越發溫和。

程景初雖然面無表情地點點頭，但內心深處又何嘗沒有淌過一絲暖流？

安玉善做完自己該做的事後就起身離開了，誰知她才剛走進自家院門，柳氏就有些不好意思地追了上來。

「程大娘，怎麼了？」安玉善疑惑地看向身後的柳氏。

「玉善，妳今天中午能不能幫大娘做一頓雜碎藥湯？」

小公子什麼時候說風就是雨了，柳氏覺得自從來到山下村，她家公子就有些變了呢！

程景初如願以償喝到了安玉善親自做的雜碎藥湯和貼的麵餅子，而程南、柳氏、蕭林和勿辰四人自也跟著沾了光，各個吃得心滿意足。

安玉善也得到了報償。程南讓勿辰買了一籮筐的下水，將一大半都送給了她，讓她推也推不掉，正所謂「拿人手短，吃人嘴軟」，安玉善便心安理得起來。

這天過後，她每三天給程景初扎一次針，程南就每三天讓勿辰去鎮上買一次下水，就這樣，安玉善在程家又多兼了「廚娘」這個新職位。

日升月落，轉眼又迎來一季寒冬，隨著第一場冬雪的到來，安玉善躲進了燒著暖炕的屋裡。

安家小院裡，尹雲娘、陳氏、丁氏還有安家新婦孫氏一起在院中搭起的遮雨棚內醃製白菘和蘿蔔，幾名婦人熱火朝天的忙碌模樣，為寂靜的山村帶來些許暖意。

「六弟妹，請妳把小酒罈給我。」陳氏笑著對孫氏說道。

孫氏原名孫桂鳳，是前幾日剛嫁到安家大房的新婦，未及笄時便和安松堂說好了親，之後她娘得病去世，守孝三年期滿，兩家這才選在今冬為他們成婚。

「大嫂，給妳。」孫氏雖是剛進門的新娘，卻並不扭捏，性子爽利，對幾個嫂子也很是敬重親近，且整個峰州都知曉安家和睦的賢名，她對於能嫁進這樣的人家很知足。

「以前還真不知道這鹹菜裡放點酒味道會更好，咱們家放的還是藥酒，鹹菜都成藥材了。」丁氏呵呵笑道。

每年入冬，安家三房都要一起醃製鹹菜，今年剛開始醃白菘的時候，尹雲娘先醃製了一小罈，兩、三天就入了味，味道比以往更好。

眾人一問之下才知道，安玉善有幫把手，裡面不但放了藥酒，還放了三味藥材，禦寒抗病，是冬日裡不可缺少的菜餚。

於是安家的女人們有樣學樣，開始依照安玉善說的方法醃菜，也沒有瞞著村裡人，因此村裡的婦人們也都知道了，大家都到安家學習這種醃製之法。

一時間整個山下村的女人們都像約好似的，全都用藥材醃製冬天吃的菜。

「幾位舅母好！」

陳氏幾人正說笑時，一道輕快的聲音傳來，眾人循聲望去，竟然是安沛玲的長子文強。

「強子，你怎麼來了？冷不冷？」陳氏在身上的圍裙擦了擦手後起身，看著眼前比她高半個頭的少年，關心地問道。

「大舅母，我不冷，玉善呢？」一身灰舊短襖的文強笑著瞅了瞅，機靈明亮的眼睛讓人一看就心生歡喜。

「在屋裡呢！」尹雲娘指了一下西屋。「對了，你娘來了嗎？」

「沒有，不過我爹來了，他有事找外公商量。」文強笑著說完就跑進了西屋，安玉善正坐在炕床矮桌上默寫醫書，文強一進來，她就停下了筆。

「文強表哥好。」在這之前，安玉善就見過文強一次，當時安沛玲帶著他回娘家，自己還特意熬了大骨湯給家裡人喝。

「玉善！」安家的兄弟姊妹都親厚，鄉下地方也沒講究什麼男女大防，文強一屁股就坐在炕床上，搓了搓冷得發僵的雙手。「玉善，妳教我做大骨湯和雜碎藥湯好不好？」

他說話和做事不喜歡拐彎抹角，一進門就直接說出自己的來意。他不想一輩子做個小酒樓的店小二，他希望自己有朝一日能開間酒樓做東家。

他心中有想法，個性也務實，喜歡一步一腳印，知道一口吃不成個胖子，所以想先學會做飯的手藝後，從小攤小販開始。

「表哥，你學這些做什麼？」安玉善卻不清楚文強的心思。這個表哥的性子她倒是很喜歡，說話辦事都透著果決。

「我不想在慶祥樓做夥計了，我想自己挑擔子賣吃食，雖然辛苦些，可也算一門手藝。等到攢夠了錢，就像玉璿表姊和表姊夫那樣在縣城租間鋪子開食肆，然後再攢錢開更大的鋪子，到了三十歲的時候，我希望能有一間自己的大酒樓。」文強雙眼透著灼人的光芒，對未來的期望和計畫變成了燦爛的笑花，開在他的眼角眉梢。

有目標還有計畫，做事情也不拖泥帶水，這樣的人本就給人一種信服感，更別說安玉善還有一定的識人能力。

她不擔心文強的決心和毅力，但做生意沒那麼容易，尤其現在時局不穩，小老百姓的日子也是朝不保夕，白手起家必定是要吃不少苦頭的。

不過安玉善並不打算在面對無數未知可能時去打擊眼前的少年，相反的她覺得應該支持才對，畢竟未來還說不準，一切皆有可能。

「好，我相信表哥一定會成功的，到時候我就去表哥的大酒樓吃飯！」安玉善笑著說道。

「好，到時候隨便妳吃，天天去吃都行，絕對一文錢都不收！」文強臉上光芒更盛，彷彿這會兒他的大酒樓已經開張了一樣。

安玉善點點頭。她知道文強也是識字的，於是就將熬煮大骨湯和雜碎藥湯的做法詳細地寫了下來，讓他回家之後先嘗試做做看。

另外，她又寫了一道紅燒魚和紅燒肉的做法。既然有長遠的計畫想開酒樓，那麼會做的菜就不能只是一、兩道。

沒想到以往性子沈悶的小表妹如今辦事比自己還爽快俐落，文強萬分感激的同時也決定要好好學習，總不能連個八、九歲的孩子也不如吧？

他將安玉善寫的菜譜小心翼翼地摺好放進貼身的中衣裡，又笑著對她道：「對了，今天我們掌櫃的也來了，上次我娘來，三舅母不是送了些醃菜給我家嗎？還說有治病防病的功效，我娘就讓我送了一些給我們掌櫃的，沒想到他的小孫子吃了咱們家的醃菜，風寒之症就好了，說是要多買一些回去。另外，最近酒樓生意也不好，他正著急上火呢！」

文強也不知道為什麼要對安玉善說這些，總覺得安家大大小小的事情，似乎總和這個性子大變、帶點神氣的小表妹有關。

「是嗎？」這兩天安玉善正想著除了醫藥方面該如何改善家裡的生活，或許這是一個契機也說不定。

文強走後不久，陳氏幾人就被叫進了老宅裡，等到尹雲娘一臉笑意地從老宅回來的時候，安玉善才知曉，安清賢已經同意慶祥樓樂掌櫃的提議，決定由安家為峰州府城的慶祥樓提供藥用醃菜。

這天晚上，北風凜冽，颳得窗櫺呼呼響，燒著熱炕的屋內倒是溫暖如春。

安玉善坐在堂屋屋內一角配藥，安玉若在矮桌上練字，安玉冉用腳蹬碾藥船碾藥，安松柏和尹雲娘夫婦則對著三個女兒說著慶祥樓的事情。

「妳大爺爺他們已經決定好了，從明天開始先問村裡有沒有賣白菘和蘿蔔的人家，然後讓妳爹和妳二伯領著齊全他們進山採藥，再讓妳小堂叔去妳們二姑父家拉幾罈新酒；玉善妳就帶著妳二姊、三姊一起做藥酒，等到藥酒做好後再來醃菜。」安松柏將一些藥材先切碎，然後遞給碾藥的安玉冉，但最後這句話卻是對背著身配藥的安玉善說的。

「爹，不是說益芝堂那邊要小妹配的藥酒要得急嗎？咱們每次只給他們六小罈是不是太少了？反正二姑父家這次釀的新酒比較多，就是六十罈也沒關係吧？」

安玉若想著，一罈藥酒就要十兩銀子，而且只要有新酒，泡上藥材五、六天就能喝了，這樣又快又能賺錢的辦法不知多少人想要，可自家人有錢都不賺，真不知道是怎麼想的？

「別胡說，妳個小孩子懂什麼？現在世道這樣亂，藥酒少一些還不打眼，要是釀得多了，別人見銀子這麼好賺，不知道會使什麼壞心眼，若被那些土匪知道了，可會遭來大禍！」尹雲娘行事說話透著小心。今時不同往日，戰亂這幾年來峰州就沒有太平過。

大神山脈密林高深，本就是山匪便於隱匿之地，北朝剛亡那一年，官匪難分，老百姓都被欺壓怕了，有錢的人家也都一個個穿起了舊衣哭窮，怕的就是被不懷好意的人惦記上。

「娘，您怕什麼？土匪有什麼了不起的，原來還不都是小老百姓！現在日子苦，人就橫生了不怕死的膽，誰生來就是打家劫舍的？只要你比他還凶、比他還不要命，我看哪個敢欺負到頭上來！」

安玉冉俏臉上多了幾分天不怕地不怕的氣勢。她沒殺過人，可她心裡不懼，真要是逼到分上，她就把惡人的腦袋當成白菘給砍下來。

尹雲娘聽了卻是背後一涼，安松柏也皺了皺眉。這個二女兒自小膽子就大，說話做事也是衝動得很，兩、三歲就敢掐著毒蛇扔到石頭上摔，這要是個小子，指不定早就惹出大禍。

「二姊，人人要是都像妳這樣想，天下哪裡還有好日子過？」安玉善停下手上的動作，轉身看向頗有「殺氣」的安玉冉。「娘說的也沒錯，小心駛得萬年船，不過日子還是要過下去，不能因為懼怕未知的危險就停滯不前，咱們力量小，就走得慢一點。」

安玉善從不是一個冒進的人，兩世為人，面對的境況不同，做出的選擇自然也不同。

再說，益芝堂的實力在新朝下能不能撐得住還不好說，安家可以因為益芝堂曾經的名聲與它合作，但絕不能只走這一條路，她現在不過是在觀望而已。

「我覺得小妹說得十分有道理。」安玉若現在事事都以安玉善馬首是瞻，認為她說什麼都是對的。

尹雲娘和安松柏也對安玉善的說法表示贊同，就連安玉冉聽後也沈默下來。沒辦法，誰讓自家現在勢弱，只能窩在大山裡。

雖說安家人對於藥酒有自己的打算，但禁不住「牆內開花牆外香」，遠在千里之外的帝京卻因為一件事情，將這益芝堂的藥酒傳得神乎其神。

第十七章　懲治潑婦

據說天降初雪這天，帝京的列軍侯府內張燈結綵，要為侯爺之母孟二老夫人過六十大壽，一時間帝京城內有頭有臉的人物全都登門祝賀，就連京城來到的貴人也被邀請至府內。

賓客雲集，觥籌交錯，熙熙攘攘好不熱鬧。

只是，壽宴中途突發意外，大晉朝京城權貴之家晉國公府的世子爺舊病復發，昏倒在宴席上，就連徐宗和閻明智這樣帝京城內數一數二的大夫都一籌莫展，聽說當時侯府內的氣氛很是緊張。

晉國公府乃是大晉朝的顯赫之家，這位昏倒的世子爺更是大晉朝國君元武帝的嫡親外孫，要是他在列軍侯府內有個三長兩短，孟氏一族很可能都要賠上性命。

就在這生死存亡的緊要時刻，孟二老夫人想起孟壽亭讓孟元朗給她送來的藥酒，於是趕緊讓孟少輝給這位晉國公府的世子爺灌下一杯。

奇蹟就在這時發生了，前一刻還奄奄一息的人不但活了過來，還直言這藥酒令他疼痛減半，孟二老夫人便順水推舟將藥酒相贈。

許多人親眼見到這起死回生的一幕，一邊感嘆孟家的好時運，能與晉國公府攀上交情，另一邊更驚嘆那藥酒的神奇功用。

於是，壽宴還沒結束，益芝堂的「神奇藥酒」就被傳得天上有、地上無，之後更有不少人拿著銀子到益芝堂買藥酒。

後來一打聽益芝堂每個月只賣六小罈藥酒，不到三天，這藥酒就炒到了百兩一罈，而且是拿錢都買不到的好東西。

就這樣，益芝堂賣的藥酒以最快的速度出了名，而同時益芝堂和孟家上上下下都感受到了一股無形的壓力。

孟家是在大晉朝還沒有扎穩根基的新貴，如今各方勢力也是暗潮湧動，舊北朝復國勢力視其為眼中釘，大晉朝權貴也不會輕易與之結交，如此境地，行事更需要小心謹慎才是。

「少東家，安家雖是農戶，但曾經也是望族，做事自有章法，藥酒之事怕是不會輕易答應……」天寒地凍之時，徐奎在封安縣見到了匆匆而來的益芝堂少東家孟少昌，知他來意，便說明了安家這藥酒的難處。

「但凡有能耐的人總會有幾分怪脾氣，如今益芝堂和孟家在新朝處境尷尬，無論外人怎麼看，現在孟家必須在新朝立足長穩，明年秋季便是大晉朝皇家藥商三年一度的重新選拔之期，孟家必須要抓住這個機會。」身為益芝堂的下一任當家，孟少昌自覺身上擔子極重。

「徐掌櫃，今日你陪我去一趟安家。」

孟少昌這是第一次來封安縣，雖然之前就知曉這安家有些怪異，但此次他親自來到這裡，無論如何都要完成父親交託的任務。

「是，少東家。」徐奎深吁一口氣，這安家是一定要去的。

寒風刺骨的冬日裡，比起往年來，山下村倒是熱鬧許多。

自從慶祥樓相中了安家的藥用醃菜，不到半個月，又有府城內的三家大酒樓找上了門。雖說只是一道不起眼的配菜，但滋味爽脆，不僅開胃還能防病、治病，倒是為酒樓招攬了不少回頭客，有些大戶人家更是找上酒樓要多買一些。

因此，安清賢召集村中一些巧手婦人和自家的兒媳、姪媳一起做藥用醃菜，並臨時在祠堂外的空地上搭建了一個小作坊，大兒媳陳氏則當起了「大管事」。

「大哥，家裡來客人了！」安清賢正在小作坊和村裡的幾個後生一起幫忙時，安清和親自跑來找他。

「客人？」安清賢走到安清和身邊問道。

「是益芝堂的徐掌櫃和少東家，看來他們是為了藥丸和藥酒來的。」安清和湊到安清賢耳邊低聲說道。

安清賢點點頭。他先讓安清和去把安玉善找來，帶到三房老宅鄭氏的房間裡，然後他再把客人帶到一簾相隔的三房老宅堂屋裡，這樣他們要說什麼，安玉善也能聽到。

安清和去找安玉善的時候，她剛給程景初施完針，正打算往程家的後廚房走去。

等到爺孫兩個回到老宅，安清賢也帶著客人進了門，陪同的還有安松柏和安松達。

雙方分賓主坐下，梅娘端上熱茶後就出了屋，彼此寒暄了兩句，安清賢直接問明來意。

孟少昌見氣度不凡的安清賢如此直爽坦蕩，也不拐彎抹角，直言其是為了安家的藥酒。他希望安家每個月能多釀一些藥酒，益芝堂可以提供所需的藥材，同時所賣藥酒的利潤願意和安家五五分成。

此話一出，不但在座的安家男人吃了一驚，就連徐奎也哆嗦了下。他可聽說現在一小罈藥酒都要賣百兩銀子，分給安家一半，看來大東家是要下血本了。

門簾後的安玉善倒是皺起了眉頭。這位孟少東家的提議的確很吸引人，如果藥酒大量生產，相信以益芝堂的名氣和孟家的勢力，短時間內說不定能大賺一筆。

可「木秀於林，風必摧之；堆出於岸，流必湍之」，安玉善已經從安齊明那裡對孟家有了更多的認識。

「亂臣賊子」、「賣主求榮」、「貪生怕死」、「背信棄義」……這些都是北朝舊民給孟少輝這位孟家曾經最出色的子孫、如今的大晉朝列軍侯戴上的「帽子」。

益芝堂和列軍侯府是同脈同宗的一家人，如果早知道與益芝堂合作，安家會被牽扯到危險之中，或許一開始安玉善會再考慮得更謹慎些。

安清賢並沒有立即回覆孟少昌，這是大事，自家人必須要好好考慮一下。

徐奎和孟少昌雖然失望，但並沒有氣餒。這居於鄉野的安家人在如此年月和艱難處境下都沒有為了財帛輕易動心，看來他們還是小瞧了這些沒落的望族後人。

安家人把兩人送走之後，又回屋商討此事，而這次安玉善成了主角，畢竟現在真正掌握整個炮製藥酒過程的只有她一人。

「玉善，剛才孟少東家的話妳也聽到了吧？大爺爺想問問妳的意思。」安清賢的語氣有些嚴肅。

安氏一族雖男不入仕、女不入宮，但也絕非真正的無知百姓，更不是尋常的販夫走卒，千百年來，安氏一族出過無數大智大勇和能人異士之輩，而作為一族之長，安清賢自然希望能帶領族人過上更好的生活。

「大爺爺，如果咱們要憑著藥酒和藥丸賺錢養家，那麼益芝堂孟家並不是最好的選擇，我聽大堂哥說過，孟家名聲不好，得罪了不少人。」

都說背靠大樹好乘涼，在安玉善看來，如今峰州已經是大晉朝的峰州，如果非要在新朝做一隻出頭鳥，那麼就要找一棵在大晉朝本土扎根極深的大樹，有了真正強硬的後臺，相對來說麻煩和危險都會減少些。

安清賢幾人眼裡都閃過莫名的光芒。安玉善跟老仙醫除了學習醫術外，究竟還學了些什麼，她這麼小的年紀竟然想得如此長遠？

「玉善，大爺爺明白妳的建議，只是安家始終是北朝人。」安清賢也不知道安玉善能聽明白多少。安家不是見風轉舵、貪財忘義之輩，心有「亡國恨」，即便北朝亡了，這心還是向著「自己人」。

「大爺爺，可孟家已經不是了，就算骨子裡是，天下人也不這樣認為了。」

無論當初那位列軍候出於什麼目的舉城投降，「降」便是「叛君」，在很多耿直忠義的北朝舊民眼裡，孟家就是令人不齒的。

安玉善讀過不少史書，自然能理解朝代更迭的種種，日漸衰敗的舊北朝必定會被強大的新朝所取代，朝廷無作為，百姓過得水深火熱，亡國也是遲早的事情。

只是夾在「忠」與「義」之間，很多人是難兩全的。

她不在乎這些，可安清賢這些北朝舊民在乎，更何況安家即便曾經差點被滅族，骨子裡還是有著忠君愛國的信念。

「唉……這件事情還是從長計議吧！」安清賢一時也犯了難。現在任何決定都不能草率，看來，是時候給天下安氏的大族長修書一封了。

此時的安玉善還不知道，她的命運隨著這封即將送出的密信，已經開始悄然發生變化。

到了次日，孟少昌和徐奎又來到了山下村，但得到的答覆還是「再考慮看看」，這樣不確定的回答讓二人心中都打起了鼓。難道有其他藥商已經秘密找上安家的門了嗎？

就在他們第三次上門這天，尹雲娘帶著三個女兒來封安縣看望大女兒安玉璿，順便幫她送一些藥用醃菜。

只是當母女四人揹著背簍走到安玉璿和許誠在封安縣的小繡坊外時，聽到裡面傳來女人肆意謾罵之聲，而且聲音尖利，在這冬日有些冷清的街道上顯得尤為清晰。

「大姊，怎麼了？」安玉冉率先衝進繡坊裡。她倒要看看是哪個人敢欺負她姊姊！

安玉冉的猛然出現讓小繡坊內出現了短暫的沈默，披頭散髮坐在地上乾嚎的劉三娘先是嚇了一跳，接著喊得更大聲了。

「還有沒有天理啦！就知道欺負我們孤兒寡母……這可讓我們怎麼活呀……我那死去的不長眼的夫君啊！你可有點兒良心看看呀，就讓我們這樣被人欺負呀！

「啊——我不活了……什麼野蹄子都能欺負我這可憐的女人……

「我那死去的婆婆啊，妳怎麼不把我一起帶走，妳可憐的孫子都要餓死了！」

尹雲娘見她越罵越沒邊兒，罵出口的話也越來越難聽，立刻上前問向站在一旁、臉上尷尬的安玉璿是怎麼一回事？

安玉璿臉上苦笑，將尹雲娘拉到一旁告訴她，說這劉三娘是封安縣有名的難纏寡婦，她也開了一家小繡坊，就在益芝堂對面的不遠處。

正所謂同行是冤家，自家的小繡坊剛開業沒幾天，因為刺繡手藝好，就把她的生意給搶走了大半。

劉三娘本就是個混不吝沒臉沒皮的主兒，以往做生意也是強拉來的買賣，現在見對面的小繡坊生意越來越好，又是嫉妒，又是不甘，暗地裡使壞不說，今天更是明著上門鬧了。

安玉璿和尹雲娘雖是壓低聲音說話，但靠近的安家三姊妹都聽到了。

安玉冉只聽到一半，略顯英氣的眉毛就倒豎起來，一臉殺氣地瞪向了繼續撒潑的劉三娘。

安玉若亮晶晶的眼珠子轉了轉，唇角帶著壞笑，不知道在琢磨什麼鬼主意。

而安玉善則安靜地站在一旁打量，此刻繡坊裡沒客人，她也壓根兒沒把劉三娘看在眼裡。

「妳給我閉嘴！」許是被劉三娘哭得煩了，安玉冉突然大喝一聲，然後一掌拍在繡坊內的櫃子上，連帶著櫃上的青花瓷瓶也被震落在地，發出碎裂聲響，把一屋子人都嚇住了。

「二……二妹，妳……妳沒事吧？」安玉璿眉心一跳。她不是心疼櫃子和瓷瓶，而是擔心這個魯莽的二妹控制不住怒氣把劉三娘揍一頓。

別看安玉冉現在只有十二歲，比許雲還要小一歲，力氣可是大得很，村裡幾個身強力壯的後生都打不過一身虎力氣的她，幸虧這櫃子的木板硬，不然她都能拍成兩半。

劉三娘脾氣凶悍刻薄，長相和身材卻是嬌滴滴的模樣，這要是被安玉冉給打一拳，怕是小命都難保。

尹雲娘也是想到這一點，先一步拽住了安玉冉，使勁把她往後拉，希望她和劉三娘離遠一些。

「漂亮的大嬸妳別害怕，我二姊不是故意的，她以往連老虎、野狼都敢拍死，不過妳不是山裡的野物，她不會拍妳的，別怕！」誰知這時安玉若卻笑嘻嘻地湊到劉三娘的身邊說道。

聽到安玉若這樣說，安玉冉狠瞪了她一眼。這個三妹怎麼反倒去安慰壞人了？

一旁的安玉善則是抽了抽嘴角。怪不得三姊整天纏著她學一些亂七八糟整人的東西，如果她沒看錯，安玉若靠近劉三娘的時候，乘機把淚粉撒到了她的衣袖上。

從剛才一進門她就注意到，劉三娘為了「演好哭戲」，總是時不時地拿衣袖擦眼睛，這淚粉雖然對人身體無害，但若是沒流上三天三夜的眼淚也是不會好的。

至於解藥，她能說她現在還沒配好嗎？

「嗚嗚嗚……妳們欺負人……嗚嗚嗚……妳們……」劉三娘覺得眼睛突然十分難受，眼淚止都止不住。

剛才是假哭，這會兒可是真哭，嘴巴一會兒就乾了，嗓子也跟著快冒煙。

不到一刻鐘，她就騰地站起來，決定先回家喝點水補充一下，之後再來！

她罵罵咧咧地一踏出門，安玉璿就趕緊把店門先關上。反正這兩日也沒什麼客人來，待會兒說不定那劉三娘又要來鬧，關上門總能清靜一會兒。

「大姊，妳怕她做什麼？把門打開？我看她還敢不敢來！玉若，去後院給我找把刀來！」安玉冉氣呼呼地將身上的背簍放下來。一個小潑婦也敢耍橫？看樣子這段日子自家大姊沒少被她欺負！

「好。」安玉若腿快的就想往後院跑，卻被安玉璿一把拽住。

「三妹，別跟著胡鬧！」

尹雲娘則是生氣地走到安玉冉身後，使勁地朝她後背打了一下，斥道：「拿什麼刀？妳是土匪還是無賴？一個姑娘家家的整天就知道拎刀鬥狠，看誰以後敢娶妳！」

「不娶就不娶，我還沒打算嫁呢！」安玉冉脖子一扭，呼著熱氣說道。

她這說的也是心裡話，自家沒男孩，姊姊妹妹們又弱，她力氣大自然要好好保護家人不受欺負，一輩子不嫁人又不會死，她才不怕。

「妳……妳是想氣死我！」尹雲娘又揚起手，這次卻在即將落下時被安玉善輕巧地抓住了。

「娘，您又不是不了解二姊，她只是說著玩呢！對了，大姊，怎麼沒見姊夫和雲姊姊？」安玉善趕緊轉移話題。

安玉璿也上來拉住尹雲娘。「娘，這裡冷，先回後院屋裡坐下吧。誠哥去府城了，雲妹妹跟著去接人。」

「接人？接什麼人？」尹雲娘知道這間小繡坊剛開業，許誠給它取名叫「水繡坊」，人手不多，這幾日都是安松堂在一旁幫忙，繡娘也只有許雲和安玉璿。

第十八章　啞兒出聲

「去接二管家和夏蓉他們，甯哥兒也會來。」母女五人到了後院燒著熱炕的屋內坐下，安玉璿這才說道。

「玉璿，我聽姑爺說甯哥兒今年才四歲，他一個孩子跟著你們在這縣城也不方便，你們又要忙生意，不如還是我來照顧吧？」尹雲娘心知有一天許誠定會把許甯接回來，可他自己還需要旁人照料，倒不如當娘的辛苦一些幫忙看看孩子，女兒也能輕省些。

「娘，不用了，我能照顧好，再說還有雲妹妹和夏蓉在呢！」當娘的心疼女兒，做女兒的自然也心疼娘，再說安玉璿覺得把甯哥兒放在許誠身邊也好，免得叔姪兩個日後生分了。

「唉，妳還是個孩子呢！」尹雲娘說著眼圈就紅了，再想起剛才只有安玉璿一個人應付劉三娘那樣的惡婦，心裡就更難過了，眼淚怎麼也忍不住。

「娘，您這是怎麼了？怎麼還哭了？我沒事，我已經嫁人了，不是孩子了，您別擔心。」

知母莫若女，尹雲娘難受之處，安玉璿自是能感知出來。被劉三娘欺負時雖委屈，可家人、丈夫都是她的靠山，她並不懼怕什麼。

母女幾人又在屋內閒話家常，說了些家裡和繡坊的事情，安玉善主動請纓去廚房做飯，安玉若幫忙燒火，安玉冉也識趣地出來了，尹雲娘應是還有些話要單獨和安玉璿說。

飯還沒做好，許誠一行人就回來了，安松堂聞著香味先奔進了廚房裡。

「今個兒玉善來了，小堂叔可有好東西吃了！」安松堂哈著雙手取暖，笑著說道。

「怎麼？有人在這裡委屈小堂叔，不給你吃飯了？」安玉冉在廚房外劈著柴，彷彿那柴和斧頭都跟她有仇似的，劈柴的聲音把安松堂給嚇一跳，而且她說話還帶著刺兒。

安松堂先是不解地看了一下安玉善，見她朝自己微微搖搖頭，又低頭問燒火的安玉若。「誰惹妳二姊了？她怎麼……心氣不順的樣子？」

安玉若搗嘴悶笑，低聲將劉三娘的事情告訴了安松堂，之後又猛地大聲說道：「二姊當然不高興了，繡坊裡就大姊一個弱女子，那瘋婆娘又哭又鬧，說話難聽死了，要是二姊手裡有把刀，當時就把她給剁了，從小到大欺負我們姊妹的，二姊可都狠狠揍過！」

「臭丫頭，妳說話小點聲，小堂叔耳朵都要被妳震聾了！」安松堂揉了揉耳朵，很快又會意過來，安玉若這話滿院子人都能聽到，看來不是單單說給他一個人聽的。

果然，陪在屋裡和尹雲娘說話的許誠、許雲都看向了笑容溫和的安玉璿，怪不得她眼圈紅紅的，像是剛哭過，原來是被人欺負了。

許誠眼中閃過一道狠戾的幽光，但很快就消失不見，丈母娘還在跟前，有些情緒還是要隱藏下來。

不過他還是問了劉三娘的事情。許雲也是一臉擔憂，站在一旁的許南和夏蓉聽到有人欺負自家三少奶奶，心中也是氣憤，只有敏感的許甯察覺到空氣中的異樣，有些緊張地拽著夏蓉的袖子。

「沒事，劉三娘的性子整個封安縣都知道，咱們都是開繡坊的，她就算心生怨懟也不敢怎麼樣的。」安玉璿並不想把事情鬧大。

「璿妹，妳性子純善，自然不願多做計較，只是怨懟有時也會變成逞凶作惡的源頭，劉三娘的事情妳不用擔心，我會處理好的。」許誠朝許南遞了個眼色，如果連一個劉三娘都懲治不了，談何復仇大計？

「吃飯了！」安玉善這時也做好了午飯。

眾人不再談劉三娘的事情，開始圍坐在一起吃飯。

安玉善這頓做的是兔肉鍋餅子，裡面的兔肉是安松烈打獵得來的。

冬日山裡的獵物雖不好找，但安松烈稱得上是老獵手，再加上程家武功高的蕭林陪著一起打獵，這幾天倒是能頓頓吃肉。

「真好吃！」長得虎頭虎腦的許甯吃飯時終於有些放鬆下來，安家姊妹都覺得這孩子長得可愛討喜。

吃完飯，許誠宣布以後水繡坊會和敬州府城的玉麟繡閣合作，一部分繡品將會放在玉麟繡閣代賣。

敬州府城繡品這一行最出名的便是三繡十八坊，其中三繡指的是雲錦繡閣、玲瓏繡閣、玉麟繡閣這三家根基雄厚、實力相當的大繡莊，而十八坊指的則是分布在敬州府城各處的十八家中小型繡坊。

幾十年來，三大繡莊在敬州當地，以三足鼎立之勢分割著敬州的刺繡生意，而十八坊更與三大繡莊有著盤根錯節的關係，或各為其主，或保持中立，或猶豫觀望，雖彼此競爭，但也維繫著表面平和。

許誠也是思慮再三才決定與玉麟繡閣合作，因為峰州許氏的刺繡手藝原本就十分出名，山魚繡莊更是其中翹楚，並有著秘不外傳的飛魚繡技，他的水繡坊一開業就已經吸引不少目光。

雲錦繡閣廖家與許家本就是死對頭，即便現在許誠和峰州許氏一族鬧翻了，他也不想和廖家這個老對手合作。

玲瓏繡閣王家如今一心依附大晉朝的繡商，而且現在的當家人王岩為人不夠磊落光明，不是良選。

玉麟繡閣木家相比其他兩家，雖說當家人木維不善於鑽營，但木家繡娘手藝精湛，又都是忠心不二的家奴，木家還有自己的染線坊和染布坊。

雖說木家出品的繡樣有些老舊，吸引不了豪門大戶那些追求新花樣的夫人、小姐的青睞，但在百姓之間的口碑卻是最好的，大戶之中也有較為固定的客人。

最重要的一點是，許誠親自登門求見，木維熱情相迎，爽快地答應合作，並不懼因此得罪許傑和許家，言語中的照拂之意也讓許誠很有好感。

「誠哥，木家答應得如此爽快，是不是看上了雲妹妹的繡技？」飛魚繡技乃是許誠先祖所創，安玉璿聽許雲無意中說過，當初許傑正是覬覦這繡技才再三使壞。

許誠搖搖頭說道：「不會，木家的獨影針法比飛魚繡技更勝一籌，就算咱們主動給，木家人還未必看得上。」

安玉璿聽後這才安下心來。不是她多心，而是從山下村走出來做生意，她發現必須要多幾個心眼，否則吃虧的就會是自己。

安玉善自始至終並沒有多說話，只是用心地聽。既然許誠選擇和玉麟繡閣合作，那麼這木家一定是有幾分能耐，畢竟自己這個大姊夫可是很精明的。

又過了一個時辰，尹雲娘決定帶三個女兒回家了。

「三嫂，我和你們一起回去。」安松堂就是臨時來幫忙的，現在許南和夏蓉都來了，他也能騰出手幫忙姊夫馬東釀酒。

只是，許誠和安玉璿剛把一行人送到小繡坊外，臨近的益芝堂就鬧哄哄地擠滿一群人，打聽之下才知道，益芝堂新來的大夫醫死了人。

「庸醫，我要你給我兒子償命！」一聲暴喝從益芝堂內傳出來，緊接著一個留著山羊鬍的矮個兒老頭就被扔了出來，當即就昏死在街上。

「啊！打死人了！打死人了！」隨之而來的是人群的慌亂喊叫，安玉璿趕緊又把尹雲娘幾人拉回鋪子裡。

「咦？小妹呢？」安玉若瞅瞅四周。剛才還在自己身邊的安玉善去哪兒了？

推擠叫嚷的人群、越聚越多的觀眾、昏死過去的老大夫、六神無主的店鋪夥計，還有勃然大怒的「苦主」……益芝堂外頭熱鬧得就像要唱堂會。

相比之下，藥鋪裡面倒是安靜得很。安玉善剛才不知被誰猛推了一把，跌進了益芝堂裡面，大家只顧著看熱鬧，誰也沒注意她。

藥櫃緊挨著的厚門簾內傳來一個女子低低的哭聲，還有幾聲虛弱的咳嗽，安玉善猶豫了兩下，還是走到了門簾處掀了起來。

不看還好，一看門簾後的床上躺著一位十歲左右的男孩，臉色泛紫，像是喘不過氣的樣子，眼睛裡也都是驚恐和無助的淚水。

床沿坐著一位垂淚的婦人，面容悲戚，一隻手正輕柔地給男孩順著氣。

安玉善本想退出來，可眼見男孩就要翻白眼一命嗚呼，她還是走了進去。

屋內的兩人，一個因悲痛而渾然不覺，一個也在生死邊緣，自是注意不到她。

直到安玉善走到近前開始替那男孩把脈，婦人才萬分驚詫地看向她。

「妳、妳是誰？」

「噓——想讓他活命就別說話。」

安玉善把完了脈，從懷裡掏出隨身帶著的銀針包，又掏出一個裝滿酒精棉球的小瓶，取出一根長針給棉球消毒。

還沒等那婦人再問，她的針已經從男孩的脖子處扎了下去，接著又很快地拔了出來。

「啊……」雖然男孩的叫聲不大，但坐在床沿被安玉善一連串動作弄得有些懵的婦人還是聽到了，不敢置信地看向男孩。「平哥兒，剛才……剛才可是你喊的？」

「這一針下去是有些疼，不過能救命。」安玉善並不覺得有什麼大驚小怪的。

「平哥兒，你……你再喊一聲……」婦人唯恐是自己聽錯了。

此刻，那男孩氣順了，身上的疼痛也少了大半，試著又喊了一聲，這次是真真切切地出聲，和他平時的支支吾吾是不一樣的，他自己也被嚇到了。

「平哥兒，你、你能出聲了？那你喊一聲娘，快喊一聲娘讓我聽聽！」婦人欣喜若狂，激動地搖晃著兒子的雙臂。

「娘……」雖然聲音有些嘶啞，但的確能聽清他說的是什麼。

「兒子，我的好兒子，你終於又會說話了！」婦人猛地抱住自己的兒子又哭又笑。

安玉善已經將銀針包和小瓶放進懷裡，心想原來這男孩是不會說話的，這一次用銀針給他順氣，沒想到連帶著他的啞疾也治好了，還真是巧。

看了那對還在興奮中摸不著東南西北的母子一眼，安玉善微微一笑，正打算轉身離開，婦人終於反應過來，突然下床跑到她面前跪下便拜，帶著哭音說道：「多謝小神醫救我兒性命，小婦人柳蟬感激不盡！」

安玉善客氣的話還沒說，門簾就被人一下子挑了起來，然後一股冷氣直竄腦門，孟少昌、徐奎和一個充滿怒氣的魁梧大漢先後走了進來。

「娘子，妳這是幹什麼？」見自己的妻子朝一個小女孩下跪，呂進不明所以。

「相公，小神醫救了平哥兒，他現在又能說話了！」柳蟬抬頭，喜極而泣地道。

「什麼？這不可能！」為了治好自己兒子的啞疾，呂進這五年來遍尋名醫，但都無功而返，怎麼可能被一個小女孩給治好？

安玉善沒想到柳蟬的嘴巴會這麼快，而且還是在孟少昌和徐奎的面前說出這些話，看來自己這下子想瞞都瞞不住了。

果然，聽到柳蟬的話，孟少昌和徐奎眼裡都閃過不可思議的光芒。

在這之前，他們自然暗中對安家做了調查，雖然很多跡象都表明安家的藥酒、藥丸和眼前這位叫安玉善的小姑娘有些關係，可說她小小年紀便能治好疑難雜症，甚至太醫都束手無策的病症，她一張藥方就能搞定，有些太過天方夜譚了。

不是不信，而是不敢相信，更怕相信了會覺得這世上太過玄妙了些，就算是神童也太神了吧！

「玉善？玉善？」

「小妹，妳在哪裡？」

門外傳來家人焦急的呼喊聲，安玉善有些無奈地輕嘆一聲，然後從徐奎幾人身側走了出去。

「娘，我在這兒！」安玉善跑出了益芝堂喊道。

原本看熱鬧的人還三三兩兩聚在一起，街上昏死過去的老大夫已經醒了，益芝堂的夥計小九正在替他受傷的額頭敷藥包紮，而尹雲娘他們看到安玉善完好無損，全都輕吁了口氣。

「玉善，出了門別亂跑，讓娘擔心死了！」尹雲娘就怕剛才人多不小心傷到安玉善。

「娘，我沒事。」安玉善沒有多說。說了也是讓家人跟著著急，還不如看待會兒孟少昌是什麼態度。

「沒事就好，咱們趕緊回去吧，回去晚了，妳爹該擔心了。」尹雲娘覺得以後還是少讓小女兒來縣城，這外面真是太不安全了，好好地走路都能攤上禍。

安玉善點點頭，轉身看了益芝堂一眼，正巧孟少昌從裡面走出來，對她友善地微微一笑，並沒有多說什麼。

回去的路上，安玉善思來想去，還是決定將此事告訴安清賢和安清和。

「妳救了那孩子，還一針就把人家的啞疾給治好了？」安清賢本以為自己再看到或聽到安玉善給人治病的奇事都不會太過驚訝，但一針下去讓啞巴開口說話也太過神奇了些。

「可能是湊巧吧，那孩子氣喘窄急，命懸一線，我想著救人要緊，一時就沒想那麼多。」安玉善說道。

「大爺爺沒怪妳，妳這事做得對，見死不救非醫者所為，妳又是仙家子弟，更該有一顆悲憫蒼生之心，這些大爺爺都懂，只是此事過後，妳會醫術之事將會被更多人知道，大爺爺已經沒能力再護住妳。」安清賢也是長嘆一聲。

「大爺爺，我能保護自己的。」人小力量弱，但不代表沒有自保能力，安玉善對於這點還是很有信心。

再說她只是會醫術而已，又不是會呼風喚雨之術，還不至於真成為別人眼中的妖孽吧？

第十九章　安氏一族

白雪風寒，群山素裹，從封安縣回來的當天晚上，峰州全境迎來了一場鵝毛般的大雪。

次日清晨，眩目耀眼的銀白晃得安玉善眨了好幾次眼睛，院子裡厚厚的積雪已經被早起的安松柏清掃出一條小道。

不過，羊腸小徑很快便被加急的雪花覆蓋，轉眼又是一地白花。

山中自是無法再去採藥，吃過早飯，勿辰就來接安玉善，今天是給程景初施針的日子。

安玉善熟門熟路地進了程家的院子，勿辰恭敬地把她請進程景初溫暖的房中，雕花的小暖爐上溫著一壺藥酒，裊裊白煙隨著空氣中的微風飄進安玉善的鼻子裡。

清酒的醇香混著乾薑的辛辣，加熱後形成一種獨特引人的香味，這便是她秘製的乾薑藥酒。

此酒能護心順氣，還能祛寒，最適合老人飲用，但程景初病情特殊，所以此藥酒炮製好後，除了家中老人各有一罈，安玉善還給程家送了一罈。

房中燒著熱炕，剛進來會覺得溫暖，待久了，臉上就會出一層薄汗。

「雖然現在冬日嚴寒，但你身體已經大好，每日又有祛寒藥酒喝著，不用再如此畏冷，對你身體恢復也不好。」安玉善朝程景初坐著的書案走近，輕聲建議道。

經過這段時間的診治和食補、藥補，程景初早已不是剛來山下村時那個瀕臨死亡的美少年，如今的他就像從煉爐裡浴火重生的利劍，還未開刃便已經隱約有了氣貫長虹的凌厲之勢。

「好。」程景初沒有多說，起身到床邊坐下脫衣，然後乖順地躺在那裡等著安玉善給他施針。

這程家小公子脾氣還真怪，剛開始對她冷漠不搭理，後來時不時地和她搭句話，再後來就喜歡送她東西。

一開始是那幅畫，後來是幾支上好的狼毫筆，接著就是各種雜書，好似她的眼睛在這房間裡掃一圈，他就能猜到她最喜歡什麼一樣，和聰明人相處還真累。

勿辰站在一旁，張張嘴想對安玉善解釋，卻瞥到程景初掃來的冷眼，立刻低下頭繼續裝鴕鳥。

一刻鐘後，起針結束，安玉善照例要去程家後廚房幫柳氏做藥湯，程景初卻在這時喊住了她。

「等一下。」他重新穿戴好衣服，走到屋內的書架旁，取出兩本有些磨損的書冊遞給她。「這是託我大哥給妳找的書。」

安玉善狐疑地接過，見是兩本醫書，大略翻了幾頁，裡面的內容在她看來並沒有什麼新奇，相反還有些錯誤之處。

不過她看醫書不是為了學習，而是為了瞭解這個時空的醫學知識究竟到了哪一步。

「謝謝。」安玉善沒有推辭。

程景初臉色沈了下，見安玉善對這兩本學醫者奉若珍寶的醫書略微失望的樣子，原本心中升起的好心情也淡了些。看來她的醫術還真是常人難以企及的。

安玉善再次回到自家的時候，大雪已經變成了小雪，而且從「機靈鬼」安玉若的口中得知孟少昌和徐奎又來了，一同來的還有昨天在益芝堂傷人的壯漢。

好在這些奔著她來的人並沒有見到她，安清賢和安清和替她暫時擋了下來。

她還知道了那個壯漢叫呂進，是敬州府城旗遠鏢局的總鏢頭，這次來送了不少禮物，還有一百兩的診金。

接下來幾天，沒有外人再來山下村，可安玉善的心隱隱還是有些不安，以至於給程景初施針之後就有些走神。

「玉善姑娘，該起針了。」勿辰見安玉善今天有些心不在焉，不得不出聲提醒。

「好，我知道。」安玉善並沒有完全走神，正在一心二用，只是勿辰太過擔心自己的主子，比她這個大夫還看重起針時間。

當安玉善起針結束，程景初也重新穿戴好衣服，勿辰不知何時已經出去了，連房門都幫忙關上。

「我去幫柳大娘做飯。」安玉善察覺屋內氣氛不大對，趕緊找了個藉口離開，她的內心深處有個聲音告訴自己，她並不想聽程景初說些什麼。

「妳怕我？」程景初的聲音淡淡的。

「你有沒有聽說過一句話？醫術高明的大夫就是半個閻羅王，想讓你生，你便有活命的可能；想讓你死，同樣活不到三更。這個世上只會有別人怕我，而我……什麼都不怕。」因為無所畏懼，所以諸事諸人皆不心生恐懼，這便是安玉善活了兩世以來學到的。

程景初不置可否，眼角卻染上了一絲笑容。這些話真不該是一個八歲的孩子說出來的。

「妳很聰慧，但人太過聰慧就會變得孤獨，孤獨的人會很累。妳才八歲，有些事情不必想太多，妳救了我，作為回報，我來護著妳。」一個擔子也是挑，兩個擔子也是扛，在程景初眼裡，這並沒有什麼區別。

安玉善聽後卻是笑了，真沒想到程景初也有話多的一天，隨即搖搖頭道：「我自己的事情一向不喜歡麻煩別人，不過還是謝謝你能有這個心。其實你本不是一個冷漠的人，多說話，常常笑，人緣也不會太差的。」

安玉善不想再多說。她和程景初都是有秘密的人，無人探知的內心深處也都藏著解不開的孤獨，誰都有不想別人碰觸的地方，安玉善也有這樣一個角落。

看著防備心驟起的安玉善，程景初也恢復了以往的冷傲。或許是他太著急了吧！

時序進入臘月，安玉善決定以七天為期給程景初施針。

她還發現，程家的下人開始慢慢多了起來，還有了廚藝精湛的廚娘，但嘴刁的程景初還是只喝她做的藥湯。

就在離新年還有半個月，益芝堂的大東家孟壽亭悄悄來到了敬州，並且和安清賢約在府城一處孟家的私宅內見面，而這次陪同安清賢前往的還有一個中年陌生人。

兩日後，安玉善也見到了這位陌生人，並從安清賢的介紹中得知了此人的身分。

據史書記載，大約在四千多年前，天懷大陸便有了姓氏起源，之後隨著歷史變遷，姓氏也變得多樣化，並在三千多年前由統一這片大陸、建立最大王朝的帝君將天下姓氏進行了入冊整理。

傳聞這位英明神武的帝君最重視正統嫡庶之別，並將天下姓氏也都劃分出嫡系與庶系，並對嫡系一脈十分推崇看重。

不過隨著後來天懷大陸四分五裂、各方諸侯的爭奪戰亂，更因著權力與慾望的助長，姓氏的嫡庶之別已經不再那麼重要。

原本天下姓氏的大族譜慢慢都變成了各為其主的小族譜。姓氏族譜的轉變本就是人性利益的必然產物，不過中間也有異類出現，安氏便是其中之一。

這些關於姓氏的歷史，安玉善是在很久之後才知道的，現在她只是對面前這個自家大爺爺介紹為遠房堂伯的男人覺得有些好奇罷了。

即便眼前的人一身布衣素袍裝扮，眉目清朗，態度和藹，但歷經兩世的安玉善還是能看出他的不凡。

渾然天成的上位者氣勢，謹慎精明打量她的淡然眼神，還有那一閃而逝意味深長的微笑，這一切都讓安玉善狐疑至極。

他究竟是誰？為何大爺爺在他面前時不時流露出畢恭畢敬之態？為何家裡其他人對這位堂伯像是一副從未見過的樣子？

「妳就是玉善吧？聽賢叔說妳醫術很高明？」這男子的聲音聽起來磁性悅耳，臉上又帶著笑，很容易讓人覺得親近，但安玉善卻不自然地又挺了挺脊背，莫名有些緊張。

「回堂伯的話，不登高山，不知天之高也；不臨深溪，不知地之厚也。玉善雖是八歲稚童，但也知人外有人、天外有天，醫術不敢稱高明，只希望不斷努力，多多研習，日後能多救一條性命而已。」安玉善直覺認為不該在此人面前藏拙，再加上來見此人之前，安清賢讓人帶話給她，似是希望她能得此人青睞一般。

安玉善的回答讓那人眼睛一亮，隨即笑著點頭說道：「沒想到妳小小年紀竟有如此見識，不愧是我安氏子孫。」

接下來那人和安清賢閒聊了兩句，又和安家其他人打了招呼，之後就離開了山下村。

「大哥，今天來的那人到底是誰？咱們家何時有了我和二哥都不知道的遠親？」晚上安家人一起吃飯的時候，安清和有些不解地看著安清賢問道。

「你們不知道也不奇怪，此人是咱們峰州安氏一位遠方族叔家的子嗣，我與他們家偶有書信往來，此次他不過是途徑峰州而已。」安清賢似是不想多說。

他不過是峰州安氏的族長，與敬州安氏、遵州安氏這些旁系族長一樣，一旦向嫡系本家發出求救信，雖多了倚仗，但接下來的許多事情卻由不得他輕易做主了。

如果安家還是望族，如果北朝沒有亡國，如果峰州安氏一脈的族人沒有七零八落，那麼安清賢是絕對不會向嫡系本家送出那封信的。

安玉善和安家人哪裡會知道安清賢此時內心深處的糾結和無奈，只是都覺得那來也匆匆、去也匆匆的「遠親」有些奇怪罷了。

誰知吃完飯，安清賢又告訴安家人一個令人匪夷所思的消息——他要與益芝堂合作開藥酒坊，而且就選在敬州府城。

「大哥，你沒開玩笑吧？」安清順掏掏耳朵，以為自己聽錯了，安家低調的性子什麼時候改了？

安清賢無奈苦笑道：「我什麼時候和你們開過玩笑？」

事實上，安清賢自己也覺得有些奇怪，安氏一族一向低調沈穩，也不知道這次嫡系本家是怎麼了，不但派來的人明面上見了益芝堂的大掌櫃，更堂而皇之地見了自家人。

要知道，只有現任安氏地方族長、族老和下一任族長才知道嫡系本家的存在，且只有族長才有權力聯繫嫡系本家。

還有，安氏一族不缺乏有能耐的人，也不缺機靈聰慧的孩童，為什麼這次本家的人好像特別關注峰州，尤其是安玉善呢？

最重要的是，本家的人來得太快了，按照他的估算，最快也要明年仲春時節才會接到回信，可那人至少提前兩個月到了峰州，這說明此人老早就來了。

一切的一切都讓安清賢覺得事情並沒有自己想像的那麼簡單，有些事早就超出了他這個小小峰州安氏族長的掌控。

「大爺爺，為什麼選在敬州？」安玉善心裡的疑問也不少，總覺得安清賢做出這個決定和今天來的那人有些關係。

「敬州府城和峰州府城到山下村的距離差不多，不過峰州府城現在是許家的天下，咱們還是避著點，等到有機會，也許可以再在峰州府城開一家。」安清賢解釋道。

聽完安清賢的話，安家人不但沒有興奮或激動，反而露出更奇怪的眼神。

這一點都不是安清賢以往穩紮穩打的作風，連開分號的事情他都想到了，這老爺子的膽子什麼時候變這麼大了？

「你們都別想那麼多，齊全和玉冉他們依舊跟著玉善學醫，你們想去酒坊上工幫忙就去，不想去的依舊做自己喜歡的事情，我不勉強。」即便有本家相助，安清賢也不會專斷獨行，每個人都有自己生活的方法，他只希望多給他們一條選擇的路而已。

「爹，您今天說的話都奇奇怪怪的，如果真開藥酒坊，家裡的孩子繼續學醫，可我們不去幫忙，那讓誰去？」安松堂一頭霧水地道。

「峰州安氏不是只有咱們這一房，村裡沒飯吃的族人多著呢。玉善，大爺爺先跟妳說聲抱歉，為了那些沒飯吃的族民，怕是要讓妳辛苦些了。」

安清賢有自己一族之長的責任，他不能自私地只想著自家的安危，尤其是現在這樣飢荒多亂的年月，他的心裡必須要放下更多人、更多事才可以。

「大伯，玉善只是個孩子，您這聲抱歉，孩子可擔不起。咱們都是一家人，您的難處我們明白。」安松柏不是個糊塗的，唇亡齒寒，只有家人和族人彼此團結起來，才能在風雨中屹立不倒。

「大爺爺，我爹說得對，咱們都是一家人，我本來就打算帶著村裡人一起種藥田、採藥草，如果誰家孩子也有想學醫的，我也會用心教。開藥酒坊的事情，大爺爺你們做主就好，只是藥酒秘方乃是師父親傳，我並不想違背師訓讓太多外人知曉。」

安家與益芝堂合作的藥酒坊必然沒有那麼簡單，安玉善雖然覺得事情變得有些複雜，但她習慣化繁為簡，不管是誰有怎樣的心思，她只需要掌握最核心的東西，那麼籌碼就還在她手裡，也就沒什麼可怕的。

「這個自然，妳想做什麼事情，以後就去做，不用再有諸多顧忌。」安清賢抿唇一笑。

或許這便是求助本家最大的好處，那就是給安玉善最大的保障，同時還給予她最大的自由。

安玉善聽後卻是一愣，這話怎麼聽著有些「大言不慚」和「自豪霸氣」呢？大爺爺如此一反常態的信心究竟來自哪裡？

安家人中有此疑慮的自然不只安玉善一個人，不過大家都沒有再追問安清賢，有些事情不該讓他們知道，問了也是白問。

好在很快就要過年了，年後才會開始準備藥酒坊的事情，再有呂進拿來的一百兩診金，尹雲娘決定好好置辦一次年貨。

臘月二十二這天一大早，程南趕著自家的大馬車，先將尹雲娘、陳氏、丁氏幾人送到了半里鎮，之後和同行的妻子柳氏一起去峰州府城採辦年貨。

「娘也真是的，為什麼不讓我們一起跟著去買年貨，還能幫忙拿東西呢！」留在家裡做家務的安玉若鬱悶地掃著地，這個時候的半里鎮一定特別熱鬧。

「我看是妳想出去玩吧！」安玉冉笑著瞪了她一眼。

兩姊妹正說笑，安玉璿帶著夏蓉和許甯回來了，一進院就喊安玉善，說是許甯發高燒，益芝堂那邊的退燒丹賣完了，就著急地趕回來讓安玉善看看。

一直在西屋忙著的安玉善讓安玉璿把許甯抱到了自己床上，給他吃了一粒退燒丹，又讓安玉若去燒了些熱水。

「大姊，沒什麼事情，燒一會兒就退了。」安玉善看過許甯的情況後說道。

聽到許甯沒事，安玉璿和夏蓉都是大大鬆了一口氣。外面積雪未化，許甯貪玩受了風寒，可是把眾人嚇了一跳。

將許甯哄睡後，安玉璿剛起身就看到炕尾的矮桌上放著一本攤開的厚書冊，還有一把小剪刀。

她奇怪的是那書冊中間夾著三朵山菊乾花，就像是黏在書頁上，不仔細看還會以為是一幅錯落有致的菊花圖。

明明乾花失去了生命力，可眼前這三朵山菊卻像以另外一種姿態重新復活一樣，清幽雅致，更透著一股山野春風般的可愛。

「好漂亮呀，當成繡樣一定更好看！」去廚房端熱水進來的夏蓉看到書冊上的山菊乾花，脫口而出道。

夏蓉的話讓安玉璿猛然開了竅。許雲曾將飛魚繡技的口訣告訴過她一些，其中關於繡樣便有「大繁至簡，大簡至繁」八個字。

她一直在想如何讓許家的繡樣更新奇出色，也看過不少許誠買來的畫冊，裡面有巍峨的山川，也有栩栩如生的花鳥魚蟲。

她不懂畫，總覺得它們缺乏一些靈氣，可如今這三朵山菊乾花倒讓她心眼明亮，歡喜不已。

「玉善，這屋內書冊上的乾花可是妳弄的？」安玉璿小心翼翼地拿著書冊走到門邊，看著在院子裡取藥草的安玉善問道。

第二十章　熱鬧除夕

安玉善扭頭看向她，笑道：「是的，大姊，那是我一個小愛好，怎麼了？」

安玉善跟怪老頭住在山中的時候，就喜歡採花草做成各式各樣的乾燥花，然後用自製的樹膠黏合在一起保存。

「大姊，那可是小妹的寶貝，妳可別給她弄壞了，我也有一本，妳要是喜歡，我就送給妳。」安玉若扔掉掃把笑嘻嘻地道，接著就跑進房間拿出一本較薄的書冊，一臉獻寶似地翻開。

「這都是藥草吧！」安玉璿將安玉善的乾花書冊又小心地放回炕桌上。然而，看到安玉若的書冊後卻有些失望，那裡面都是天將山常見的藥草，並沒有什麼美感。

「大姊妳不喜歡嗎？二姊也有一本，幾個堂哥也都有，小妹讓我們自製藥草書冊，還說什麼加強記憶，看起來一目了然。」

安玉善這種教學方法的確有效，安玉若很快就認全了，並記住許多天將山的藥草，每天晚上翻一遍，她怕是一輩子都忘不了，現在閉著眼睛都能再製作一本，所以這本送給安玉璿她一點兒也不心疼，只是安玉璿好像並不喜歡她這本。

「大姊，妳要是喜歡，這本乾花書冊就送給妳，拿去當繡樣也挺好的，妳慢慢翻看，裡面有很多乾花圖樣。」天將山姹紫嫣紅的野花多得很，而且年年開花年年有，安玉善也沒什麼捨不得的。

「這是妳的心愛之物，大姊不能拿。」安玉璿搖了搖頭。「不過妳這乾花倒是給了大姊靈感，只是我不會畫畫，要不然就畫下來當成繡樣了。」

看到安玉璿眼中的遺憾，安玉善輕輕一笑。不就是繡樣嘛，她畫就是。

次日，安玉善聽說程南還要去府城，就託他在府城幫自己買一套畫畫的顏料、畫筆和畫紙，程南自然義不容辭，連銀子都沒要。

東西買回來之後，安玉善就把自己關在西屋裡，不許任何人打擾，也只有給程景初施針的時候出去過一趟。

一開始，大家都猜她是不是在配製秘藥，所以都沒有打擾她，而就在除夕這天，許誠一家回山下村過年，安玉善這才揭開謎底。

「這……小妹，這些……真的都是妳畫的？」單獨被安玉善叫進西屋的許誠和安玉璿震驚地看著鋪在寬大炕床上的四張畫紙，還有站在床邊笑咪咪的安玉善。

「當然是我畫的了。大姊、大姊夫，這四張做你們繡坊的繡樣怎麼樣？」安玉善言語有些孩童般的得意，她的畫可是連真正的畫作大師都嘆服的。

「做繡樣太可惜了！」

許誠也曾是富家公子，也懂得琴棋書畫詩酒茶，就是他這個外行人都看得出這些畫堪比大家手筆，用來給他的小繡坊做繡樣，這不是暴殄天物嘛！

「這要是拿來做繡樣的確是可惜，可要是真繡出來，怕是獨一無二的精美繡品，當可傳世！」安玉璿也讚嘆道。

「大姊，妳也說得太誇張了！」雖說是自己用心畫出來的，但安玉善本就是為了繡樣做準備，在畫的意境、畫風、色彩上都更偏向唯美雅致，更適合女子眼光。

「我沒有誇張，小妹，妳畫得太好了。它們可都有名字？」安玉璿此刻根本無法從那些新奇花樣上挪開亮晶晶的雙眼。

小時候她和安齊明一同受過安清賢的教導，讀的書比三個妹妹都要多些，眼光和見識也絕非一般農家女子可比的。

「有啊。」安玉善輕聲一笑。「從左到右，依次是蝶戀花、靈鼠搬家、喜鵲登梅和鏡花水月。」

隨著安玉善的介紹，安玉璿和許誠的目光先落在那幅「蝶戀花」上。隨風輕舞的綠葉青草，嬌豔惹人的紅花裡鑲嵌著嫩黃的蕊芯，一隻斑斕奪目的彩蝶正站在蕊芯處，似是在與花低語，整幅畫美得清新脫俗。

再看那幅「靈鼠搬家」，一隻睜著一雙討喜大眼的可愛小松鼠，胸前抱著一顆大榛果，像人一樣的嘴角掛著甜甜的笑容，與其說是搬家，倒不如說這個惹人喜歡的小傢伙想把榛果送給看畫的人。

看到這幅畫，安玉璿心裡都要柔成水了，這小松鼠要是真的，她一定要養牠。

第三幅是「喜鵲登梅」，幾支傲雪寒梅紅似火，一隻藍尾喜鵲登枝來，雅靜至極。

再看最後一幅「鏡花水月」，平靜的水面上倒映著一輪皎潔的明月，明月如鏡，又現出幾支凌亂綻放的粉紅桃花，真是美不勝收。

許誠和安玉璿心中已經不能用「震撼」兩個字來形容了，宮廷畫師也未必能畫出這樣精緻的畫作來，若是將任何一幅畫拿出去，必定都會被繡商爭搶。

兩個人幾乎是有些暈乎乎地走出西屋，看得安家其他人都很納悶。

「這是怎麼了？」尹雲娘看著略顯興奮的許誠和安玉璿，再看向二人身後的安玉善，她倒是氣定神閒得很。

許誠和安玉璿也沒有隱瞞，將家人都聚在堂屋，然後安玉璿頗為小心地拿出用布包好的四幅畫。

「畫得真好看，跟真的一樣！」安松柏幾人眼睛都要看直了，又聽是安玉善這幾天畫的，就更震驚了。

看來，安玉善在老仙醫那裡真的學到了不少本事，單憑這一手畫技就絕非一般人可比的。

許雲看後更是等不及，當即就回去拿出繡布開始繡那幅蝶戀花。有了好繡樣，她就能盡情施展自己的繡技了。

看完畫，尹雲娘趕緊領著女兒來到了安清賢家裡。在天懷大陸，除夕除了要貼春聯、掛紅燈籠、包餃子外，晚上還要吃團圓飯。

安玉善得知，這裡除了除夕晚上要一起吃團圓飯外，年頭第一天的早飯也要一起吃，寓意一年到頭一家人都和和美美地在一起。

每到這個時候，無論多麼捉襟見肘，安家三房的人都會在大房安清賢家裡吃團圓飯，飯菜則是各家一起做，圖的就是個熱鬧。

到大房老宅時，安清和、鄭氏他們已經到了。經過安玉善這些日子的調理，如今鄭氏已經能下床走兩步，再經過一段時間的鍛鍊就能痊癒。

至於安齊武的腦內瘀血也全清光了，雖然傻乎乎的勁頭還在，但與腦袋不靈光的「傻」已經不一樣了。

看著婆婆和兒子都已經大好，梅娘的精神也越來越好，臉上的笑容怎麼都藏不住。

安清賢家裡，女人們燒火做飯，男人們殺雞宰魚，孩子們則是嘻嘻哈哈地湊在一起玩樂。

「甯哥兒，我帶你去釣魚，二伯剛給我做好了釣魚竿，咱們鑿個冰窟窿就行！」安齊武到底還是小孩心性，拉著許甯就要往外跑。

許甯先是怯怯地看了許誠一眼，見他點頭，臉上露出燦爛的笑容，跟著安齊武就跑了出去了。

「齊傑、齊文，你們跟著一起去，別把甯哥兒摔著了。」安清賢有些擔心地道。雪河冰層雖厚，但鑿開還是會有危險。

安齊傑和安齊文點點頭，也跟著跑了出去。往年除夕也吃魚，但今年有安玉善在，待會兒多釣幾條新鮮的魚上來讓她做，就能一飽口福了。

「玉善，今年的主菜就讓妳做三道吧！」熱氣騰騰的廚房裡，陳氏拉過安玉善笑道。

按照以往的過年習俗，團圓飯上會有八盤九碗的主菜，注重規矩的大戶人家會由當家主母親手做，而在安家每年都是陳氏幾個妯娌一起做，安玉璿作為長女，也會幫忙準備，不過今年安玉璿已經成為許家婦，雖說團圓飯還在一起吃，但是安家主菜已經不能由她來做。

陳氏幾人經過和安清賢幾位長輩商議，最終決定今年的主菜由安玉善這位得了仙人庇佑的安家女單獨做三道，以示對神靈的敬畏。

安玉善倒沒有推辭。既然是意義極大的年菜，她自然十分用心，決定先做一道孔雀開屏魚。

她先將安松堂處理乾淨的新鮮雪河魚去掉頭尾，然後將中間魚肚處切成半公分左右相連的部分，之後加入蔥薑等調料醃製一刻鐘，再將胡蘿蔔、蔥、薑等配菜或切成菱形，或切絲備用，最後將切好的魚片和配菜擺放成孔雀開屏的樣子，中間放上魚頭，然後上鍋蒸，出鍋後再澆上一些含有藥汁的熱油。

如此，一道色香味俱全、又極具視覺衝擊力的主菜就做好了。

早在安玉善將魚肉擺成孔雀翎樣式時，陳氏幾人就被她的巧心思驚得說不出話來。那白嫩的魚肉配上紅黃綠等色的配菜，不但好看，更顯尊貴。

「這菜誰捨得吃呀？擱在大酒樓，不得好幾兩銀子一道菜！」

聽到安玉善做了一道特別的主菜，安松堂和回家過年的安齊明進了廚房觀看，安松堂更以為自己進錯了地方。

「小叔，玉善妹妹的這道孔雀開屏魚可不止幾兩銀子，依我看，這道菜要是在帝京的大酒樓裡賣，少說也要十幾兩銀子才能吃得起。」一身書生儒雅之氣的安齊明笑著說道。

「哪有大堂哥說的這樣好？」安玉善羞澀一笑。「這不過就是一道清蒸魚，只是擺成了孔雀的樣子而已。」

「玉善，話不能這樣說，別人怎麼就想不到？還是妳厲害。」安松堂眼饞口饞地盯著那道魚。

「你們還是先出去吧，再看，我擔心這道魚都擺不上桌子了！」陳氏把安松堂和安齊明趕出了廚房。天都快黑了，要趕緊做菜了。

接下來，安玉善又做了一道紅燒獅子頭和一道元寶肉，都是精心製作的重量級菜品。所有的菜一上桌，最受關注的自然是安玉善做的三道主菜，那道孔雀開屏魚要不是安清賢率先挾了口，其他人真有些不捨得吃。

吃完一頓歡暢滿足的團圓飯後，安齊明就領著家裡的男孩子去門外放爆竹，女人們則圍著鄭氏說說笑笑，之後各自回家守歲，明日一早再一起吃團圓餃子。

只是安玉善還沒走到家門就被程南請到了程家。程景初舊疾突發，連吐了兩口血，嚇壞了程家上上下下的人。

「是誰讓你亂動真氣的！你是不是想找死，我可以成全你！」給程景初診完脈，很少情緒外顯的安玉善嗔怒道。

程景初半坐在床沿，臉沈似水，無波無瀾的黑眸裡有著深不見底的決然，就連噴出的氣息都帶著難以言說的怒氣和狠戾，猶如一頭爆發後受傷的小獸，拒絕任何人靠近一樣。

不過安玉善可不怕。她費盡九牛二虎之力好不容易救了他的命，明裡暗裡幫他調養身子，明明那麼渴望活著的人此刻竟然連生死都不顧，他是瘋了嗎?!

「出去！」程景初淡漠的話語像冰冷的刀刃般刺向屋內每一個關心他的人。

程南、柳氏、蕭林和勿辰心疼得眼圈泛紅。雖然程景初脾氣古怪，可對他們這幾個常年跟隨在他身邊的下人從來都是面冷心熱，這一次的「壞消息」真的讓他失控了。

「哼，休想！」生氣？她才想生氣呢！

安玉善拿出銀針，直接就朝程景初的腦袋上扎了下去，那速度快得讓蕭林和勿辰兩個武功高手都來不及阻止。

「啊——」劇烈的疼痛讓程景初臉上表情有些扭曲，接著他兩眼一黑，暈倒在床上。

「小公子！」

「妳幹什麼！」

程南四人大喊出聲，蕭林和勿辰更是衝到了床邊，一個猛地抓住安玉善的手，另一個則去看程景初。

「蕭林，快放手！」程南趕緊出聲。

他與安玉善也算相處很長一段時間，他相信她不會無緣無故地出手。如果她要害程景初，機會多得很，還能做到讓他們察覺不到，不會這麼傻地當著他們的面害人。

蕭林也是著急才會如此，當他看向冷著臉的安玉善，又聽到程南的話，尷尬地放開了抓著安玉善的手。

「他想死就讓他死吧，免得浪費我的時間和精力。」安玉善揉了揉自己的手腕，狠瞪了蕭林一眼，然後讓勿辰把程景初扶起來，拔掉他頭上那根銀針，轉身毫不留戀地要走。

「玉善，妳別生氣，我家小公子不是故意的，妳可一定要救救他，如今只有妳能救他了。求求妳不要走，妳有怒氣就衝大娘發吧！」柳氏慌忙拉住安玉善。她擔心安玉善這一走就再也不來給程景初治病了。

程南也哀求安玉善給程景初治病，還解釋說程景初這次是因為遇到了急事才會如此，蕭林和勿辰更是撲通一聲直接跪在了安玉善的面前，同樣請求她救人。

「玉善姑娘，剛才都是我不好，妳想怎麼罰我都行，求妳救救我家公子！」蕭林想著安玉善的怒氣應該有一部分是因為他剛才的魯莽行為。

安玉善看著眼前四張真誠乞求的臉，再看向床上那個臉色蒼白的少年，滿腔的怒氣也消散了大半，再想起往昔程景初一張冷臉下的暖心，到底還是心軟了。

「程大伯，你去我家西屋讓我三姊挖出牆角埋著的那罈藥酒，然後拿過來讓程大娘溫上；另外再告訴我爹娘，我今天無法在家裡守歲了。」安玉善重新走到床邊。「你們兩個也起來吧，把你家主子的上衣脫掉，再去把我的藥箱拎過來。」

程南幾人不敢耽擱，立即照著安玉善吩咐的去做，只是除夕讓安玉善不能在家裡守歲，心裡愧疚得很，柳氏也跟著一起去安家說明情況。

人命大如天，安松柏和尹雲娘也沒多說什麼，反倒安慰程南和柳氏不要太過擔心。

除夕的夜冷幽幽的，沒有一絲風，空氣中少了炭火的煙熏味，多了一絲清酒的幽香。

針、酒、藥三管齊下，終於在一個時辰後穩住了程景初的病情，只是經此一次，好不容易變好的身體又損耗了七、八分。

她不怕從頭再來醫治，只是擔心他再有幾次「急火攻心」，自己就是華佗再世也救不了他。

接下來每隔半個時辰，安玉善都要給他把一次脈，再過半個時辰施一次針，直到新年第一天吃團圓早飯的時刻，安玉善都沒有離開程家。

昨夜安清賢並不知道程景初舊病復發，今天安松柏一家去拜年沒看到安玉善出現才知曉這件事情，接著他就親自來程家探望，並讓安玉善不要掛心其他的事情。

臨到中午，程景初才再一次醒來。他一睜開眼，就看到正趴在一旁書案上小憩的安玉善。

第二十一章　合助官奴

「公子，您醒了！」

蕭林和勿辰也守了一夜，見程景初醒來，蕭林趕緊端一杯溫著的熱藥酒給他。

「公子，玉善姑娘說了，等您醒來先讓您喝杯熱藥酒，現在程嬸正幫您煮藥粥。」

「公子，玉善姑娘守了您一夜，一直忙著沒休息，還叮嚀您醒來一定要保持心平氣和，否則她就不管您了。」勿辰也在一旁輕聲說道。

程景初喝完藥酒，朝著安玉善的方向看了一眼，什麼話都沒說，繼續躺回床上閉上了眼睛。

又過了半個時辰，柳氏小聲地把安玉善叫醒，她起來給程景初把脈施針，然後點點頭說道：「暫時沒什麼大礙了。」

「玉善，謝謝妳。」柳氏對著安玉善深深地福了一禮。如果沒有她，自家小公子真的要命喪黃泉了。

「程大娘別客氣，等妳家公子醒來後告訴他，如果想活著就要照我說的去做。」安玉善頓了一下又看向閉著雙眼的程景初。「還有，無論遇到什麼事情，著急上火只會傷身，平心靜氣才能有良策。」

柳氏明白安玉善這是在安慰程景初，一旁的勿辰也明白，躺在床上假寐的程景初也知道，只是柳氏和勿辰聽後心中感激多些，而程景初心中則有些複雜，錦被下的雙手微微握成了拳。

安玉善回到家後先睡了一覺，到了初二就跟著家人一起去二十里外的外公家，坐的是跟程家借來的大馬車。

順路的還有安松烈一家。只是途經半里鎮的時候，被擁擠的鬧事流民擋住了去路，還有官差衙役專門設了攔路關卡。

「大木兄弟，前面發生什麼事了？」駕著馬車的安松柏看到同村人安大木從半里鎮的方向走回來，於是停下問道。

「松柏哥，前面過不去了，說是縣老爺要抓幾個混進流民裡的亂黨，府城牙行的人要抓逃跑的官奴，結果幾撥人都撞了在一起，那邊亂得很，你們還是繞山路過去吧！」安大木回頭瞧了亂哄哄的人群一眼，又有些欲言又止。

「大木兄弟，是不是還有什麼事情？」安松柏看出他有話沒說完。

安大木憨厚一笑，說道：「松柏哥，沒什麼事情，就是……就是前面有些人受了傷，看著挺可憐的，不過這年月可憐人也多，這種事情咱們小老百姓也管不著。」

作為一個有良心的人，看著其他人受苦，安大木自然有惻隱之心，只是他無能為力。自家勉強才能吃上一口，哪有什麼能力再去幫助別人？無非是想著安玉善會醫術，若她出手相救，那幾個可憐的孩子興許有個活路，只是這種閒事還是別管好了。

兩個人正說話，根本沒注意那邊關卡又突然鬧騰起來，接著四個瘦弱的孩子發狂地往前奔，快到安松柏的馬車前時就被隨後跑來的兩個凶狠男人給壓制在地。

其中兩個孩子試圖反抗，被男人不留情的巴掌拍暈了過去。

「你怎麼能這樣打一個孩子！」安松烈下車怒道。

他性格耿直，脾氣也火爆，最見不得人欺負老弱婦孺，當即就出手要去救那兩個孩子。

「你他娘的少管閒事！」那男子本想罵得更難聽，但牙行的人眼都毒，一看到前面的馬車，看得出不是富貴人家還真坐不起，當即蠻橫的態度就收斂了一些。「他們都是逃跑的官奴，我就是現在打死他也沒人管得著！」

「就算是官奴，可他們還都是孩子，你下手也太狠了！」安松烈常年打獵，一旦動怒，身上的氣勢還是挺嚇人的，看得那兩個牙行的打手都瑟縮了下。

「早死晚死都得死，說不定他們還要感謝我現在送他們一程呢！」不想再理安松烈，那兩人拎著四個孩子離開了，走在後面的那人還咕噥了一聲。「反正待會兒也要被活埋……」

「松烈，別惹事，咱們還是繞路走吧！」前路看來走不通，安松柏打算掉頭回去走另一條山邊小路。

就在這時，前方突然吵嚷起來，還傳來陣陣哭聲，能夠清晰地聽到有人叫喊「不想被活埋」之類的話。

「爹，能不能等一下？」安玉善突然出聲道。

「玉善，怎麼了？」安松柏不解地問，車內的尹雲娘幾人也都看向她。

「我想知道前面發生了什麼事情，怎麼有人喊活埋呢？」安玉善說道。

她本不欲多管閒事，只是剛才透過掀開的車簾，她一眼就看出那四個孩子都有中毒症狀，能跑到馬車前也是拚盡了最後的力氣。

她現在心裡總有些不舒服，也不知抓他們的人知不知道他們中了毒，又會不會給他們解毒呢？

「爹，你在這裡等一會兒，我去前面問問！」安玉冉索利地跳下馬車就往前方跑去。

「玉冉，等等，我和妳一起去！」安松烈也快步跟上。

也就一小會兒的工夫，兩個人就跑回來了，滿臉的怒氣和不甘，還夾雜著遺憾和同情。

「松烈兄弟，怎麼樣？」安大木問道。

「哼，那些牙行的人真是心黑，只因為那些人中了毒解不了，就要把人拉到山裡給活埋，這不是草菅人命嘛！」安松烈氣得一腳把路邊的石頭踢得老遠。

「什麼?!」大家都驚住了。

雖說北朝亡國前後也聽到有活埋人的傳言，但僅限於「聽說」，在峰州還沒發生過這樣的事情。

「爹，你沒看到那些人有多可憐，一大半都是和三妹、小妹差不多大的孩子，聽那牙行的人說，他們吃了不乾淨的東西中了毒，活不長了，還說什麼留在牙行浪費糧食，不如早死早託生，拿去活埋連破蓆棺材都省了！」安玉冉氣得雙眼冒火。就算那些人不能活，也不能隨意就這樣結束他們的性命，太殘忍了！

「牙行的人也太缺德了！」尹雲娘和梅娘聽後也是氣憤不已。

安玉善剛才還猶豫著要不要救人，此時下定了主意，她掀開車簾看著安松柏道：「爹，既然這些人馬上要被活埋，想著也不值幾個銅板了，牙行應該很想要脫手，不如咱們買回家吧。」

「玉善，妳的意思是……」安松柏腦中明光一閃，似是有些瞭解安玉善的意思。

「爹，咱們安家歷來是心善人家，就救他們一命吧！」安玉善微微一笑說道。

此時，安松烈、安大木幾人也都恍然明白了安玉善話裡的意思，她醫術如此高明，肯定有辦法救那些人。

「好，爹去買人！」安松柏一笑。這些將死之人，牙行要的銀子肯定不多。

「我也一起去！」尹雲娘也下了馬車。

「嫂子，妳和梅娘還有孩子們留下來，我和大哥去就行了。」安松烈此時心中也激動。雖說要花些銀子，但能救下三十多條人命也是功德無量了。

「你們有銀子嗎？會講價嗎？我還是跟著吧！」尹雲娘笑著說道。

事情比安玉善想像的還要順利。牙行的人聽到安松柏幾人要買自己手裡快死的這些人，自然樂得把燙手山芋轉手他人，至少不用大冷天動手埋人了。

原本牙行的人一張嘴就要二十兩銀子，安松柏和尹雲娘自然不同意，最後十兩銀子成交，而且辦的都是死契。

安松柏和安松烈跟著牙行的人去縣衙交錢辦死契，安大木和幾個村裡人則幫著尹雲娘一起把那些人送回山下村。

這回倒沒有人想跑了，因為安松柏剛才說了，買他們是為了日行一善，就算要死也該是個自由身，回頭就會把賣身契給他們。

「還真是個傻子！」不少人聽到安松柏這些話，心中都如此想。

牙行的人更是狂喜不已。真是天上掉餡餅，太走運了。

狹窄的山間小路上，慢悠悠地走著一群面如死灰的人，男女老幼相攜而行，眼中毫無神采，朝著山下村的方向前行。

尹雲娘和梅娘帶著幾個孩子走在最後，馬車讓給了身弱的老人家和受傷昏迷不醒的孩子，還有兩個正在哺乳期的婦人和她們懷中的嬰兒。

負責趕車的安大木看著這些人，心裡有些不是滋味。若不是他多嘴，安松柏也不會花十兩銀子主動招惹這個麻煩。

即便因為安玉善會醫術，安家的日子好過了些，但十兩銀子也是窮苦一家忙活一年也掙不到的；但他又想著或許安玉善能救這些人的性命也是件大好事，於是安大木就在這種糾結的情緒中把馬車趕回了山下村。

回村的一路上，出門走親戚的村民接二連三地詢問是怎麼一回事？尹雲娘和梅娘只是簡單地解釋幾句，並沒有說太多。

到了村裡，尹雲娘先把這些人安排在許誠和安玉璿的院中。自從許誠一家搬到封安縣，這個院子就空著，平時都用來曬藥草。

「雲娘妹子，你們這是怎麼回事，不是去走娘家嗎，怎麼帶回來一群乞丐？」柳氏聽到動靜走出來，驚訝地看著滿院子衣衫襤褸的人問道。

這些官奴看起來的確和食不果腹的乞丐差不多，一個個面黃肌瘦的樣子，三魂七魄都像不知飛到哪個天外去，到了院中，也只是像木偶似地坐在冰冷的地上。

尹雲娘笑笑，將柳氏拉到一邊，把這些人的來歷和遭遇全都低聲說了。

雖說十兩銀子不是小數目，但她想著能救這些人的性命，也不枉菩薩為她小女兒續命兩次。

「是玉善要的？」柳氏眼中閃過莫名的光亮。「既是如此，這些人的性命應該無礙，可你們家真要養這些人嗎？」

聽說安玉善醫術高超的人應該不少，只是她過了年也才九歲，如果不是親眼所見，怕是很多人都不相信，所以實際上來找她醫病的人並不多。

這段日子，只偶爾有看不起病的窮苦人家半夜偷偷來，或是山下村的村民來瞧病，安家從未要過診金，就連藥材都是免費贈送。

柳氏心裡很清楚，現在安玉善家的銀錢來源就是靠賣給益芝堂的藥丸、藥酒和中藥香囊的生意，但因為數量有限，小錢不缺，大錢卻是沒有的。

這院子裡看起來有三、四十口人，老的老，小的小，養活他們可不容易。

聽柳氏這樣說，尹雲娘臉上也是閃過愁苦，無奈笑道：「究竟該怎麼做還是要聽玉善她爹的，我只是個婦道人家，也做不了主。程大嫂，妳家裡糧食還多嗎？我們家的估計不夠，我看這些人怪可憐的，想給他們熬些粥喝。」

「糧食有，我回報公子一聲，讓蕭林給你們搬過來，再讓翠娘來幫妳熬粥。」翠娘是程家的廚娘，柳氏想著程景初應該已經知道安家這邊的事情，糧食的事情他定是會允的。

果然，柳氏剛回去一會兒，蕭林就帶著兩名下人搬來了三大袋稻米，翠娘和柳氏也來安家幫忙煮粥。

而安玉善一回到家就進了西屋，還讓安玉若和安玉冉拿來了甘草、白芍、熟地黃等八種具有解毒效用的藥草，然後開始配製。

「小妹，我看那些人的手臉都生了惡瘡，嘴唇泛紫，牙行的人說他們中毒無藥可救，妳這配的可是解毒的藥？」安玉冉守在門裡面，她並不希望別人看到安玉善配藥，就連詢問也很小聲，唯恐讓旁人聽到。

安玉善點點頭，用一個小簸籮將八種藥草配置好，遞給安玉冉。「二姊，這是我特別配製的八仙解毒湯，妳先去廚房熬一些讓那些人喝下，一桶水就夠了，我再配一副解毒湯，他們喝下之後便不會有性命之憂。」

「八仙解毒湯？」安玉冉和安玉若交換了個眼神，都覺得神奇，安玉若更是湊到安玉善身邊。「小妹，是不是天上的八個神仙喝過的？」

「三妹，別胡說！我先去煎藥，妳來守著門！」安玉冉拉了一下安玉若，爹娘都暗中告誡過，不准她們姊妹隨意向安玉善打聽仙界的事情。

安玉若調皮地吐了下舌頭。她就是太好奇才會問嘛！

這邊安家三姊妹齊心協力地熬製解毒的湯藥，那邊尹雲娘和柳氏幫著煮粥，而聽到消息的安清賢、安清和跟一些村民也都來到了許誠家的小院。

等到弄清楚是怎麼一回事，大家也都很同情這些官奴，只是山下村的村民自己的日子也不好過，自從去年的一場大雨毀了田地，現在家家都是米缸空空，就等著過段日子春耕時安玉善幫著大家種藥田。

「雲娘，妳這家裡的碗肯定不夠，我拿來幾個了！」

自從知道這些官奴差點被活埋，村民們對他們都心生同情，陸氏、張大娘及一些村中婦人更是幫著尹雲娘煮粥，又熱情地從自家拿來可用的東西。

慢慢地，許誠家的小院從原本的死氣沈沈變得熱鬧起來，清冷空氣中的熱粥香和淡淡的藥香猶如生命之繩，將這些官奴的魂魄都拉了回來，而他們的眼中也逐漸積聚感動的淚水。

牙行的人不把他們當人看，見他們再也賣不了錢，又是最下賤的官奴，所以狠心地要將他們活埋，要不是遇到好心人，他們連臨死前最後一頓熱飯都吃不上。

「哥哥，喝完粥咱們就要死了嗎？」一個跟安玉善差不多大、滿臉髒污的小女孩睜著大大的眼睛，怯怯地看著緊摟著她的小男孩。

「妹妹不怕，有哥哥在呢！死沒什麼可怕的，咱們是去見爹娘！」小男孩也是髒兮兮的，說出口的話讓聽到的人也是心酸不已。

「你們不用死，有我玉善妹妹在，都不會死！」

安齊武也聽到了小男孩和小女孩的對話，他不懂「死」是什麼，但家裡人都說有玉善妹妹在就不會死。

「呵呵，不會死？沒人能救我們，死了也好，省得活著受罪，死前還能吃頓熱飯，值了，哈哈哈，值了！」一個三十歲左右的瘦弱漢子大笑道，可誰都聽得出他話裡的蒼涼與絕望。

安齊武還要再反駁兩句，卻被安齊文摀住了嘴。

不是說變聰明了嗎，怎麼這會兒又傻了？安玉善的事情怎麼能隨便對外人說呢！

第二十二章　收僕納婢

熱粥和解毒湯幾乎是同時熬好的，安玉善先讓這些人喝些熱粥暖暖胃，之後又讓他們喝下兩碗解毒湯。

藥湯下肚之後，這些官奴嘴唇上的紫色已經完全消失，身體上的一些中毒症狀也隨之無影無蹤。

「我怎麼覺得身上好暖和，也不難受了！」有人欣喜地說道。

「我也是，剛才還覺得噁心頭昏，就像掛著一塊大石頭，現在覺得全身都好輕鬆！」自己的身體只有自己最清楚，舒不舒服也只有他們能知道。

「咱們……咱們是不是喝了藥湯解毒了？」

很快有人提出事情的癥結所在，然後齊唰唰地看向給他們用木桶提來藥湯的安玉冉。

「沒錯，你們喝的是解毒湯，不會死了！」安玉冉淡笑一聲說道。

「太好了、太好了，我還活著！」有人開始歡呼，接著更多的人加入，大家都有一種劫後餘生、重見天日的喜悅。

不到半個時辰，安松柏和安松烈也回來了，手裡拿著一摞的賣身契。

他們之所以去衙門幫這些官奴都辦成死契，也是怕牙行暗中搞鬼。

前幾年，天下正亂，民不聊生，人命賤如紙，獲罪牽連的官奴更是低賤得一文不值，牙行就在其中賺黑錢。

一時間，此行業倒是遍地開花，買賣人口更成了常見之事，也因此多了一些糾纏不清的人口官司。

為了徹底與牙行劃清界線，免得他們在賣身契上動手腳，許多人家都是辦死契。在天懷大陸，只有死契奴才才能在衙門備案，也多少受一些律法保護。

等到為這些官奴解了毒，又讓他們吃了一頓熱飯，安松柏和安清賢商議之後，遵守諾言要把賣身契都還給他們。

「你們也看到了，我家是普通農家，只能勉強餬口，就算買來奴僕，也用不到。這是你們的賣身契，拿著去別處尋個活路吧！」安松柏說到做到，要把自由還給這些人。

「恩人，你們都是大好人，我麻三做牛做馬也還不完，求求你們留下我，我會打獵、駕車、砍柴，我能做很多事情。」剛才大笑的那名瘦弱漢子跪在安松柏面前磕頭道。

「恩公，也請你們留下我們兄妹，別看我小，我也會幹很多活兒，我們吃得不多，求你們留下我們！」小男孩也拉著自己的妹妹跪下來請求道。

安清賢掃了院中這些人一眼，看得出有很多人還是緊盯著安松柏手裡的賣身契。沒人甘心為奴，尤其主家還是安家這樣的窮困戶，而安家也無意留他們。

「大爺爺、爹，我看這樣吧，先把賣身契全都給他們，願意離開的就離開，不願意離開的也可以在山下村落戶，若實在是孤苦無依、世上再無其他親人的，就可以留在安家做死契家奴，有咱們一口吃的就不會讓他們餓著。」這時安玉善突然走進小院說道，接著她又看了一下麻三等人。「救命之恩雖重，但報恩也有很多種方法，不一定就要為奴做婢，你們想好了再做決定。」

這一席話讓院子裡的人都沈默了下來，她的話也說到很多人的心坎裡。

沒錯，只要有心想報恩，日後總會找到機會的，現在自己面前有這樣一個好機會能擺脫低賤的身分，抓住還是放棄，都在這一念之間。

當安松柏把賣身契全還給這些人之後，有很多人都動心了。原以為今日要踏上黃泉之路，卻沒想到會得來自由之日。

「恩公，今日的大恩，闔傑銘記五內，來日定當厚報！」一個二十歲左右的青年男子臉上閃著光輝，他拿著賣身契朝著安松柏拜謝之後轉身離開。

有了第一個離開的，緊接著有了第二個、第三個……當這些懷揣著自己的賣身契和感激安家救命之恩的人離開後，許誠家的小院子也空了大半。

直到最後，還是有十來個人真心實意地選擇留下。

其中，除了最開始的麻三和那對小兄妹，還有四男三女七個半大的孩子，再加上四男兩女六個成年人。

「你們真決定好了要在我家留下？自由的機會不是很多，一旦你們選擇把賣身契再還回來，以後你們的生死便只能由別人決定了。」安玉善還是想要再規勸他們。

「姑娘，奴婢願意留下來，奴婢的家人都在戰亂中死了，已經了無牽掛。奴婢以前是大戶人家的三等燒火丫鬟，但奴婢會做飯，還會繡花，能幫著幹活和補貼家用。」一個看起來和安玉冉差不多大的姑娘站出來小聲說道，不過她語氣堅定，倒沒有怯懦。

「妳決定好了就行。對了，妳叫什麼名字？」安玉善倒是多看了她一眼。

「奴婢叫大丫。」大丫很有規矩地回道。

安玉善點點頭，又看向了安松柏和安清賢徵詢意見。

「玉善，這人是妳救的，大爺爺相信妳自有章法。給他們重新取名，以後就留在妳家吧！」如果安家還是以前日出而作、日落而息的日子，安清賢是不贊成留下這麼多人的。可現在情況有些不同，安玉善身邊需要的人會越來越多，她對這些人有救命之恩，又都是死契家奴，改日本家的人到來再幫忙調教一番，對她也是利大於弊。

麻三等人聽到安清賢這樣說，心裡都有些疑惑。他們的命竟是眼前這個漂亮的小女孩救的，再想到她進院之後的言談舉止，和一般農家小姑娘還真的不一樣，心下就更安了。

「是，大爺爺。」安玉善沒有推辭。

安玉善留下這些人自有用處。幾個哥哥姊姊以後要專心學習醫術，那麼採藥和藥田就需要有其他人來幫忙，一旦藥酒坊開業，家裡的大人也都閒不住，添人手早在她的計畫內，只是沒想到會這樣快。

於是，她先幫這些人重新取了名字。麻三改為柴胡，那對小兄妹改名為紫參和紫草，四名男孩子分別叫人參、沙參、玄參和丹參，三名女孩子則叫甘草、萱草和葒草，六個成年人則改名為衛矛、冬青、石南、黃楊和月桂、木蘭。

他們所有人的名字皆是她根據《本草綱目》上的醫藥之名而選的，簡單又好記。

名字取好之後，安松柏和安松烈便駕著借來的程家馬車再去了一次縣衙，將十六人的賣身契和自家戶籍重新辦好，又在鎮上買了一些便宜的布、被褥，以及幾袋糧食。

到了晚上，柴胡他們幾個男人帶著人參幾個男孩子住在許誠的院子裡，而甘草她們則和安家姊妹住在一起。

紫草年紀最小，比安玉善還小一歲，或許是生活的艱辛與磨難造成她膽怯懦弱的性格，因而在安玉善所在的西屋，她顯得十分拘謹。

「紫草，妳別怕，以後咱們就是一家人，炕已經燒熱了，趕緊上床睡覺吧！」安玉善像個大姊姊般安慰猶如小兔子的紫草。

「我……奴婢……不敢。」紫草低下了頭。

「睡覺有什麼不敢的？妳快上來吧，今天真的太累了！」安玉若可沒什麼主僕意識，這一天折騰得連外公家也沒去成。

一張炕床上躺著五個女孩子，雖然有些擠，但卻是甘草幾人這幾年來睡得最舒服的一次，就連身上的病痛也少了許多。

第二天天還沒亮，安玉善就聽到身邊有輕巧的起床聲響，她微微睜開眼，是改名為甘草的大丫。她原先的破衣服早就扔掉了，現在身上穿的是安玉冉的舊衣，略有些單薄。

甘草今年十三歲，和安玉冉一樣大，萱草和葒草都是十二歲，她們都是無依無靠的孤兒，嘗盡了人情冷暖，現在一心要報答安家。

甘草起床之後，萱草和葒草也緊跟著起了床，三個人走到屋外時，月桂和木蘭也起床了，一貫早起的安玉冉也起了。

「二小姐，您怎麼也起來了？奴婢這就給您燒水洗臉！」甘草畢竟做過大戶人家的丫鬟，這裡雖是農家小院，但主僕有別，她自是要伺候主子洗漱的。

「別叫我什麼二小姐，我家沒那麼多規矩。等到天亮，妳們幫著我娘做做飯、曬曬藥草，其他的都聽我小妹的安排。」安玉冉話說得直接爽快，她又不是貴小姐。「還有，我習慣用涼水洗臉，熱水燒好留給其他人用吧。」

安玉冉的拒絕讓甘草等人一時有些無措，以為安玉冉是不喜她們，心裡都有些惴惴不安。

最不會揣摩人心思、做事又大大咧咧的安玉冉舀了一瓢涼到骨頭裡的冷水沖臉，然後揹上背簍就起身出了院子。

今天是大年初三，只有娘家有人去世未滿三年才可以選在今日回娘家，否則就是不吉利，所以尹雲娘打算初四回娘家。安玉冉想著閒著也是閒著，不如去山裡打獵，畢竟家裡添了人口，糧食肯定不夠。

「姑娘，讓奴婢陪您一起去吧！」葒草大著膽子對安玉冉說道。這個小主子看著就不好惹，可她也要有做下人的自覺。

安玉冉手一揮，說道：「妳們幾個身子還都弱著呢，以後有妳們幫忙的時候。我是去山裡看能不能獵到老虎，妳跟著可不行！」

看著安玉冉大踏步離開院子，甘草和葒草幾人都瞪傻了眼。她們剛才是不是聽錯了，姑娘她竟然說要去獵老虎？就她一個人？

很快的，許誠那邊院子也有了動靜。柴胡他們也起來了，可一時不知道要幹些什麼，就起來打掃院子。

今天的早飯是甘草、月桂和木蘭幫忙一起做的。月桂今年只有二十五歲，看起來卻有三十出頭的樣子，她曾是一位舊北朝尚書府後廚的廚娘，丈夫因病去世，膝下並無子女。

木蘭三十多歲，年紀和尹雲娘差不多，原本是一位舊北朝豪門大戶家的後宅管事娘子，如今丈夫和十二歲的兒子下落不明，也有人告訴她，他們全都死了。

兩個人安心留下來也不過是覺得天大地大沒有容身之處，幾番死裡逃生能活下來實屬不易，報恩是她們留下的最大理由。

安家人並不習慣使喚下人，尹雲娘和安松柏面對多出來的十幾口人只是發愁，倒是安玉善吃完早飯就把他們拉進裡屋，將自己的打算說出來。

「爹、娘，現在家裡人多了，吃住都緊，既然這些人已經留了下來，你們也別太擔心，等到這些人養好身子，女的就學繡香囊，男的跟爹進山採藥，另外我還打算再多買幾畝田，主種糧食和蔬菜。」

若擱在以前，安玉善是不會關注太多農田裡的事情，只是現在生活所逼，她也不能只把心思放在醫藥上。

「玉善，這些事情妳不用操心，一切有爹呢！」本該是大人的事情卻讓安玉善一個小丫頭來思慮，安松柏頓時覺得自己這個一家之主當得不大合格。

「爹，能者多勞，您要相信我。還有，娘，家裡的銀子是不是不多了？」又是買人又是買糧，年前年後還借了銀子出去，安玉善不用猜都知道家裡的銀錢定是變「瘦」了。

果然，她這話一出口，尹雲娘眉頭就爬上了愁緒，安松柏也嘆了一口氣。

「爹、娘，銀子的事情你們不用愁，我來想辦法。」以防萬一，安玉善暗中可炮製了不少特別的藥丸，再說她還可以配藥酒，要想銀子來得快，她自然是有很多辦法的。

「這孩子，妳能想什麼辦法？」尹雲娘慈愛地笑看了小女兒一眼。「玉善，娘知道妳聰慧，醫術好，又會釀酒，又會做藥丸，只是妳還小，哪能把自己當牛使，再說娘也不捨得！」

安玉善知道尹雲娘這是心疼她，可她又不是真的小孩子，養家餬口的事她自然也要算上一份。

大年初四這天，雖然溫度低，有些冷颼颼的，但是陽光和空氣都出奇的好，清澈的湛藍天幕上連一絲雲彩都沒有，深呼吸一口氣，由內到外都清爽至極。

尹雲娘將家裡的事情暫時交托給木蘭和月桂，然後一家人坐上從程家借來的馬車，準備回娘家走親戚。

梅娘的娘家八里灣和尹雲娘的娘家尹家莊相隔不過一條路，所以每年大年初二走親戚，兩家都是一起。

在安玉善生病期間，外公尹厚霖和外婆馬氏就和舅母黃氏一起來探望過她，同來的還有二表哥尹天照和表姊尹靜娘。

尹厚霖和馬氏膝下只有一雙兒女，長子尹森是敬州府城旗遠鏢局的一個小鏢師，長孫尹天傑現在是鏢局裡的學徒，尹森和尹雲娘這對兄妹感情一直很好。

到了尹家莊村口，趕車的安松柏就看到尹森的次子尹天照朝他們高興地揮手，不一會兒就跑到馬車前。

「姑父、姑母、表姊、表妹，你們可來了，爺奶在家裡都等急了！」憨厚老實的尹天照笑呵呵地說道。

尹雲娘趕緊掀開車簾。「天照，家裡是不是有什麼事情？」

「沒有，就是初二那天聽村裡趕集的人說，您和姑父買了好多官奴回去，爺奶擔心你們遇上麻煩，爹和大哥不在家，他們又不讓我去山下村打聽，所以……」尹天照嘿嘿一笑。

「那咱們趕緊回去吧！」沒想到買官奴的事情已經傳到了娘家，尹雲娘催促著安松柏趕車。

到了村中娘家，見到尹厚霖和馬氏，尹雲娘和安松柏也來不及寒暄幾句，就將官奴的事情一五一十地告訴了他們，免得二老過於憂心。

「你們做得對，既然能救人性命，就應該出手相助。妳大哥的鏢局裡年前就有事情，估計今天回不來了，過幾天他回來，我再讓他去一趟山下村。」鏢師過的都是刀頭舔血的日子，尹厚霖並不希望兒子在這樣動亂的年月裡去走鏢，可架不住他自己喜歡。

「爹，我知道大哥走鏢忙得很。這是家裡釀的藥酒，您和娘每日小飲兩杯即可。」尹厚霖在年輕的時候曾跟一個跛腳和尚學過武，身體一直很硬朗，這回安玉善給他配的藥酒與別的略有不同。

「這藥酒喝著比妳齊二叔釀的土酒還要好！」尹厚霖笑著收了下來。尹家的日子並不比安家的日子好過多少，尹森雖是鏢師，可掙的都是辛苦錢，有時候幾個月都回不來，家裡人整日裡為他擔著一顆心。

尹厚霖心憂兒女，自從知道安玉善過了神氣，又有了一身過人的醫術，他這心裡多少欣慰一些，而且女兒一家做什麼都想著他們，藥酒、藥丸也偷偷給了不少。

原本馬氏和黃氏身體上都有些病痛，自從安玉善看過之後，現在一家人的身體都健健康康的，尹天照更吵著也要去鏢局呢！

中午吃飯時，原本應該在外的尹森和尹天傑突然回來了，見到尹雲娘和安松柏一家人，更是喜不自勝。

在安玉善的眼裡，舅舅尹森長得人高馬大，因為常年走鏢的關係，臉色黝黑，身上隱隱有一股殺伐之氣，炯炯有神的雙目不怒自威。

大表哥尹天傑今年剛滿十六歲，遺傳了尹森和黃氏的好相貌，因常年練武的關係，顯得成熟穩重，嘴角時常掛著笑，眼眸中更藏著狐狸般的狡猾和靈氣。

大人們在一起喝酒聊天時，尹天傑悄悄把安玉善拉到一邊，笑咪咪地問道：「小表妹，我問妳，小師弟的啞疾是不是妳治好的？」

「大表哥說什麼呢？我不認識你的小師弟呀！」安玉善有些奇怪地看向他。

第二十三章　水稻養魚

「瞧我迷糊的，妳還不知道吧，我師父現在是旗遠鏢局的總鏢頭，聽爹說，師父願意收我為徒就是因為妳的原因。」尹天傑拍了一下腦門，恍然解釋道：「我小師弟叫呂平，啞了五年，去了一趟封安縣回來，不但身上的病好了大半，還能說話了！」

聽尹天傑這樣說，安玉善也明白是怎麼一回事了。

呂進是敬州府城旗遠鏢局的總鏢頭，還是鏢局大當家的乘龍快婿，而那位柳大當家只有柳蟬一個女兒，以後旗遠鏢局的當家人自是要傳給女婿呂進。

不僅如此，呂進原本是大晉朝人，幼年多災多難，是當時走鏢的柳大當家救了他，認他為義子，還將唯一的愛女嫁給了他。

北朝亡國之後，呂進曾走鏢到大晉朝京城，並意外得知自己唯一在世的胞姐如今已經成了大晉朝安平侯府的當家主母，他更因此一躍成了皇帝器重的安平侯的大舅子，還有一個嫡親的世子外甥。

而這些消息有一部分是敬州眾所周知的事情，還有一部分是安松堂後來打探得來的，畢竟呂進也已經清楚安玉善的醫術。

安玉善還知道，呂進和柳蟬成婚五年才生下一子呂平，甚是疼寵，呂平五歲那年因病致啞疾，讓一家人肝腸寸斷，四處尋找名醫，卻怎麼也沒想到被自己一針就給扎好了。

她想呂進雖給了自己診金，但還是感恩在心，所以當得知尹森父子和自己的關係之後，才起了幫扶照顧之意。

「那次只是湊巧。」安玉善笑著說道。「不過我聽小堂叔說，呂總鏢頭的武功高得很，大表哥你以後可要好好學習。」

以後尹天傑若是做鏢師，沒有一身好武藝可不行，安玉善也希望他能抓住這次的機會。

「放心吧，我一定跟著師父好好學武！」旗遠鏢局裡武功最高的不是柳大當家，而是呂進，自當鏢師學徒的第一天起，尹天傑就想著拜呂進為師，這一次得償所願，他自然會加倍努力。

一直待到傍晚時分，安松柏一家才依依不捨地離開，好在有馬車，很快就能回到家。

到家時，月桂和木蘭帶著甘草和萱草已經將晚飯做好了；而柴胡他們也沒閒著；竟然跑到天將山去打獵，運氣還不錯，獵到了幾隻兔子和野雞。

「東家，這山裡野物真不少，剛開春就有傻兔子出來了！」安松柏事先就告訴過柴胡這些下人，平時就喊他「東家」，既不壞了主僕規矩，也不讓他覺得彆扭。

「呵呵呵，天將山可是座寶山，不過山裡有野獸，你們身子還都沒養好，以後有的是打獵的機會。」安松柏輕輕拍了拍柴胡的肩膀，笑著說道。

柴胡只是眼圈紅紅地點點頭。能在亂世中找到安身之地，又遇到安家這樣的好人，他發誓一定要竭盡所能守護好這個家。

　　春暖花開風含笑，山清水秀柳發芽，柴胡、木蘭這些下人來到安家已經有月餘，經過安玉善醫藥湯酒的調養，如今他們早已病去體健，臉上泛著紅潤的光芒。

　　隨著春耕的到來，整個山下村也變得越發熱鬧，每天天沒亮，村民們就早早起來，扛著鋤頭、鐵鍬，提著竹籃、水壺，興致高昂地來到了田地裡。

　　儲存一冬的山藥早在安清賢和村裡幾位德高望重的長輩參與下分給了村民們，雖然每家每戶得到的並不是很多，但種上一、兩畝還是足夠的。

　　安玉善也早就將種植山藥的詳細方法告知了村民們，而她自己只栽種了一畝的山藥，其他的藥田則種上了板藍根、柴胡、半夏、射干、桔梗、白朮等幾味藥草。

　　在這一個月裡，甘草等人也跟著安家人學了一些藥草常識，安玉善還把種植藥草的方法教給了他們，並沒有把他們當成外人，而甘草等人也學得十分認真。

　　正月十五元宵剛過，安家和益芝堂的藥酒坊就開業了，所需的酒一部分來自馬東的馬家新酒，另一部分是孟家買來年份久遠的上等玉花雕。

　　而安玉善也重新改變了藥酒的釀製方法。她將所有的藥材都製成了藥丸或者藥粉，並把配量告訴了負責藥酒坊的安松柏。

　　而她自己則把主要精力放在藥田上，另外她又徵求了安松柏和尹雲娘的同意，在拿到益芝堂的分紅後又買了十畝良田。

　　「小妹，妳真準備這樣種水稻？」安玉冉看著衛矛幾個身強力壯的下人依照安玉善的意思重新整修得方方正正的稻田，心裡打起了鼓。

自從新買了農田，安玉善不但要求深耕，還把去年冬季積攢的什麼臭氣熏天的「肥料」撒進田裡。

更令大家傻眼的是，她還把雪河裡的水引進稻田裡，就連選取稻種和育秧的方法也和別家不同。

誰家種水稻會把那麼多的水引進田裡？而且昨天晚上，她竟然還說要在稻田裡養魚？

「二姊，水稻只有這樣種，到了秋季產量才會提高。」去年安玉善剛來這個時空沒多久，再加上她身體也不好，就沒把心思放在田地上。

山下村周邊可有不少的平整土地，雖說大部分都是雜草叢生、無人願意耕種的荒地，但荒草下面卻是肥沃的土地，此處水源又充足，本該是糧足物豐的寶地，結果因為村民們的無知和錯誤的耕種辦法，以及落後的生產工具等原因，導致寶珠蒙塵，村民們也跟著餓肚子。

既然她懂得如何提高糧食產量，自然不願再看大家傻傻地棄寶丟珍，只是村民們似乎很相信她的醫術，卻對她種田的能力表示深深地懷疑。

所以，春耕以來，看著她在農田裡翻騰，竟是沒一個人相信她的種田之法能改善糧食產量。

家裡人由著她，是為了給予她做事的自由，也是因為這買田的銀子是她掙來的，全由著她一人折騰；而下人們聽從她，是因為她是主子，還對他們有救命之恩，自然是她說做什麼就做什麼，哪怕是錯的也跟著她的腳步。

村民們雖不認同她的做法，但也只是對家裡的大人提出善意的建議，並沒有當面對她說過什麼。

最後，她只有輕嘆一聲。待到「事實勝於雄辯」之時，再來改變村民們種田的弊端。

「小妹，爹娘由著妳，二姊也管不了，只是這田妳可不能隨意糟蹋了，妳就不怕那魚把秧苗都給咬壞了？再說，雪河裡的魚多得很，山裡也有小溪水潭，再不行，二姊給妳挖個小池塘，妳還怕沒魚吃嗎？」安玉冉站在稻田埂上，看著在陽光下打蔫的水稻秧苗，眉眼都愁得擠在了一起。

這時，丹參幾個負責捉魚苗的男孩子也提著水桶過來了，依照安玉善的吩咐，將魚苗倒進稻田中早就挖好的魚溝裡，還建了欄魚柵，防止它們逃跑。

安玉善一共選了五畝做稻田，此刻她正站在安玉冉對面的一個高高的田埂上，笑著說道：「二姊，妳要相信我，水稻養魚不但可以有魚獲，還可以利用魚吃掉稻田裡的雜草和害蟲，也能順便翻動泥土，促進肥料被水稻吸收，就連排出的糞便也能成為好肥料，提高水稻的產量。」

面對安玉善不厭其煩的解釋，安玉冉還是覺得自家妹妹的認知和她是完全不一樣的。村子裡種了幾輩子地的人都覺得她在瞎胡鬧，自己也實在沒法相信。

看出安玉冉眼中依舊存在的懷疑，安玉善也沒有多說什麼，等到稻穀抽穗時節，她相信對她今日行為有疑慮的人都會睜大眼睛的。

除了五畝水稻，安玉善又種了兩畝黃豆、一畝甘薯、一畝蘿蔔，還有一畝青菜。

對於安松柏和尹雲娘在忐忑之中依然放手讓她來掌管二十畝地，安玉善心中是感動和欣喜的。能有家人的支持，比什麼都重要。

春耕結束之後，安玉善也沒有閒著，她讓衛矛和黃楊負責看顧藥田，自己則帶著其他人進山採藥，安齊全幾個兄弟和安玉冉、安玉若也都跟著。

天將山和懸壁山最高山峰的山頂上還留著未化的冬日積雪，不過疊嶂蔥蘢的綠意倒是綴滿了山中的每個角落，五顏六色的野花悄悄綻放，一股山野清風吹得人心頭蕩漾。

走在天將山與懸壁山中間的小路上，安玉善心情很好。

這裡到處都是草藥，就算整個山下村的村民都來採，短時間內也是採不完的，而她的心也已經飛到了懸壁山那片神秘的禁區之後。太想去一探究竟了！

「小妹，妳還記得咱們給狼接生的事情嗎？也不知道那些小狼崽怎麼樣了？」採藥的時候，安玉若四處瞅了瞅，見大家離得她和安玉善都遠，尤其是安玉冉，這才笑嘻嘻地拉著安玉善低聲說道。

「當然記得了。」安玉善也回以一笑，那還真是一次特別的經歷。

「嘿嘿，其實我後來去看過，母狼和小狼崽都不見了，咱們扔下的魚也沒有了。這都過去一年了，也不知小狼崽變成什麼樣子了？」安玉若有些懷念地笑道。

她也不知道自己是膽子大還是膽子小，也可能是因為親手替狼接生這件事情讓她念念不忘，以至於這麼久以來，心裡還在想著那受傷的母狼和牠的孩子。

「三姊，要不咱們去林區那邊看看？」狼肯定是不在了，安玉善想的是林區裡那些珍貴的藥草。

聽到安玉善的提議，安玉若不禁猶豫，也有些心動，可轉念又想起尹雲娘和安松柏私下對她的叮囑，趕緊搖搖頭說道：「小妹，大山裡到處都有草藥，林區那邊還是不要去了，爹娘會擔心的！」

「我們偷偷……」安玉善還是不想放棄。

「偷偷？妳們要偷偷幹什麼？」就在兩人嘀咕的時候，安玉冉不知何時已經走到她們身後。

安玉若後背一涼，趕緊揮著手，尷尬地笑道：「二姊，我們沒要幹什麼，那邊有甘草，我先去採藥！」

「三姑娘，您叫奴婢了嗎？」正依照安玉善吩咐採藥草的甘草，茫然地起身看向她們問道。

「沒有、沒有！」安玉若察覺安玉冉的眼光有著探究，趕緊彎腰跑開。要是被自家二姊知道安玉善剛才的提議，回頭她非得挨揍。

安玉善對上安玉冉明顯不信的眼光，也只是笑笑。看來有家人在身邊，她想去懸壁山的後山看看是不可能了。

過了兩天，又是給程景初施針的日子，安玉善見他氣色大好，也鬆了一口氣，不過自從除夕那夜的「插曲」之後，兩個人之間本來就不多的對話更少了。

診治結束之後，安玉善沒有立即離開，而是慢悠悠地收拾藥箱，似乎有意拖延時間要和程景初說上幾句話。

明知她是故意磨蹭，程景初也沒有說破，穿好衣服就起身坐在書案前看書。

沈默了一會兒之後，安玉善輕嘆一口氣。她這麼大一個人了，和一個半大孩子嘔什麼氣？

「程公子，不知可否借你的人一用？」安玉善懶得拐彎抹角，走到書案前看著他說道。

「借誰？做什麼？」程景初語氣平靜，眼眸未抬。

「蕭林，進山。」安玉善回答得也很簡單。

蕭林武功很高，她曾親眼見到他在山裡打獵的時候飛來飛去，如果由他護著自己進山，便能減少一些危險，興許還能到更深的山裡去看看。

「好。」程景初也只是眼角動了一下便道。

「多謝，明天我會告知家人要來給你看病，再讓蕭林帶著我從程家後邊進山，我不想讓家裡人擔心。」言外之意，便是她並不想讓安家人知曉明日進山之事。

「嗯。」程景初淡淡應了一聲，直到安玉善離開，才抬起頭看著已無人影的房門。

次日一大早，安玉善拎著藥箱來到了程家，然後和蕭林一人揹著一個背簍從程家後院飛了出去。

沒錯，就是飛，那感覺比坐雲霄飛車還刺激，也讓安玉善真正見識到蕭林這個護衛的高深武功，在密林間穿梭竟如蜻蜓點水一般，帶著她這個沒幾兩肉的小丫頭毫不費力。

「玉善姑娘，咱們要在哪裡停下？」蕭林用輕功和內力帶著安玉善到了懸壁山一處平緩的山坡，身後便是林木蒼翠的天將山，而眼前遠眺之處便是懸壁山極少有人進入的神秘後山。

層層山翠猶如錦繡華彩鋪滿連綿起伏的峰谷崖峭，大片大片的桃花和杏花在懸壁山後山廣闊的腹地中開得正豔，送來陣陣淺幽的花香。

四邊山上流下的清澈雪水變成了瀑布和溪流，最後又匯聚成一汪碧綠見底的淺湖，湖底發亮的鵝卵石和碩大肥美的魚兒，一靜一動，攪得水面上起了一圈一圈的漣漪。

安玉善被眼前美得屏息的景色震撼住了，她從來沒想過林區的後面會如世外桃源一般，讓人流連忘返。

「玉善姑娘？」之前蕭林就已經進來這後山好幾次，所以並不覺得有什麼特別的，見安玉善兩眼發光，只得出聲提醒。

「我們先去那邊的桃花林吧！」安玉善笑著說道。今天還真是來對了。

蕭林足尖一點，兩個人很快就到了桃林深處，雖然淺湖邊有很多安玉善沒見過的大型野獸在飲水，但有高手在身邊，她也不怕。

三月桃花開，這懸壁山後山腹地中的桃花竟比外面早開了半個多月，而且桃樹下也都是難得一見的珍奇藥草，粉紅色的桃花瓣落在青嫩的藥草葉上，就像鋪面桃花的青綠錦緞般惹人心醉。

安玉善將身後的背簍放下，將落在藥草葉上還沾著露水的桃花瓣放進背簍裡，此刻比起那些藥草，她更想要這些花瓣。

「玉善姑娘，要幫忙採這些花瓣嗎？」蕭林不解，還以為安玉善最欣喜的是那些藥草呢。

「除了這些花瓣，樹下的這些藥草也要，小心些，別把它們的根弄壞了。」安玉善也沒對蕭林客氣，來一趟後山不容易，她總要有些收穫才行。

「是。」蕭林開始老實地按照安玉善的要求採藥。

還不到半個時辰，兩個人的背簍都裝滿了。

安玉善自然不想立刻離開，又讓蕭林帶著她避開那些靈敏的野獸，繞到了淺湖的另一邊。

這次安玉善更是大喜過望，竟然讓她發現了一大片的核桃樹，樹下還有已經成熟落了地的核桃，她拿石塊敲開一個嚐了嚐，又甜又香，絕對是上品。

「應該多帶一個背簍過來的！」她真想扔掉桃花瓣改裝核桃，可又捨不得。

不知道待會兒還能發現什麼好東西？她決定了，這後山她一定要再多來幾次。

「玉善姑娘，妳要是喜歡這些，回去之後我再過來。」安玉善是自家主子的救命恩人，不過是一些山裡的野物，他不費吹灰之力便能為她取來。

「真的嗎？那太好了！你可不可以幫我多弄一些回去？」安玉善一臉期待地看向蕭林。

「沒問題。」蕭林想著小主子定也是想讓他這樣做的。

接下來兩個人又往高處走了走，安玉善更是幸運地發現了一顆靈芝和三棵大人參，可謂是收穫豐富。

第二十四章　斷骨再續

下半晌的時候，安玉善才意猶未盡地回到程家，因為心情好，她見到了程景初，臉上都是笑咪咪的，就連說話都透著親近和好感。

「我回去釀桃花酒，明日給你送來，一個月後便可以喝了，對你身體極有好處。」安玉善笑著說完，就讓蕭林一起把藥草送回家，順便替她解釋桃花瓣和藥草的由來。

待蕭林從安家回來，程景初就把他叫到跟前，詢問二人進山的情況，蕭林一五一十地全對他說了。

「後山危險，還是不要讓她經常去。既然她喜歡那些花瓣、核桃和藥草，你就和南叔帶上幾個武功不錯的人給她多弄一些回來。」程景初自己都不知道，每當他說起安玉善時，眼中都有一絲柔光閃過。

「是，主子。」

蕭林剛退出去，程南就腳步匆匆地從外面走進來。

「主子，京城那邊來信，晉國公世子已經和列軍侯世子啟程來封安縣了；另外，皇帝已經下旨，以後峰州、敬州、遵州將是惠王的封地，沒有聖旨召見，不得回京。」程南小聲稟告道。

「『那邊』的情況呢？」程景初壓抑的語氣像寒冬臘月裡的冰山，令人忍不住打顫。

「一切如常，如果……如果玉善能去一趟京城……」程南抬起眼看向程景初，卻被後者一個冷厲的眼神打斷了。

「南叔，你先出去吧！」程景初慢慢長開的眉眼褪去了稚嫩，猶如鬼斧神工雕刻的面容多了無人察覺的堅毅和冷峻。

「是。」程南恭敬地退了出去，到了門外，含在口中的無奈才嘆了出來。

半個月後，一場連綿不斷的暮春小雨輕柔地洗刷過滿眼的翠綠，晶瑩的水珠從屋簷落下，直到這一日雨過天晴。

村尾的安家小院裡，安家的男人們開始蓋藥廬，裡面的鍋灶、石台、木架和相連的十個煎藥台，全都是按照安玉善畫出來的圖壘砌製作而成；藥廬是用打磨的石磚蓋成，堅固、透氣又具有私密性，裡面還有一間小內室，天暖之後，安玉善就睡在裡面。

「姑娘，家裡來客人了，東家讓您去老宅一趟！」安玉善正在藥廬裡熬藥膏，就聽到甘草在廬外稟告道。

「知道是什麼人嗎？」安玉善攪了攪藥罐裡發熱的黑色藥膏。這可是她改良古人的藥方，加上靈芝、人參和十幾種藥草熬製而成的續骨膏，有了它，許誠站起來就不是問題了。

「奴婢不知道。」

「好，我知道了。」安玉善沒有立即離開，又過了兩刻鐘把藥膏熬好才離開藥廬。

大房老宅裡，安清賢三兄弟心裡略有些著急。孟元朗他們是見過的，不過現在不能稱為

「公子」，要改叫「世子」了。

與這位孟世子同來的也是一位世子，可這位邵世子邵華澤卻是大有來頭。他是晉國公邵延和晉國公夫人玲瓏公主的嫡子，當今元武帝的嫡親外孫，身分十分尊貴。

等了小半個時辰還沒見到安玉善這位小神醫的影子，孟元朗和邵華澤卻沒有任何不耐煩。在來之前，他們對安家都各自暗中做了調查，但凡真有才能之人，有些奇怪的地方也就不足為奇了。

姍姍來遲的安玉善一走進大房老宅，就被兩個少年英俊的男子吸引了目光，沒辦法，誰教這兩個打扮尊貴的少年郎坐在這簡陋的農家屋內極為顯眼。

他們一個英姿勃勃、凜然正氣，猶如不懼風霜的挺拔青松；一個溫文爾雅，雖臉上略有病容，卻不會給人頹廢憔悴之感，反而清俊如綠竹，頗有君子之風。

雖然驚豔只在安玉善清亮的眼眸中一閃而過，但還是被孟元朗和邵華澤看到了。

正如安玉善一進門就快速打量他們一樣，他們也不著痕跡地將她看了個遍。

簡單樸素的青花棉衣襦裙，雙丫髻上插著兩朵散發著清香的鮮嫩桃花，略顯瘦削還未完全長開的身姿，瑩白如雪的透明肌膚，還有那一雙似天上明月皎潔如輝的美目。

看起來清秀的小姑娘，卻讓他們有些移不開眼睛。這要是再過兩年，定是位絕色美人。

「咳咳——」安清賢有些不自然地假咳兩聲。

他知道安家的女兒長得都不差，安玉善更是其中最出色的一個，雖說邵華澤、孟元朗和安玉善在他眼中還都是孩子，但男女的事很難說，可不能讓小孫女這麼快被人拐跑。

邵華澤和孟元朗也微微有些尷尬。他們定力還是不大夠，怎可被一個小姑娘惑了心神？

安清賢替三人做了介紹，又對安玉善說明二者來意，對外是說他們兩個來此地遊玩，而事實上是孟元朗陪著邵華澤來她這裡瞧病的。

「不知世子爺得了什麼病？」安玉善朝邵華澤走近，看著眼前溫潤如玉的少年問道，他看起來和程景初差不多大。

「小時候掉入冰潭受了寒，落下病根之後，復發時會疼痛難忍，之前喝了姑娘的藥酒好了很多，只是治標不治本。」邵華澤看著安玉善笑著說道。

「我先給你把把脈吧！」得到他的同意後，安玉善便開始給他診脈。

屋內眾人並沒有放過安玉善臉上的任何一絲表情，尤其是邵華澤，他很清楚自己的病不是幼年寒疾那麼簡單。

果然，安玉善先是詫異地抬頭看了他一眼，接著又恢復平靜。

「安姑娘，如何？」其實邵華澤並沒有抱多大的希望，他的病連藥王神穀子都說希望不大，能活過十八歲便是幸事，而他今年已經十六歲了。

「還好。」安玉善回道。

還好？邵華澤不知她是在說大話，還是眼前小姑娘的醫術根本就是別人吹噓出來的？他的病可是絕症！

「一年。」安玉善知道他有些不信。

「什麼？」幾人都不解地看向她。

「你留下一年，我便可以讓你生龍活虎，壽享天年，不過一切都要聽我的。」安玉善說道。

「真的？」邵華澤眼中頓現光芒。

他不是怕死，只是他死了，母親便沒有任何依靠，那個女人也絕對不會放過她。

「我不愛說假話。」安玉善笑道：「你的病需要針灸、藥浴、藥酒和藥膳多管齊下來治，不然時間會拖得很長。」

「那姑娘可否隨我去京城醫治？妳所需的一切我都會準備好，也絕對不會虧待了姑娘。」沒有什麼比絕望中看到希望更讓邵華澤激動的了。

「不行。」

無論是安家人還是安玉善自己都沒想過離開山下村去一個陌生之地，尤其安玉善自己還是一個孩子，就更不可能了。

面對安家人的拒絕，邵華澤雖有遺憾，但也早有準備。他這一次來本就是為了找人治病，如今找到了，不能帶大夫回去，那就只有留下。

次日，安玉善便拿著藥箱、熬好的藥膏還有釀好的桃花酒，讓甘草陪著她，由柴胡駕著程家的馬車來到了封安縣。

她昨日便和邵華澤、孟元朗說好今天會為邵華澤施針。

因為安玉善正巧要來給許誠治腿，所以地點就選在益芝堂裡，而如今的益芝堂坐堂大夫又變成了閻明智。

「安姑娘，我可以在一旁觀看嗎？」自從得知那些神奇的藥丸和藥酒是出自眼前姑娘之手，閻明智就抓心撓肝地想要一探究竟。

他實在想不通，一個才九歲的姑娘，醫術竟會比苦心鑽研幾十年的大夫還要高？他並不相信神鬼之事，如果安玉善真是位學醫的天才，那也真是太厲害了。

「可以，只是不要說話。」安玉善不是小氣的人，如果有更多學醫的人提高自身醫術拿來救人性命，不也是一件好事嗎？

前世在讀醫學院時，她最敬重的老教授最常對學生說的便是四個字——「大醫精誠」，此乃藥王孫思邈對於醫德最精準的概述，只可惜有些人一輩子也做不到，而有些人只做到了一半。

至於她，醫道專精自不必說，慈悲之心也不少，只是她始終還存有私心和顧忌，如今又身處這樣一個亂世，即便生靈受苦，她也只能暫時蝸居在這大山之中，離「大醫者」還有一段很長的路要走。

如果日後能在這個時空辦一所醫學院就好了，這也是她前世的一個夢想，希望這輩子能實現。

閻明智這個大夫目前還算不錯，安玉善並不介意他來偷師學藝，說不定日後還能互幫互助。

「多謝安姑娘，妳放心，我保證不說話。」閻明智喜得直搓雙手，終於有機會一睹小神醫的高超醫術。

接下來，邵華澤依照安玉善的要求脫掉了上衣，放鬆閉目，等到安玉善施針結束，他便覺得自己像被從冰潭裡撈出來，放進溫暖的泉水之中，剛開始有些刺痛酥麻，可到最後都化為說不出的舒服感。

這種舒暢直到安玉善起針之後，他還依舊能感覺得到，他已經許久不曾如現在這般，似乎忘記寒疼是一種什麼樣的感覺。

幫邵華澤起針之後，安玉善就回到了水繡坊的後院。

從七天前開始，安玉善便讓人給安玉璿送了幾包藥粉，讓她每日督促許誠藥浴，昨日晚上便是最後一包藥粉用完的時間。

「小妹，都準備好了。」就連安玉善要求的腿夾板，安玉璿也讓府城的木匠製作完成，現在她一顆心很是緊張。

「大姊、大姊夫，待會兒我會用銀針將大姊夫的腿骨卸掉，然後再重新續上，這個過程會很疼，大姊夫你一定要忍耐。」安玉善將銀針消毒好，將續骨膏放在一邊，同時拿了一顆藥讓許誠吃下。「這藥有通經活絡之效，也能減輕一些疼痛。」

「小妹，妳動手吧，我能忍！」只要想到能重新站起來為家人報仇，許誠什麼都能忍，遑論是身體的疼。

安玉善不再說話，房裡只留了安玉璿和管事許南幫忙，他們一個負責壓住許誠，另一個要幫她一起綁腿夾板。

許誠嘴裡咬著一塊乾淨的白布，目光堅定有神，不過隨著銀針落在腿上的穴位處，他就覺得彷彿有人把他的骨頭生生從血肉之中拽了出來，全身瞬間被冷汗浸透。

許南也有些緊張地摁住許誠因劇痛而顫抖的大腿，安玉璿則拿著手帕給許誠擦著汗。

特殊的銀針過穴之後，安玉善沒用多大力氣就把許誠雙腿骨頭與骨頭的接縫處卸掉之後重新接上，並且抹上了續骨膏，然後又用白布纏了幾圈，最後用夾板固定住。

猶如挖開阻擋河流前行的淤泥，如今許誠雙腿的血液已經能自由流通，再加上續骨膏和針灸、醫藥的結合，很快便能重新站起來。

「大姊，接下來的三個月最好讓大姊夫不要亂動，也可以煮一些大骨湯給他喝，吃什麼補什麼。」安玉善也是一頭的汗水。「另外，這是我新釀的桃花酒，先讓姊夫喝。」

「小妹，謝謝妳。」安玉璿感激地看著安玉善。

「大姊，我是妳妹妹，不用這麼客氣。」安玉善笑著說道。

此刻的許誠已經痛昏了過去，許南和安玉璿小心地讓他平躺在床上，安玉善又告知了一些平時需要注意的地方，然後就回家了。

安松柏和尹雲娘聽說許誠雙腿能有站起來的希望，心中萬分高興。雖然他們不嫌棄許誠是個殘廢，但雙腿能走、健健康康的女婿總會讓大女兒少受累一些。

一家人坐在一起說完許誠的事，安松柏又說起了藥酒坊。

「玉善，最近藥酒坊的生意太好了，妳那些藥丸和藥粉已經不夠了。」

「爹，那些藥酒你們都賣到哪裡去了，我怎麼沒聽到任何風聲呢？」安玉善雖然不怎麼出村，但藥酒坊的事情她也沒有忘記，怎麼會一點兒消息也沒有呢？

「本來這事早該告訴妳的，只是妳不是忙著農田就是忙著採藥，爹最近也忙得沒回來。其實藥酒坊所產的藥酒大多都運到了帝京或是別的地方去賣，敬州這邊反倒賣得少了。」

因為藥丸和藥粉供給不足，所以藥酒坊的藥酒並沒有安松柏一開始想像的那麼多。

「原來是這樣。炮製藥材雖然不難，但是光靠甘草和柴胡他們採藥還是不夠，藥酒一旦大量生產，勢必須要更多的藥草，而外面藥鋪買來的藥材炮製成分都太差，如果有更多的人幫我採藥、曬藥草就好了。」安玉善意有所指地看著安松柏說道。

「玉善，妳是想……」

安家已經養不起更多的下人，自家買人肯定是不行，那麼就只好求助族人或是山下村的村民。

「爹，山下村的村民最熟悉的便是眼前這座天將山，以前沒人認識藥草便罷，如今既然知道這山裡的不是雜草，那就不能任由這些藥草荒廢山中。我想讓村裡人都學會識別藥草，願意以此為生的就和咱家簽下契約，咱們用銀子來買他們晾曬好的藥草，一些基本炮製藥材的方法我也會教給他們。」

俗話說「授人以魚，不如授人以漁」，安玉善也想讓更多人在亂世中能夠少受一些病痛之苦，尤其現在天懷大陸最缺的就是大夫。

當然，她的醫術不是什麼人都會教的，除了自己至親的家人，其他的徒弟無論是天分還是品德，她都會慎重考察之後再做決定。

「妳大爺爺以前也說過這件事，明日我再和他提提妳的意思。」

事實上，自從去年在大祠堂，安齊傑幾人救助受傷的村民，好多人就想把自家的孩子送到安家跟著學醫，但都被安清賢給攔住了。

如果老仙醫的醫術能夠廣泛流傳，菩薩也不會只給安玉善一個人續命了，可見這仙家醫術也不是誰想學便能學的。

而且安家人心裡清楚，安玉善並沒有將真正高深的醫術全部展露或教授給安齊全他們，一是因為安齊全幾人還是初學者，二是她還在暗中觀察、考校他們。

兩日後，採藥回來的安玉善沒等來安清賢幾人的決定，卻看到一群陌生人出現在自己家中，而領他們進來的便是安清賢口中那位遠房堂伯安子洵。

第二十五章　只為家人

「玉善見過堂伯。」安玉善有禮卻疏遠地打招呼，放下背簍走到尹雲娘身邊站定。

「玉善，妳過來。」安清賢朝安玉善招招手，讓她站在安子洵的身邊。

安玉善決定以不變應萬變，乖順地站好，目不斜視。在她的正前方站著兩排八個人，一個個皆低頭順目。

第一排是兩個中年男女，雖低著頭，但脊背挺直，氣度沈穩，一看就不是小門小戶出來的人；而他們旁邊是兩個身姿挺拔的青年，看到他們的第一眼，安玉善就覺得和程景初身邊的蕭林和勿辰很像。

第二排是四個女孩，穿同樣衣裙，規規矩矩地站在那裡，怎麼看都像訓練有素的人。

安玉善可不是只有醫術高超，怪老頭在山中還教授她十年的吐納調息之法和一些叫不出名字的武功，後來去非洲和戰亂區做無國界醫生的時候，她又特意學了許多有用的拳法、腳法，這也是她為什麼能在第一時間就察覺出程景初體內有特殊真氣的主要原因。

眼前的八個人，至少有七個人都有與蕭林、勿辰不相上下的武功，這些武功高手為什麼會來她家？

安玉善很快就知道了答案。安子洵交給她一本小冊子，上面是這八個人的詳細資料，還包括他們的賣身死契，而這份契約文書上更寫明，以後這八個人以及他們的子子孫孫都只效忠她安玉善一個人。

想都未想，安玉善又把小冊子還給了安子洵。

她只想在亂世中守護好自己的家人、做自己喜歡的事情，並不想牽扯進其他麻煩裡。

正所謂「無功不受祿」，安子洵送這些人給自己必定別有所求，而且很明顯所求之事不是讓她去救什麼人那樣簡單。

這種感覺很不爽。她不想受制任何人，而且一旦她有麻煩，意味著家人也遭殃。

安玉善的拒絕不但沒讓安子洵覺得她不識好歹，相反的眼中出現一絲旁人不易察覺的興味和激動。

「玉善，堂伯有些話想要單獨和妳談談。」安子洵起身朝院外的一輛馬車走去，安玉善看著朝她點點頭的安清賢，想了一下也跟了上去。

她跟著安子洵上了一輛寬大的馬車，這馬車的外觀和普通馬車沒什麼不同，裡面比較大一些，而且桌椅板凳全都具備。

安子洵不知按下什麼機關，馬車的窗戶和門竟然瞬間關上了，隨即黑暗的馬車裡多了一盞照明的燈。

「沒想到這還是一輛機關馬車？」安玉善並沒有慌亂，她在安子洵身上只感覺到一點點善意的戲謔之心，並沒有覺出危險和殺氣，而且這機關如此巧妙，若安子洵真要對她不利，就憑剛才那幾個高手，自家人也只有任人宰割的命運。

「妳果真與眾不同，連機關都知曉。在這馬車裡，妳可以大聲說話，外面是聽不到的，這可是咱們安氏本家最厲害的機關師傅做出來的東西。」安子洵頗有些自豪地說道。

「本家？我不大明白。堂伯，我除了醫術沒什麼特別之處，而且我這人不喜歡別人逼迫我做不想做的事情，雖然我人小力弱，但有些事情想做還是能做到的。」安玉善對於安子洵一無所知，他不好惹，自己又是好惹的嗎？

「呵呵，說得好，想做便能做到，妳這小丫頭不但自傲還自負，我喜歡。」安子洵仰頭大笑一聲。「原本有些事情還想瞞著妳，看來妳比我想像的還要聰慧，那麼早點讓妳知道對妳我都好，咱們相處起來也會更和諧。」

「堂伯想說什麼便說吧，玉善洗耳恭聽。」安玉善微微握起了拳頭，表面平靜，內心深處卻起了波瀾，總覺得接下來聽到的可能不是什麼她樂意的事。

沒人知道安玉善和安子洵在馬車裡說了些什麼，直到一個時辰後，安家人才看到安玉善臉色平靜地從打開的馬車裡跳下來。

「玉善，沒事吧？」尹雲娘有些緊張地走到她面前。

任誰都覺得安子洵無緣無故送安玉善八個僕人沒那麼簡單，安家人都覺得自從安子洵來到了山下村，並表現出對安玉善的另眼相待，有些東西就不一樣了。

「娘，我沒事。」安玉善笑了下，看向依舊站在自家院中的那八個人，眼中閃過無人能懂的光芒。

「這些人我就收下了，多謝堂伯。」她轉頭對已經從馬車上下來的安子洵道。

「該說謝謝的是我。」安子洵看著安玉善，耐人尋味地說道，接著他走到了安清賢面前。「賢叔，往後我們一家就在峰州府城住下了，咱們都是親戚，有什麼要幫忙的儘管派人說一聲。」

「賢姪客氣了。」安清賢暗中鬆了一口氣。日後峰州有安子洵在，族裡的難事也就好解決了。

「都是一家人，應該的。」安子洵笑著點點頭。「玉善，這輛馬車就留給妳了。」

「多謝堂伯。」安玉善大有來者不拒的意思，這和她剛才的牴觸真是大相徑庭。

安家人心中更疑惑了，到底兩個人在馬車裡說了些什麼？為什麼安玉善前後轉變會這樣大？

「小妹，妳和那位堂伯說了些什麼？」待安子洵和安清賢幾人離開之後，安玉若便湊到安玉善面前好奇地問道。

「也沒什麼，堂伯知道我醫術不錯，說是過幾天會送一些人過來跟著我學醫，為了表示感謝，就先送給我幾個僕人用用，免得到時候家裡人忙不過來；另外也給了我一些銀子，說是蓋間好一點的房子，到時能多住幾個人。」安玉善笑著說完後就走到了那八個人面前。

「既然以後你們會跟著我，那我就重新給你們取個名字吧。」

「請主子賜名！」那八人很是恭順地跪在安玉善的面前，倒是把安松柏一家都給嚇了一跳。他們不過是山野農家，怎麼這些人的行為倒像是進了豪門富戶一般？

安玉善給那位中年男子取名叫安良，以後便是家裡的大管家，而他的妻子也就是那位中年女子取名為安芸，以後負責管理和調教家裡的婢女；兩名侍衛分別叫安正和安逸，四個丫鬟也是姓安，名字分別為茉莉、芍藥、臘梅和木槿。

本就擁擠的安家因為安良八個人的到來變得更加窄小，好在現在天氣轉暖，在屋子裡搭個木板子也是能睡的。

「娘，大爺爺為什麼同意小妹收下這些人？咱們連自己都快養不活了，怎麼養他們？還有，咱們家不過是普通小老百姓，現在僕人就有二十多口，都快趕上知府家的後院了，怎麼看都彆扭。」這天晚上，安玉冉找到了尹雲娘，臉上不甚高興。

她實在不懂安清賢和安子洵是怎麼想的，更搞不清楚安玉善心裡的想法。以前自家簡簡單單的多好，可自從過了年，家裡的事情和人都變得複雜了。

「唉！娘也不清楚，可妳大爺爺千叮嚀、萬囑咐，說是玉善要做的事情咱們不能攔著。剛才玉善給了妳爹五百兩銀子，說是明日讓安良跟著他一起去縣衙買地，再找一些蓋房子的工匠。」尹雲娘自然希望日子是越過越好，可天上真掉下一塊餡餅砸到自家，她心裡反而慌了。

「五……五百兩？」安玉冉驚得大喊一聲。「那位堂伯看起來就是個不簡單的，他真的只是讓小妹教幾個人學醫？」

雖說不是平白無故有人對自家好，但安玉冉心裡還是不踏實，而且安玉善也只說是幫忙教學徒，可誰家會捨得給那麼多的銀兩，還外搭八個死契奴才？

她不傻，安家人不傻，別人也不傻，這中間肯定有什麼是他們不知道的！

當安玉冉衝進西屋找安玉善的時候，她正趴在炕上的小桌子認真畫圖，木槿在一旁給她研墨，而臘梅和芍藥則在屋子裡碾藥。

「妳們都先出去，我有話要跟我小妹說！」安玉冉還是不習慣家裡突然多出那麼多的外人。

木槿幾人停下了手中的動作，但是並沒有依照安玉冉說的離開，她們只聽安玉善一個人的話。

「妳們都先出去吧，把我三姊也叫進來。」安玉善停下筆，輕嘆了一聲。

等到屋子裡只剩下安家三姊妹，沒等安玉冉開口，安玉善就誠懇地道：「二姊、三姊，我知道妳們想問什麼，也知道此時妳們心裡有很多疑問，但我能說的已經說了，不能說的妳們問了我也無法說，我只對妳們說一句，無論以後我做什麼，唯一的目的就是保護家人不受傷害。」

安玉冉和安玉若沈默下來，互相看了一眼。小妹有奇緣又聰慧，對家人也是越來越好，她們自然是信她的。

「好，小妹，既然妳這樣說，二姊信妳，但保護家人不是妳一個人的事，二姊能幫妳些什麼？」安玉冉不再多問，因為她想做的也是保護家人，可她沒自家小妹冷靜睿智，她只想知道她能幫忙什麼。

「還有我，小妹我也信妳，我也要幫忙！」安玉若笑嘻嘻地道。

「謝謝二位姊姊的信任。」安玉善以前單打獨鬥慣了，可她也知道以目前的形勢，一個人的力量畢竟有限，而且她也希望提高家人的自保能力。

「二姊，我知道妳不喜歡學醫，以後帶人進山採藥的事情就交給妳了；三姊，既然妳喜歡那些『特別』的藥丸和藥粉，以後我會專門教妳這些。」因材施教才能激發她們各自的潛力，安玉善已經決定重新調整幾位兄姊的學醫方向。

「太好了！」安玉冉和安玉若異口同聲地回道。

次日，跟著安玉善去封安縣給邵華澤施針的變成了木槿、臘梅和安正，程家的馬車已經還回去了，這回坐的是安子洵留下的那輛有機關的馬車，不但舒適安穩，還很寬敞，坐在裡面喝茶或下棋都行。

「安姑娘來了，快請！」徐奎和閻明智親自將安玉善請進益芝堂後宅，接下來很長的一段日子，邵華澤和孟元朗應該都會住在這裡。

安正負責將馬車趕到一邊的水繡坊後院，臘梅拎著藥箱，木槿則規矩地護在安玉善身後，主僕三人在益芝堂廂房裡見到了正在對弈的孟元朗和邵華澤。

兩個人不著痕跡地掃了安玉善身後的新婢女一眼，眼中都有疑惑閃過，尤其是孟元朗，還多了幾分警惕。

診治結束之後，安玉善就離開了益芝堂，只是從後門進入水繡坊後，就聽到前面鋪子裡傳來吵嚷和砸東西的聲音。

安玉善擔心安玉瑾又遇到難纏之人，趕緊往繡坊裡跑去，一掀開布簾，就看到水繡坊裡裡外外都是人，安玉璿和夏蓉護著默默垂淚的許雲，而一個身著華衣的俏麗小姑娘正怒氣沖沖地讓手下砸著繡坊裡的東西。

「大姊，怎麼回事？」安玉善走到安玉璿三人面前問，隨即沈聲吩咐木槿。「木槿，先把這些人給我扔出去！」

「是，主子。」

還沒等眾人反應過來，就看到剛才還在砸東西的小廝被人像扔垃圾一樣地狠狠扔到街道上，摔斷腿腳自不必說，有一個直接疼暈了過去。

于蓉兒也被嚇住。想她堂堂知府千金，被父母兄長捧在手心長大，只有她欺負別人的分，什麼時候輪到別人欺負她了?!

「來人！把這個不識好歹的賤人給我扔進大牢裡，讓她嘗嘗十八大刑的滋味！」于蓉兒冷哼一聲，大嚷道。

圍觀百姓一聽到「十八大刑」，全都是脖子一縮、後背一涼。誰不知道敬州知府大牢裡有十八種令人膽戰心驚的刑具，就是骨頭再硬的漢子也受不住，何況是一個嬌滴滴的女娃兒？

「于小姐，妳不要欺人太甚，即便妳是知府千金，這天下也是要講王法的！」安玉璿將安玉善一把護在自己身後。她雖然溫弱，但也絕不能任由外人欺負她妹妹。

「王法？哼，我爹就是王法！」于蓉兒冷笑一聲說道。

兩個月前她剛剛及笄，不顧爹娘反對，一心要以知府千金之軀下嫁給玉麟繡閣的木家大公子木屹然，誰知卻聽聞木屹然心儀的是許雲。

自己喜歡多年的心上人眼裡有了別的女子，她怎麼嚥得下這口氣？許雲如今不過是個一無所有的低賤之人，憑什麼和她爭相公！

「于小姐真是好大的口氣！」安玉善毫不畏怯地從安玉璿身後站了出來。「王法何時成了妳家的？難道妳于家要造反嗎？堂堂知府千金口出穢言、當街辱罵他人，妳的閨閣教養難道都餵狗了？只因妳爹是知府，就能仗勢欺人、以官壓民？如果大晉朝的王法便是此等王法，我倒想進京去問一問那些御史和當朝皇帝，曾經安民、治民的新律法可是兒戲！」

安玉善噼哩啪啦幾個大帽子壓下來，不只于蓉兒傻了眼，就是看熱鬧的百姓也都睜大了眼。

眼前這小姑娘真是好大的口氣，還想進京去問皇帝律法之事，她生的是老虎膽嗎？

不過聽說敬州府城的于知府官聲不錯，沒想到他女兒是這樣刁蠻的一個性子。

「妳……妳胡說什麼！」于蓉兒到底是大家閨秀，可沒想到論氣勢，她竟然輸給了矮她一個頭的安玉善。

「我有沒有胡說，自有明白人清楚，我勸妳趕緊賠禮道歉，否則于知府教女不嚴、欺壓良民的事情傳到某些御史耳朵裡，我怕有些人承擔不起！」

安玉善早就明白，這個時空的御史言官可是「鬼難纏」，就連皇帝看到他們都頭疼。

「妳個賤民，少來嚇唬本小姐，今天我要讓妳們吃不了兜著走！來人，給我砸，狠狠地砸！」

從小到大還沒人敢如此威脅自己，要她道歉？真是笑話，她于蓉兒的道歉可不是什麼人都能承受的！

「臘梅、木槿，誰敢動這繡坊裡的東西，就給我折斷他們的手腳！」安玉善冷冷地吩咐道。

「小妹……」

「玉善妹妹……」

安玉璿和許雲都驚慌地拉住安玉善的胳膊。怎麼幾日不見，一向柔順溫和的她便膽大張揚了起來？

「兩位姊姊莫怕，妳們先回後院，免得大姊夫憂心，這裡的事情交給我就行。」

被人欺負了還要裝聾作啞地隱忍？這可不是她的風格，更何況有安氏本家的人做後盾，她又何必委屈自己？付出和回報總要成正比才行。

木槿和臘梅聽命行事，打人折骨不留表面傷，卻痛得那些人哭爹喊娘，就連于蓉兒也被木槿先點了啞穴，然後卸掉了下巴，疼暈過去之後被人送回了府城。

水繡坊終於恢復了平靜，圍觀的人群也早就抹了一把冷汗離開了。雖說亂世中逞凶鬥狠的人多了些，可一個小姑娘手段如此狠辣，又敢與官家對著幹，她保准是不要命了，還是離這是非之地越遠越好。

「切，等著吧，知府老爺一會兒就會派人把他們抓進大牢裡！」劉三娘站在自家繡坊門邊，一邊嗑著瓜子，一邊幸災樂禍地對同看熱鬧的人說道。

第二十六章　木家提親

安玉善可沒有一丁點危機意識，只吩咐木槿看好繡坊的門，跟著安玉璿和許雲回到了後院，見到了躺在床上養傷的許誠。

剛才繡坊裡發生的事情，許誠已經知道了，甯哥兒也被許南抱進了後院廂房裡。

「大姊夫，你不用擔心，人是我打的，這件事情我會解決。」安玉善既然敢做，就一定想好了後招，顧頭不顧尾也不是她的風格。

「小妹，姊夫不怪妳打人，反而要謝謝妳，要不是我現在沒權沒勢，也不會被人欺壓到頭上。我等等就給木東家寫信，他雖為商，與那位于知府也是有幾分交情的，今日是于蓉兒先做錯了事，也怪不得咱們。」剛才許誠恨不得插上翅膀飛到安玉璿幾人面前護住她們，還好安玉善來了。

這時安玉善才從幾人口中瞭解于蓉兒大鬧水繡坊的緣由。

「這段時間敬州府城有些謠言，先說木家大公子看上了雲兒，甚至誣衊他們私相授受，一心要毀了二人的清白。其實有心打聽就知道，知府千金早就看上了木家大公子，只不過木大當家和于知府都不看好這門婚事，今日于蓉兒氣急敗壞前來鬧事，我想多半是受人挑唆。」許誠並沒有對安玉善隱瞞這件事情，雖然木家已經盡力壓下謠言，但這股流言蜚語就像長了翅膀一樣飛進府城的大街小巷。

「我連那木家大公子長什麼樣子都不知道，又怎麼會和他有什麼關係？」許雲大多時間都待在封安縣，只有送繡品的時候去過府城，但她見的都是繡閣裡的女子，那木家大公子是圓是扁她根本沒見過。

「這件事肯定是有人在背後搗鬼，只是不知道是廖家還是王家？如今咱們提供的繡樣精彩絕倫，又深受惠王妃的喜愛，一旦惠王過幾日來到封地，有些人怕他開始重視咱們，到時候會阻礙了他們攀龍附鳳的機會。」安玉璿一針見血地分析道。

「璿妹說得是，咱們這是因為新的繡樣遭人嫉恨了，除了廖家和王家，也有可能是峰州許家。」他們不想讓自己搭上惠王這條線，許誠還偏要靠上惠王妃這棵大樹。

他雖然對惠王這位大晉朝的王爺不甚了解，但是木維告訴過他，惠王和惠王妃夫妻情深，而惠王妃尤愛繡品，為討愛妻歡心，惠王經常派人四處搜羅精緻繡品給她。

自從上次安玉善畫了四幅新奇的繡樣，許雲就和木家的繡娘一起趕製，然後將完成的四幅繡品送到了京城參加「爭繡」，結果全被惠王花高價買下，送給生病的惠王妃。

後來惠王還特意派人送了一柄玉如意給木大當家，說是感謝木家的繡品讓惠王妃臉上有了笑容。

因此一事，木家繡品頓時成了搶手貨，且不知是誰傳出，說那些新花樣乃是許雲所畫，一旦許雲嫁進木家，那麼玉麟繡閣在敬州的地位便無人能撼動。

「這背後之人還真是用心良苦。」安玉善輕聲一笑，隱有寒意。看來是有人想把木家和許誠兄妹推出來當靶子。

水繡坊這邊鬧出如此大的動靜，益芝堂那邊不可能不知道，無論是邵華澤還是孟元朗都派人告知安玉善等人，讓他們不必擔心于蓉兒，這點小事舉手之勞便可辦好。

安玉善聽到二人的傳信後，抿唇一笑。這是一場她和許多人的博弈，既然有人說這是小事，那她就沒必要煩勞到其他人了。

許誠給木維寫了一封信，其實他不寫，時刻關注封安縣這邊情況的幾家人早就知曉了事情經過。

從封安縣回來後，安玉善原以為安家人知道自己讓人打了于蓉兒的事會被教訓一頓，沒想到安家人各個憤憤不平，全都站在她這一邊，一臉怒氣的安松烈甚至要去知府衙門評理，還好梅娘拉住了他。

「真是欺人太甚！知府千金就了不起，就能隨意打人了？玉善，妳大姊和雲兒她們沒事吧？」尹雲娘聽到這消息的時候正在做飯，明閃閃的菜刀晃得月桂幾人心顫。

經過這段時間的相處，還以為自家這些主子都是安分守己的順民，沒想到各個都有性子，小主子連知府千金都敢打。

不過他們也都慶幸跟了這樣的主子。只有主子更硬氣，他們這幫下人才會有倚仗。

安玉善讓家人不用擔心，她已經把臘梅留在安玉璿身邊，憑著臘梅的武功，一般人是傷不到安玉璿幾人的。

安家這邊氣不順，因著于蓉兒一行人被送回知府衙門，整個府城都隱隱鬧了起來。

看熱鬧和別有用心的人自然希望于知府把這件事情鬧得大一些，而有些人則希望事情能趕快過去，例如于知府本人。

「老爺，你可不能放過那些暴民，瞧瞧他們把蓉兒給害成什麼樣子，你可一定要為女兒報仇呀！」知府夫人眼中迸出怒火和心疼的淚水。她可就這一個女兒啊！

「哭哭哭，就知道哭！本官的名聲都被她這刁蠻性子給弄臭了！」于知府一身官服，看了一眼躺在床上昏迷不醒的女兒和哭哭啼啼的妻子，心中也是煩悶。

也不知道是誰要跟他作對，于蓉兒幾人剛出了封安縣，知府千金欺壓良民的消息就在敬州傳得比風還快，而且那許誠不知交了什麼好運，連孟世子和邵世子都為他撐腰，就是借他十個膽子也不敢再生事。

「老爺、老爺！」門外傳來管家加急的腳步聲。

「又怎麼了？」于知府怒瞪著進門的管家一眼。怎麼一個個都是來添亂的！

「老爺，木家的人已經請了媒婆去許家提親了，說是木大公子既然與許雲兩情相悅，不如早早定下婚盟，也省得不知情的外人說三道四……」管家一口氣說道。

「什麼?!這個木維當真欺人太甚！」于知府一掌拍在內室的桌子上，震得自己手臂生疼。他幾次暗示要與木家結親，可木維油鹽不進，他才歇了心思，對外也說自己不看好這門婚事。

誰知木家推掉他這個知府親家，竟與被逐出家族的許雲結親？那許雲拿什麼和他如花似玉的女兒相比？這不是生生打他于知府的臉嗎?!

木家去封安縣提親這件事不只惹怒了于知府，也讓廖家、王家和峰州許家的人始料未及。

敬州誰人不知木家大公子木屹然雖為商人之子，卻是一位文武全才、風度翩翩的少年郎君，而且木家如今又靠上了惠王，聽說這位惠王雖不得元武帝喜愛，卻是當朝皇后娘娘最喜歡的一位皇子。

雖說惠王府在峰州府城，但敬州也是惠王的封地，而且惠王妃又極愛繡品，要不然惠王也不會跪在宮門口三日，請求元武帝將「刺繡之鄉」賜給他做封地。

木維不是分不清輕重的人，一旦木家靠上了惠王，木屹然的妻子怎麼也不會是許雲那樣沒有家族背景的女子，他此舉到底有什麼意義？難道是為了籠絡許誠兄妹許以妾位？

就在不少人猜測木家提親背後的目的時，媒婆已經喜孜孜地進了許誠的家門。

「許少爺、許少奶奶，不是我金媒婆替木家大少爺自誇，整個敬州府城裡也找不到木家大少爺那樣的好兒郎，家財萬貫自不必說，又是個玉面郎君，待人更是溫和有禮；雲姑娘也是大家出身，即便我沒親眼見過，想著也定是一位溫柔可親的俏姑娘，兩個人乃是郎才女貌的良配，這可是打著燈籠都難找的好姻緣呀！」金媒婆舌粲蓮花，許誠和安玉瓚連插嘴的工夫都沒有。

「金媒婆，這件事情不是我一人能決定的，還需要與舍妹商量一下。」許誠對木家來提親也頗為意外，他從來沒有奢想過自己的妹妹會嫁進木家。

從他的立場來看，這的確是一門高攀的姻緣，許雲和木屹然之間差別太大，不說別的，他怕是連妹妹的嫁妝都籌辦不起。

「哎喲，我的大少爺，這件事情哪還需要商量？木大當家可說了，木府要以正妻之位迎娶雲姑娘！」金媒婆可是附近三州最厲害的紅娘，什麼樣的婚配都經手過，唯有這次讓她心裡也捉摸不透。「對了，瞧我這糟糕記性，這裡還有木大當家給您的一封信呢！」

許誠接過了木維的信，然後別有深意地看了金媒婆一眼。沒想到木維竟如此信任一個媒婆。

安玉璿先把金媒婆請到了偏房，然後又把許雲叫到了內室，此時許誠已經把木維的信看完了。

「大哥，我願意嫁。」金媒婆剛才的聲音離著三里地都能聽到，許雲此刻已經顧不得害羞，而且思前想後，她都覺得自己沒理由拒絕這門婚事。

無論木家是為了什麼而來，她都要嫁進木家成為當家主母，若能依靠木家攀上惠王府、討好惠王妃，如此一來，自己和哥哥就有了更多的依仗，找許傑父子報仇也會容易得多。

雖然她生性內向，但為了家仇，她可以捨棄一切，更別說是親事，如今有這樣一個好機會，她不會放棄，一定要緊緊抓牢。

「雲兒，難道妳真的喜歡上木屹然了？」許誠疑惑地問道。

「我……方才聽媒婆說，木大公子長得俊、家世好，他願意以正妻之位娶我，乃是我天大的福分，如果爹娘還在，這門好親事他們一定會同意的。」許雲也只是猶疑了一下便堅定地回道。

許雲知道，如果自己不這麼說，許誠一定不會因為復仇而讓她嫁進木家，她不能讓哥哥為難。

「雲兒，可是爹娘已經不在了，妳如今也不是山魚繡莊的千金小姐，木家這門婚事的確很誘人，可依照妳的聰慧，三哥不相信妳沒察覺出這門婚事不單純。」許誠沈下臉勸說道。

「三哥，我知道你的憂慮，可咱們也沒什麼能讓木家惦記的；相反的，木家大少爺人品好，就是嫁給他做妾我都願意，何況是正妻之位，這樣的好事別人求都求不來，我們有什麼理由往外推？三哥、三嫂，這門親事你們一定要答應，算是妹妹求你們了！」

許雲直挺挺地跪在了許誠和安玉璿的面前，他們是疼愛她的親人，看到她態度如此堅決，一定會答應的。

許誠定定地看著低著頭跪在面前的妹妹，終是嘆了口氣。自家妹子也是個性子執拗的，看來她想嫁進木家的決心再難撼動。

「雲妹，妳要後悔還來得及，聽金媒婆的意思，木家今年就要迎娶妳進門。」許雲今年十四歲，明年才及笄，木家如此著急迎親也是許誠憂慮的原因之一。

「三哥，我不後悔，你就答應這門親事吧！」許雲抬起頭，堅定地看向了許誠。

「好，璿妹，妳去告訴金媒婆，這門親事我們答應了。」許誠想了片刻，終於做出了決定。

或許許雲嫁進木家也不錯，萬一自己報仇失敗，有木家媳婦這個身分在，說不定還能保住許雲一條命。

一夜之間，木、許兩家結親的事情就弄得人盡皆知，安家人聽後也是大吃一驚，只知道玉麟繡閣和水繡坊有些生意上的來往，卻沒想到木家這麼看重許雲。

「妳不好奇木家提親的目的？」這天，安玉善給程景初看完病後並沒有馬上離開。

自從和蕭林進了一次懸壁山的後山，她在程家的時間多了許多，這兩天她釀的杏花藥酒就快能喝了，不過都埋在了程家院子裡。

「你知道？」安玉善還真有些好奇。

她雖然和許誠、許雲真正相處的時間不長，但不認為他們兄妹是攀附權貴和愛慕虛榮之人，否則她也不會讓自己的大姊嫁給許誠。

「風吹水動起漣漪，木維是個聰明人，別人要把他推出去當靶子，他將計就計反倒為木家謀得了一門好親事，現在看他笑話的以後恐怕都要豎起大拇指讚他有先見之明。」程景初將窗戶打開，現在他已經不懼冷了。

「好親事？你真的這樣認為？」安玉善摸了摸自己的藥箱子，不知在想些什麼。

程景初回頭看了她一眼，又轉過頭。聰明人可不只木維一個，安玉善應該已經明白了吧。

「木家是個不錯的合作對象，妳可以考慮一下。」程景初淡淡地說道。

看著他愈加偉岸的後背和堅毅的身影，安玉善本想張嘴反駁幾句，可又嚥了下去。程景初也是個聰明人，自己就不要在他面前裝傻了。

沒有聽到她的聲音，程景初轉過身看向她。最近她長得越發地快，幾天不見便似變了一個樣子，已經有了少女的初韻。

「我什麼時候可以習武？」一見安玉善拎著藥箱要離開，程景初出聲問道。

「拳腳刀劍功夫要半年之後才可以，這之前你可以先練習一些吐納調息的功法，最好是正派一些的，不然你好得更慢。」雖然程景初這個人有時給人冷漠的感覺，但安玉善還是希望他能活得陽光一些。

回到家的時候，安玉冉他們已經採完藥回來了，負責找工匠蓋房子的安松柏也回來了。這兩天為了買地蓋房子，安松柏暫時把藥酒坊的事情交給了安松烈，好在這年頭便宜的工匠特別多，好多人不要工錢，只要管吃食就願意來幹活。

晚上一家人商量蓋房子的事情，地方就選在離天將山最近的一大片朝陽通風的空地，房子的圖紙安玉善都已經畫好了。

「這次蓋房子可不是小事，地方太大了，依照妳大爺爺的意思，破土前先要在祠堂祭祖，還要祭拜土地神和山神，這一下子要買的東西太多了，到時候讓妳姑母他們都回來幫忙，自家人忙不過來再找外人。」安松柏還沒有拿那麼多銀子做過這樣大的事情呢！

「爹，到時候咱們家的人肯定不夠用。不是說外面謀生也艱難嗎？現在村裡人都知道咱們家要收藥草的事情，而且好多村民還是在靠打獵謀生，不如讓村裡的男人也一起幫忙蓋房子，家裡的孩子可以跟著二姊他們進山採藥，女人們就在家曬藥草。」肥水不落外人田，安玉善想用這種方式進一步拉近自家和山下村村民的關係。

對於安玉善的提議，安松柏和尹雲娘都表示贊同。

接著一家人又談到了許雲的婚事。作為親家長輩，尹雲娘覺得許雲的婚事於情於理她都該幫幫忙。

「娘，我可聽說那木家是敬州府城裡有名的大戶人家，還得了王爺的賞呢！木家又不傻，大姊夫現在什麼都沒有，這門親結得怎麼看怎麼彆扭。」說話直爽的安玉冉道出了心中疑惑。

「哪有什麼可彆扭的，大姊夫是什麼都沒有，可咱們家有啊！」安玉若撇了一下嘴說道。

「咱們家有什麼？妳這孩子不懂就別瞎說。」尹雲娘覺得自家這三女兒性子是越來越野了，以前是個皮猴，現在都快成猴精了。

安玉善卻是抬眼看向了安玉若。她知道自家三姊一向機靈，難道她已經看出了事情的關鍵？

「娘，我哪有瞎說，咱們家小妹這麼厲害，木家的人會不知道？再說那畫可是小妹畫的，木家肯定是為了那些繡樣才決定娶雲姊姊的！」安玉若一副「我就知道」的得意樣。

「那照妳這樣說，木家應該娶的是咱們小妹，怎麼會是雲姊姊呢？還有，以後別到處亂說畫是小妹畫的！」安玉冉敲了下安玉若光潔的腦門。

「疼！」安玉若揉了揉腦門。「我可沒到處亂說，誰知道木家是怎麼想的呢！」

第二十七章　吊爐燒餅

農曆三月二十四，宜開市、修造、動土、破土、祈福，忌求嗣、解除、訂盟、納采。

隨著一陣響徹山林的爆竹聲，山下村大祠堂一片喜氣洋洋，安清賢特意查了黃曆，選在今日為安玉善要蓋的新房子破土動工。

全村老少從大祠堂來到了天將山山腳下，溫暖的陽光猶如閃亮的金子，耀眼地鋪滿雜草盡除的空地，一群扛著鐵鍬、鋤頭的農家漢子亦是滿臉喜氣地聚在一處。

隨著祭拜土地神和山神的香案撤下，他們在安清賢的一聲令下，繁忙地揮舞著手中的工具。

「梁師傅，這次蓋房子就麻煩你了！」安清賢笑呵呵地走到一位健壯的中年男子面前。

這位梁坤是府城裡名氣最響亮的建築領工師傅，也是安松柏運氣好，找到他時，他正給人家蓋完房子，還沒找到下家。

「安大叔放心，這房子我保准給你們蓋得堅固。對了，那位畫圖紙的能人可在？我還從未見過這樣精細別緻的圖紙，這院子蓋好可是峰州獨一份！」梁坤大笑說道。

如今世道不好，他雖然手藝不錯，也有幾個徒弟跟著自己，但有錢蓋房子的人家真的不多，現在大家都過得緊巴巴的，這次安家的房子少說也要蓋小半年，至少接下來幾個月他不用擔心沒著落了。

「能人有事外出了，以後有機會定會見到的。」安清賢呵呵一笑，並沒有告訴梁坤畫圖紙的就是安玉善。

這次蓋房子，安家對梁坤等人是管吃又管住，剩下的部分工錢就給村裡幫忙的人。

安松柏家現在有下人，倒不怕沒人幫忙做飯，而且現在天氣漸暖，隨便搭個棚子就能住人。

破土動工第一天，安沛玲一家就來了，文強一到就直奔廚房，說是要幫忙給工匠們做飯。

「強子，你娘不是說不讓你學廚藝，要讓你安心在酒樓學算帳嗎？」尹雲娘和陳氏幾人並沒有讓文強插手。這廚房裡都是一群女人，他一個快成人的男孩子湊在這裡有些不妥。

「舅母，打算盤我早就學會了，掌櫃的也已經同意我離開，就我爹娘還想不開！」文強怎麼也沒想到，第一個阻礙他做生意的會是他爹娘。

「你爹娘那都是為了你好，你當大街上擺小攤賣吃食會那樣容易？現在米麵貴得很，你賣便宜自己吃虧，賣貴了沒人買砸在自己手裡，可不能兒戲！」對於文強做生意這件事，陳氏也是不贊同的。

「你大舅母說得對。強子，你娘不是說酒樓現在生意好了不少，遇到有錢的客人，你還能得個賞錢，這不比自己做生意好嗎？別惹你爹娘生氣了，就好好在酒樓待著。」丁氏也認為較為穩定的酒樓店小二比擺小攤吃苦受累更好。

文強知道幾位舅母都是為了他好，可她們不懂他的志向，將來他是要自己開酒樓的，怎麼能窩在一個地方做一輩子的店小二？

幸好家裡還有小表妹是認同和鼓勵他的，想到這裡，文強就去找安玉善尋求安慰和解決之法。

安玉善正在藥廬裡熬藥，文強進來時，就看到她一個人認真地看守著十個爐子。

「玉善，怎麼不讓其他人幫妳一起熬藥？」文強挽起袖子就要上前幫忙，安玉善趕緊攔住熱情滿滿的他。

「表哥，我自己來就好，這些藥的火候一般人很難掌握，你可別毀了我的心血。」安玉善假裝嚴肅地說道。

「那好吧！」文強一聽就不敢亂動了。

等到安玉善熬好藥，就讓茉莉她們洗淨雙手，把熬好的藥膏搓成藥丸放進瓷瓶裡，而她則起身到了西屋，文強一直在等著她。

「表哥，你是說大姑母和姑父都不同意你做小生意？」不等安玉善發問，文強就將自己的苦惱說給她聽，而她聽完後覺得有些不解。

「沒錯，因為我同掌櫃的說辭工的事情，我爹還狠狠揍了我一頓，可我真不想去做店小二了，但我自己幹又沒有銀子。」文強懊惱地說道。

「銀子倒不難，我可以借給你，不過你有什麼具體的計畫嗎？」安玉善問道。

「玉善，妳真的有銀子借我？我……我打算先賣雜碎藥湯，等攢夠了錢就租間鋪子開小食肆，還可以賣些馬家新酒。」文強激動地說道。

「光賣雜碎藥湯也不是不可以，可太單調了，不如加上賣燒餅，這樣配著吃應該更好。」安玉善建議道。

「好是好，可我不會做燒餅呀！」文強撓了撓頭。

「沒關係，我可以教你。」安玉善笑著說道。

她讓文強去買兩個有切口的大鐵鍋，將兩鍋相扣，把切口對齊，上面的鐵鍋糊上白灰，沒有白灰就用泥。

接著她讓安逸去半里鎮買了麵粉、芝麻和油等物，待文強把鐵鍋弄好之後，她就開始教他製作調料和麵粉。

「表哥你記住了，這麵加入溫水、食用鹼和鹽拌均勻之後，蓋上擰乾的濕抹布，要餳兩刻鐘。」

等麵餳好之後，安玉善又像個老師一樣叮囑道：「現在要把麵揉勻，揪成小圓劑子，然後往中間抹上調料，之後再用雙手抻拉成有厚邊的圓麵餅，再抹上油，撒上一些芝麻，最後往上面的爐壁上貼好，在下面的鐵爐子裡燒火就行了。」

文強認真地學著，也下手跟著安玉善親手做了幾個燒餅，雖然手法生疏，但這種和別處賣的燒餅不一樣的做法引起了他極大的興趣，就是木槿她們幾個跟著幫忙的丫鬟也覺得新奇。

還沒到做飯的時候，安家小院就飄出一陣令人垂涎三尺的香氣。

陳氏、尹雲娘、安沛玲幾名婦人聞到味道，聽安玉善和文強說要做燒餅，她們也只是輕笑兩聲，並沒有阻攔，更有幾分期待。

隨著燒餅烤熟，香味散發出來，圍著鐵鍋製作出來的吊爐邊上擠了好多人，安齊武更是饞得口水都要流下來了。

「這燒餅聞著好香，什麼時候能吃？」安齊傑猴急地想把腦袋伸進爐膛裡看看。

「別著急，快好了。」安玉善說道。

當色澤黃亮、熱騰騰散發著香味的吊爐燒餅烤好後，安玉善忍著燙，把第一個做好的燒餅分給家人吃，而文強則麻利地把燒餅一個個從爐膛裡取出來再分給大家。

「我可從未吃過這樣香的燒餅，外面酥，裡面綿軟，配著鹹菜吃，真香！」梁坤也是聞著香味湊上來的。

「呵呵，我家這孫女就喜歡搗鼓吃的！」安清和拿了一小半燒餅在手，另一半給了拄著枴杖的鄭氏。

「我看可以在峰州府城開一家燒餅店，一定會大賣的！」安子洵笑著說道。

他可是安氏族人，名義上又是安清賢家的遠親，自從破土動工之後他倒是經常過來，蹭吃蹭喝自不必說，與安家眾人的關係也親近不少。

「堂伯說得是，表哥他已經決定要在府城賣燒餅和雜碎藥湯，以後還要請您多多關照了。」安玉善乘機說道。

安子洵在峰州府城開了一家專賣珠寶首飾的鼎寶閣，很受府城大戶人家夫人和小姐的喜歡，生意很不錯。

文強見安玉善把他的計畫說了出來，再看眾人全都一臉詫異地看向他，點點頭，嘿嘿一笑。

安沛玲和丈夫文樹瞧兒子一心要做吃食生意，有心想阻攔兩句，又想起昨天安清賢對他們說的話，終是嘆息了一聲，不再反對。

過了兩日，徐奎親自來安家見安玉善，說是益芝堂要在峰州府城再開一家分號，希望到時候安家能多提供一些藥丸。

好在安齊全和安玉若等人已經漸漸掌握炮製藥丸的秘訣，一些簡單的藥丸如避暑丸、禦寒丸、退燒丹之類的已經不用安玉善動手，他們自己就能炮製完成。

到了益芝堂開業這日，安玉善跟著安松柏和安松烈進了峰州府城。

過了城門盤查之後，安正駕著馬車帶著安松柏和安松烈先去了府城最大的市場買油糧米麵之物，而安玉善則由木槿和茉莉陪著去文強的小吃攤看看。

峰州府城很熱鬧，或許是因為惠王三日前便進了城，很多百姓明顯感覺到城裡的守衛更加嚴格了。

不僅如此，惠王來到峰州的第二天就頒布了許多利民、顧民的法令，言明作奸犯科者格殺勿論。

文強的小吃攤就在府城最繁華的育秀街上，從城門正對的主街在中間的十字路口拐個彎就到了，安子洵的鼎寶閣和孟家的益芝堂也都在這條街上。

還未拐進育秀街，安玉善就聽到了熙熙攘攘的聲音，走進去之後目之所及摩肩接踵，各式店鋪比比皆是，酒肆茶樓人聲鼎沸，小商小販吆喝之聲不絕於耳。

就在育秀街中間的長巷裡有一條眾所周知的小吃街，乃是幾十年來小食販們自發形成的特色街道。

在有些人眼裡，這裡的食物不登大雅之堂，覺得它們不乾不淨，但在普通老百姓和那些超級吃貨眼裡，此地可是令人「口水直流三千尺」的寶地，更是三教九流吃飯時最喜歡光顧的地方。

距離大老遠都能看到小吃街排滿了長隊，各色食物的香味融合，飄滿了大半條街，而這其中最令人食指大動的便是那燒餅和肉湯的香味。

好多人循著味道去找，在小吃街街尾看到一輛木板車，車架上有口泥糊的、張著口的大鐵鍋，下面燒著木柴，上面貼著餅子，旁邊不遠處也有一口大鐵鍋，裡面咕嚕嚕地煮著肉湯，細聞還有藥草香。

「燒餅！燒餅！香噴噴的大燒餅，只要三文錢一個！」文強一邊雙手不停地做燒餅，一邊大聲吆喝著。

這排滿小吃街的長長隊伍都是為了他的燒餅而來，也因為燒餅的熱烈程度，小吃街裡好幾家的生意都被他帶了起來。

安玉善三人好不容易擠進去，就看到表哥文強正滿頭大汗地做燒餅，姑母安沛玲在一旁和麵，姑父文樹顧著藥湯鍋，二表哥文壯則在一旁刷洗碗筷。

一家人忙得腳不沾地，直到她走到近前才恍然發覺。

「玉善妳來了！餓了吧？快吃個熱燒餅！」安沛玲擦完手就讓文強把做好的燒餅先給安玉善。

「謝謝姑母，我不餓，先給客人吧！」安玉善笑著問道：「需不需要我幫忙？」

沒想到燒餅攤才開業三天，生意就如此好，雖然這燒餅是用雜麵做成的，但絲毫不影響它的味道，反而更香了。

「不用，我能忙得過來，呵呵，玉善，謝謝妳！」文強覺得說「謝」字有些見外，但他不知道還能說什麼，暗暗發誓以後一定要好好報答小表妹。

「燒餅別烤焦了，快給我拿兩個，再給我來一碗肉湯！」

「還有我的，我銀子都給過了，我要三個，一定要熱的，回頭給我娘帶回去！」

「掌櫃的，我要一個！」

「我要四個！」

安玉善瞧著自己也幫不上忙，還要讓安沛玲他們分心來和自己說話，於是閒聊了兩句後就離開了。

看著身後食客們伸長著脖子看向燒餅攤，還有忙碌的文強一家人，她微微一笑，相信文強表哥所說的酒樓藍圖一定會有實現的那一天。

離開小吃街後，安玉善就帶著木槿和茉莉先來到了益芝堂。

若是以往，藥鋪開業肯定不會太熱鬧，可如今情況不同，府城的藥鋪本就少，真有本事的大夫也不多，因此老字號的益芝堂一開業，求醫問藥的人就絡繹不絕。

「讓開，快讓開！大夫，快救救我家老爺！」一個跑得飛快的小伙子突然衝進了益芝堂，拉著正在坐診的大夫就要走。

「放手，你快放手！」老大夫哪是年輕小伙子的「對手」，差點被他拽得摔倒在地。

正在等著看病的病人和病人家屬也惱了。「你是誰家的下人，怎麼如此沒規矩，沒看到秦大夫正在看病嗎？」

「可……可我們家老爺……」小伙子被眾人怒斥，也變得膽怯，說話都有些結巴。

「這不是祁大善人家的小廝嗎？」這時有人認出了小伙子的身分。「你家老爺怎麼了？」

峰州百姓很少有人不知道祁大善人。祁家自祖上便是樂善好施的良善之家，當然也有人說是因為祁家子孫凋零，幾代單傳，唯有多做善事才能綿延子嗣。

這位祁大善人原本就是祁家獨子，十八歲成婚，三十歲還沒有一兒半女，好在因他的善心有幸遇到了藥王神穀子，吃下賜子藥丸才與髮妻生了兒子。

從那之後，祁大善人更是四處做好事，舉凡搭橋鋪路、施粥濟民，一直被峰州百姓津津樂道。

只可惜好人多磨難，壞人路暢遂，像許傑父子這等作惡多端、通敵叛國之徒如今官運亨通、富享榮華，而祁大善人在北朝亡國後家財被搶，唯一的兒子也重病纏身，眼看祁家就要絕後了。

祁大善人可是祁家的頂梁柱，他若是倒了，祁家孤兒寡母就更難過了，幸虧還有幾個忠僕跟著。

「秦大夫，要不你先去瞧瞧祁大善人，他可是個好人呀！」有病人已經動了惻隱之心。

「這可不行，秦大夫，我兒子這疼得嗷嗷叫，你可不能走，要走也要先給我兒子治病！」當然，也有人不想放秦大夫離開，畢竟祁大善人的命是命，自家孩子的命就更是命了。

面對齊齊看向自己的病人和他們的家人，秦大夫一時有些左右為難。今日可是益芝堂開業第一天，他不能把益芝堂的名聲給砸了。

無奈他也分身乏術，誰教這益芝堂就他一個大夫呢！

「秦大夫，您倒是快點，我家老爺突然嘴角歪斜，半邊身子都不能動了，說話也說不清，又是噁心又是頭暈的，您快點去！」祁家小伙子著急地催促道。

「秦大夫，您可不能走，我兒子要是有個三長兩短，我就找你拚命！」一位孩子的父親拉住了秦大夫的胳膊，略帶威脅地道。

第二十八章　神醫之名

孟少昌剛從後堂走出來，先看到被兩個人來回拉扯的秦大夫，然後又看到了被人擠在門邊的安玉善，朝她點了一下頭。

瞭解事情經過之後，孟少昌讓祁家的人先把祁大善人送到益芝堂，接著又示意安玉善到後堂去，而秦大夫就留下繼續看病。

安玉善和孟少昌在後堂說話時，祁家的下人就抬著祁大善人進了益芝堂，祁大善人的妻子則哭哭啼啼地跟在一旁。

秦大夫的醫術還算不錯，幾針下去，昏迷的祁大善人便醒了，只是右邊身子依舊無法轉動。

「祁大善人這是中風，人是救過來了，但往後也只能這樣，你們好好照顧他吧！」秦大夫搖頭一嘆。

中風之症很難治，在天懷大陸，能治癒此症的怕是只有藥王神穀子一人。

可前段時間有傳言說，藥王神穀子在半年前便已經死了，而且他一生未收徒弟，也沒有留下醫藥典籍，他那高深的醫術隨著他的逝去也徹底消失在世間。

祁家人聽後便痛哭起來，而圍觀的百姓也是唏噓。誰能想到那個總是笑呵呵的大善人晚年竟會是這樣，真是天意難測啊！

安玉善也聽到了秦大夫的話，可她卻皺了皺眉頭。這位病人的確是中風導致了偏癱，但也不會像秦大夫說的那樣嚴重。

「安姑娘，這位祁老爺是個好人，據說峰州府城被大晉朝官兵攻克之際，他收留了很多無家可歸的百姓，也差點因為救那些人死在別人的刀劍之下。若能救他，孟某還請妳出手相助。」孟少昌很敬佩祁大善人的為人，可惜他醫術一般，救不了此人。

安玉善看著悲痛的祁家人以及那個躺在木板上羸弱憔悴的老者，最終還是點了點頭。

「要不要避開眾人給他醫治？」安玉善肯出手，孟少昌便覺得有了希望，不過他也清楚安家人低調的個性。

「沒關係，讓人給我準備烈酒還有一些細棉就好。」安玉善說完就抬腳走了出去。

孟少昌詫異地看了她一眼，很驚訝安玉善竟然肯當眾救人。她不是最怕麻煩，也不想讓別人知道她的醫術嗎？難道幾日不見，總是神神秘秘的安家人便轉了性子？

見安玉善蹲在地上拿起祁大善人的手做把脈之勢，秦大夫第一個就忍不住出聲了。「小姑娘，妳幹什麼？」

安玉善沒理他，又查看了祁大善人的舌苔，這時孟少昌讓人準備的烈酒和乾淨的細棉已經好了。

「六脈弦緊，舌苔黃膩，說話困難，嘴角向左歪斜，右半身完全不能動彈，他這是中風癱瘓，針灸過後，配以續命湯和清心丸，五日便可痊癒。」

安玉善說著已經開始在其肩髃、曲池、合谷等穴施針。「後天再針灸一次，之後再隔一日針灸，今日先喝一劑續命湯，清心丸明日來益芝堂取。」

安玉善施針的動作純熟精準，幾針下去，祁大善人的口角竟然不歪了，也能稍微開口說話。

「謝……謝……救……」祁大善人有些渾濁的雙眼感激地看向了安玉善。

「謝謝，謝謝妳小神醫，謝謝、謝謝！」安玉善神奇的醫術由不得人不信，大家都親眼所見她把益芝堂坐堂大夫都治不好的中風難症給治好了。

「這小神醫好生厲害！」有人禁不住發出讚嘆。

「是呀，就這麼幾針下去，祁大善人竟然好了大半！」

「小神醫，妳也給我娘看看吧，她老人家腿疼得厲害……」

「小神醫，我娘子生不出兒子，妳能不能幫忙看看？」

不一會兒，那些原本找秦大夫看病的人就七嘴八舌地將安玉善圍住，還好有木槿和茉莉把她護在中間，不然她早就被人拽倒了。

「大家先不要著急，別踩著祁大善人……」在局勢難以控制之前，孟少昌趕緊讓人把祁大善人抬到後堂，又讓藥鋪掌櫃先攔住病人，安玉善也被他請到了後堂裡。

「小神醫，謝謝您救了我家老爺！」祁家的下人抹著眼淚，跪下給她磕了個頭。

「你們快起來吧！待會兒抓了藥先回家給病人煎藥服下，後天再來益芝堂，到時候我會過來給他施針。」安玉善寫了續命湯的藥方遞給了孟少昌。「麻煩少東家讓夥計按這個藥方抓藥。」

祁家人千恩萬謝地離開之後，秦大夫那邊卻有些招架不住了，好多病人吵嚷著讓安玉善出來給他們治病。

「安姑娘，妳看……這怎麼辦？」安玉善又不是益芝堂的坐堂大夫，孟少昌也沒權力讓她給人治病，一切都是由她自己決定。

安玉善想了一下說道：「我今日還要回去熬製清心丸……不然這樣吧，只看十個秦大夫不好醫治的病人我就回去。」

別人能醫治好的病痛就不需要她幫忙了，她只看那些大夫無能為力的。

孟少昌自然喜出望外。雖然安玉善還是個九歲的小姑娘，但她的醫術能救人性命，這比什麼都重要，對於她提出的特別意見，孟少昌都會儘量答應。

也不知孟少昌和秦大夫是怎麼說的，很快就有第一個病人進入了後堂，是一位常年犯腿疼的老婦人，扶著她進來的便是她的兒子。

「小神醫，求求妳救救我娘！」一看到安玉善，那老婦人的兒子就急急說道。

安玉善先給老婦人診了脈，然後又檢查了下她的腿，以及詢問一些有關腿疼的症狀。

之後她便給老婦人針灸，一刻鐘之後起針，又開了一張藥方。

「娘，您覺得如何？」針灸結束，孝順的兒子就問自己的老娘親。

「不疼了，竟然一點兒都不疼了！」老婦人喜極而泣。

「這藥要喝半個多月，以後注意颳風下雨別受涼，腿就不會再疼了。」安玉善笑著說道。

「您真是大神醫！謝謝神醫救了我娘，不知診金要多少？」漢子扶著自己的老娘，有些尷尬地問道。

這神醫醫術如此高明，想必診金也很昂貴，可只要自己娘親能好，房子賣了都沒問題。

「你身上現在有多少？」安玉善笑著看向他。

「只有……只有三十個銅板……」那漢子從懷裡掏出三十個還帶著溫度的銅板。

「你不介意都給我吧？」

「不介意、不介意！神醫，這些要是不夠，我再回家給您拿！」

「不用了，我要你身上全部的銅板就夠了，家裡的給你留著抓藥吧！」

等到這對母子離開，安玉善又接著給人看病，她已經好久沒像個正常大夫那樣給人坐診看病了。

每當有病人從益芝堂的後堂歡歡喜喜地走出來，安玉善的神醫之名就在育秀街上傳得更遠。

待她離開峰州府城的時候，幾乎所有人都知道今日益芝堂有了一位小神醫坐診。

「什麼？小神醫？哼，我看是益芝堂在故弄玄虛，跑來峰州跟我們搶生意，難道孟家不知道這峰州是許家的地盤嗎？」育秀街地段最好的地方有一家保和堂藥鋪，說話的正是藥鋪東家許攸大。

保和堂雖比不上益芝堂這間老字號，在峰州也沒有許家的刺繡出名，可這許攸大仗著是許家族長的兒子，又與許傑關係不錯，平時也是個橫著走的主兒。

保和堂的藥和診金雖然比別的藥鋪貴，但因為許攸大做生意很霸道，好多人不得不忍著，如今益芝堂在府城立足，第一天保和堂就少了很多客人。

「老爺，這孟少昌太不識抬舉，非要在這裡和咱們搶生意，雖說他是列軍候的堂哥，可誰不知道列軍侯府和益芝堂關係不好，咱們京裡可是有人撐腰的，不怕他們！」保和堂的掌櫃狗腿地笑道。

「沒錯，爺才不怕孟家，不過你還是讓人盯緊益芝堂，無風不起浪，誰知道那個小神醫是哪路神仙？」許攸大做事一向謹慎，尤其是在對付別人的時候。

與此同時，還有一路人馬悄悄注意著益芝堂這邊的情況，等到五日後祁大善人生龍活虎地出現在眾人面前，安玉善的神醫之名已經確鑿無疑。

接著有更離奇的事情傳了出來，說是小神醫不但治好了祁大善人的中風之症，還把他兒子的病也治好了，就連祁大善人養女的啞疾也被她幾針扎得說出了話，更有人說敬州旗遠鏢局總鏢頭的兒子曾患有啞疾，也是被小神醫一針給治好的。

一時間，全峰州患有啞疾的人聽聞此事，全都朝益芝堂湧去，哭求著要見小神醫。

就在離益芝堂半個時辰馬車車程的地方有一座莊嚴氣派、碧瓦朱甍的大院落，大門上方鑲嵌著三個鎏金大字——惠王府。

這裡曾經是舊北朝老皇帝最寵愛的一位兒子的府邸，裡頭裝飾華麗，亭臺樓閣、小橋水榭、九曲迴廊皆是布置精巧，奇花異石更是應有盡有。

此刻在王府主樓後殿正室中，一位二十出頭、氣度威儀的男子有些焦急地站在八面梅花相連的屏風外。

不一會兒，一位身著灰袍、蓄著花白鬍子的老者面帶憂慮地走了出來。

「任太醫，王妃怎麼樣？」惠王趙琛毅快步走到老者面前問道。

任太醫無奈地搖搖頭。「王爺請恕罪，下官學醫不精，經過這一路顛簸，王妃的病更嚴重了，除非藥王再生，否則拖不過一年……」

「本王不要聽這些廢話！你很清楚，藥王他老人家半年前就仙逝了，留給王妃的藥也吃完了，難道你配不出同樣的藥來？」趙琛毅有些氣急敗壞地說道。

「下官願再盡力試試。」任太醫苦笑一嘆。好脾氣的惠王也只有遇到惠王妃的事情時才會這樣。

待任太醫從房間出去後，趙琛毅繞過屏風，看著虛弱地躺在床上的妻子，心如刀絞。

為什麼？老天爺為什麼要這樣折磨他？既然讓他失而復得，為什麼不讓他擁有得更久一些？

這時趙琛毅的貼身侍衛盧左進屋，帶來了一個好消息。

「啟稟王爺，人找到了，就在幾十里外的山下村，而且屬下還查到，益芝堂出現的那位小神醫就是山下村的村民，和您要找的人比鄰而居！」

夏日炎炎，天氣漸有燥熱難耐之感，自從救了祁大善人一家，安玉善的神醫之名越來越多人知曉，讓她最近都不敢進城了。

慶幸的是，那些瘋狂求醫者都被孟少昌想辦法攔住了，幸虧大家還不知道她詳細住在哪裡。

不過也有讓她始料未及的人出現。這天一大早，山下村來了兩個騎馬的侍衛，分別給安家和程家各送了一張請帖，說是惠王有請。

安清賢等人猜測著惠王此舉的用意，程景初倒是氣定神閒，可王爺有請不能不去。

最後，兩輛馬車一前一後跟著那兩名侍衛進了峰州府城，安松柏也跟著去了，但請帖上只邀請了安玉善一個人，所以他就和安正在外面等著，由木槿和茉莉兩個丫鬟陪著安玉善。

程景初身邊則跟著蕭林和勿辰，六個人進去之後，就被王府的下人領進了主樓大殿的正廳。

在現代，安玉善也見過不少宏偉的古代建築，她目不斜視，眼神沈靜地跟在程景初的身邊。

到了客廳之後，一個王府嬤嬤走了出來，說是惠王妃要單獨見見安玉善這個小神醫。

程景初與安玉善的目光在空中交會片刻，他鎮定地朝她點了一下頭，接著就坐在廳裡等待。

安玉善跟著那位嬤嬤進了主樓後殿的內室，興許是惠王與惠王妃剛到峰州的關係，這王府並沒有多少穿梭行走的下人，反而安靜得有些詭異。

剛才進來之前，安玉善就聞到了很濃的藥味，憑藉她敏銳的嗅覺，這些藥分量下得極重，乃是為了續命所用。

「啟稟王妃，安姑娘來了！」領安玉善進門的嬤嬤稟告完後就規規矩矩地退了出去。

「安姑娘請，我家王妃身體有恙，只能在內室見姑娘，還請姑娘勿怪。」內室屏風後頭走出一位身穿白底藍花齊腰襦裙的少女，皮膚白皙，舉止有度，朝她福了一禮。「奴婢青鸞見過安姑娘。」

「姑娘言重了，該是民女拜見王妃，怎敢勞王妃尊駕移步。」安玉善閃了一下身子。這裡畢竟是皇權至上的古代，大戶人家的丫鬟也是不能小覷，尤其眼前這位還是王妃身邊的人。

「青鸞，快請客人進來，咳咳……」就在此時，屏風後面響起一道好聽的女子嗓音，聽著有些虛弱，猶如清水劃過心尖，令人忍不住生出憐惜之心。

安玉善跟著青鸞走到屏風後頭，當看清床上半倚著的女子容貌時，眼裡不由得露出驚豔的光芒。

女子膚如凝脂，好似雪山盛開的蓮花，雅致中又添了幾分病弱少女的嬌嫩，螓首蛾眉、明眸皓齒，嘴角掛著讓人討厭不起來的親切笑意。

她身上穿著白色中衣，外頭披著一件鵝黃色的外衫，無形中為她增添了一絲明媚。

就在安玉善打量自己的時候，蘇瑾兒也在觀察她。

無論是外界所傳的小神醫，還是丈夫告訴她的農家女，都和眼前這小姑娘給她的第一印象不同。

雖然安玉善身上的衣服並不華貴，卻掩蓋不住她靈慧逼人的氣質。健康的皮膚散發著溫玉般的光芒，最吸引人的是她那一雙透著成熟睿智和自信的眼睛，竟能讓自己覺得安心。

沒來由的，蘇瑾兒覺得眼前的小姑娘既可親又熟悉，似是兩個人上輩子就認識一般。

「妳叫安玉善？」蘇瑾兒招招手，讓安玉善在她床邊的凳子上坐了下來。

「回王妃話，是。」安玉善恭謹地回道。

「我喜歡妳。」蘇瑾兒笑著看向她。

「啊？」安玉善沒想到自己這輩子第一次被人說「喜歡」的竟是個女子，即便她知道蘇瑾兒的意思，還是不禁一愣。

蘇瑾兒的兩個貼身大丫鬟青鶯和青璃也是一愣。她們的主子一向是個慢熱的性子，就連惠王想得到她一句好話都難，怎會對才第一次見面的安玉善就表達出這麼驚人的善意？

「王妃喜歡我，該不會是知道我醫術很高，可以救妳性命吧？」安玉善半真半假地笑著問道。

她這話有些太過直白出格，心胸狹窄的人估計會把她此刻的坦誠膽大當成諷刺。

豈料蘇瑾兒卻是莞爾一笑，眼睛直視著她，反問道：「我說不是，妳信嗎？」

第二十九章　許家出事

「不知道。」安玉善搖搖頭也笑了。

「呵呵，妳這樣老實的回答，我就更喜歡了！」蘇瑾兒難得在外人面前開懷一笑。

她雖是世家大族出身的嫡女，可自小就沒什麼朋友，為了保命，她與家人鬥、與外人鬥，最後還是沒鬥過命運。

不過臨死之前能在峰州遇到一個讓自己感到舒心的人，也算是老天爺的厚恩吧！

「王爺這次請民女過來，應該是想讓我給王妃診治吧？請王妃把手腕伸出來。」若說之前還不知道惠王請自己來的目的，聞到這王府的藥味後她也就明白了。

誰知蘇瑾兒卻是輕笑一聲，搖搖頭道：「不用了，藥王神穀子已經替我續過兩年的命，既然我活不過今年，又何必浪費那些珍貴的藥材？」

「王妃，奴婢求您別放棄！」青鶯和青璃見蘇瑾兒不想讓安玉善診脈，撲通一聲跪在她床前懇求。「以前是藥王神穀子死了，您心灰意冷，可如今又有了希望，您為什麼還不好好把握？奴婢求您了，就讓安姑娘給您診脈吧！」

「唉，妳們快起來吧，其實好不好又有什麼差別呢？我已經……什麼都沒有了。」後半句像是喃喃自語，但離蘇瑾兒最近的安玉善還是聽到了。

別人要求生，而她從蘇瑾兒的語氣中竟然聽出了「求死」？

「王妃，民女不知道您遇到了什麼事情，但好死不如賴活著，活著才有希望，才有可能改變您想改變的。」

「真的會有希望嗎？」蘇瑾兒帶著一點迷茫，看向淡定自信的安玉善。

「一定會的。」

人和人的緣分就是這樣奇妙，兩個第一次見面的人，年齡相差也大，竟都生出了惺惺相惜之感。

「王妃，請讓民女為您診脈吧！」安玉善再次說道。

「好吧。」蘇瑾兒緩緩伸出了手。

「如何？」診脈結束之後，蘇瑾兒淡淡問道。無悲無喜，沒有希望也沒有絕望。

青鶯和青璃也是焦急地看向了安玉善。

「不大好。」安玉善臉上輕鬆的表情收斂了些。

「是嗎？呵呵，這樣也好。」蘇瑾兒微微一笑，而青鶯和青璃聽後卻是雙眼垂淚。

「王妃幼時應該得過寒症卻沒有好好照料，後來身體又補得太過，反而造成氣血更加不足，甚至累積成毒素，傷及五臟六腑，以至於早衰嚴重。雖有人以毒攻毒，暫時延長了王妃的壽命，但王妃的身體太脆弱，如今能撐到現在，應該是有人耗費內力替您護住了經脈，否則……」安玉善沒有接著說下去。

如果不是跟著怪老頭學了十年，只憑她在醫學院學習的那些中西醫結合的醫術，怕是也不能在古代準確地判斷疑難雜症的脈搏。

更何況這個時空沒有精密的醫療儀器，要瞭解病人身體內部的情況，只能依靠古老的「望聞問切」之法。

「妳說得沒錯，小時候我兩次掉入府裡的水塘，大夫只讓我喝了幾劑祛寒的藥，後來我的祖母、繼母和父親把府裡最好的藥材都給了我，燕窩、人參、靈芝甚至雪蓮……好東西吃得越多就越難受。」說這些話的時候，蘇瑾兒的臉上流露出一絲悲涼。

那時候她生母剛去世不久，自己年紀幼小，以為家人是真正的關心她，自己是備受寵愛的，誰知蜜糖變砒霜，等到知曉其中緣由時，她的身體早已被掏空了大半。

「再好的東西也不能多吃，好在還有救。」安玉善露出了笑容。「其實一個人的自身治癒能力要比靈丹妙藥還管用，是藥三分毒，如果王妃信我，我至少可以再為妳續命十年。」

「妳說的是真的?!」一名儀表不凡的男子從幾人身後走了出來，看他通身的氣度以及直闖王妃內室的行徑，應是惠王無疑。

「奴婢參見王爺！」

「妾身見過王爺！」

「民女——」

安玉善也準備起身行禮，趙琛毅卻直接打斷了她。「快告訴本王，妳真的能治好王妃的病？」

「啟稟王爺，現在民女沒有把握能完全治好，但目前再為王妃續命十年應是沒問題，不過……」安玉善抬眼看了一下蘇瑾兒。

「不過什麼？妳說，無論是什麼樣的條件，本王都答應！」惠王欣喜若狂。太好了，真是太好了！只要有萬分之一的可能，他都要留住心愛之人的性命！

「不過若王爺和王妃想要孩子，必須要等五年之後了，否則即便有了孩子也是保不住的。」安玉善照實說道。蘇瑾兒的身體底子太差，必須經過長時間的調養才行。

「孩子？我、我還能有孩子嗎？」蘇瑾兒猛地抓緊了被子。「可宮中女醫曾說我是石女，這輩子就算我無病無痛，也是不可能有孩子的。」

安玉善記得民間習慣把先天性生殖系統有問題而無法生育的女子稱為「石女」，如果放在現代，一些石女還能依靠手術和藥物治好，但在古代就很麻煩。

「那位女醫肯定是學醫不精。王妃的身體的確是有嚴重的問題，但只要毒素盡除，調養好身體，三年抱兩也是沒問題的，前提是妳要聽我這個大夫的話。」安玉善笑道。

蘇瑾兒和趙琛毅互看了一眼，彼此心中都清楚，那女醫可是專門給太后和皇后瞧病的，醫術怎麼可能不精？

「瑾兒，其他的事情先不要想，從此刻開始，一切都要聽神醫的話，就算不為我，也為妳自己想想，難道妳就甘心讓害妳的人逍遙法外？」

趙琛毅瞭解蘇瑾兒，以前她不反抗，是因為她沒有活著的希望和目標，他的瑾兒一向聰明，一旦給她翻身的機會，那些跳梁小丑根本不是她的對手。

此時此刻，趙琛毅無比慶幸自己選擇了峰州，更慶幸今日請了安玉善過府，或許這就是圓空大師所說的機緣吧！

安玉善被青鶯親自送到王府門外時，程景初已經在馬車上了，也不知他和惠王有沒有見面？

一回到家，安玉善就鑽進了藥廬之中。為蘇瑾兒續命的第一步，就是要先把她身體裡相互牽制的毒素一起清除。

第二日一大早，她就帶著木槿、安正二人進了懸壁山的後崖採藥。

三日之後，她帶著一堆瓶瓶罐罐再次進了惠王府的大門。這次惠王府上下見到她，更加恭敬和熱情，就連不苟言笑的惠王對她也和顏悅色起來。

安玉善先給蘇瑾兒施針解毒，又讓她吃下一顆特製的藥丸，之後坐在撒滿藥粉的浴桶裡做藥浴，而她自己則來到了王府的後廚房。

「姑娘，有什麼要做的，您交給奴婢就好了！」青璃剛才聽安玉善的意思似乎是要下廚做飯，這可是能救王妃的神醫，怎麼能怠慢了尊客？

「今天是第一次，妳在旁邊看著就好，等妳學會了就不用我動手了。」安玉善從廚房裡找出大米、紅棗、綠豆、芝麻，還有自己從家裡帶來的核桃、山藥、百合、蓮子，淘洗乾淨後放在一起煮。「這叫補血益氣八寶藥粥，記住，火候不能大，快煮好的時候放入一粒我特製的藥丸，讓王妃趁熱喝。」

「奴婢記住了。」青鶯點點頭，雙眼仔細盯著安玉善的每一個動作。

粥煮好之後，蘇瑾兒的藥浴也已經結束了。

針灸、藥物清毒必須要忍受常人難以忍受的劇痛，今天是第一次診治，蘇瑾兒已經有些虛脫，好在趙琛毅一直陪在她的身邊。

等到蘇瑾兒喝完粥睡下，安玉善又給她診了診脈，這時天已經黑了，她便在惠王府的客院暫時住了下來。

次日一大早，她又坐馬車趕往益芝堂。兩天前邵華澤已經從敬州搬到了峰州，如今就住在益芝堂的後院裡，而孟元朗已經回帝京了。

可她沒想到的是，車子走到半路就被人攔下，來人口氣還挺衝，說是保和堂的東家要見她。

「我沒空。」真以為她不知道保和堂是誰家開的？單憑東家姓許又與許傑父子有關，安玉善就沒有任何興趣。

「毛丫頭，還真當自己是小神醫了？爺看妳是敬酒不吃吃罰酒！兄弟們，給我上！」領頭的人大喝道，今天說什麼也要把人給搶回去。

由於安玉善的馬車是在府城一條比較冷清的街道上被人攔住的，而周圍的百姓明顯知道攔住她的是什麼人，卻全都關緊門窗或是躲到一旁看熱鬧去了。

這年頭，他們這些小門小戶還是少管閒事，許家的人他們可惹不起。

「木槿、安正，不必手下留情。」安玉善連馬車簾子都沒有掀起來，就坐在馬車裡冷聲道。

她雖喜歡安穩地做個行醫治病的大夫，卻從未膽小怕事過，想當年她在戰亂區當醫生的時候，也是經歷了槍林彈雨，這種小兒科的威脅她才不當一回事。

「木槿，妳留下保護姑娘，這些人我一個就夠了。」安正轉了轉自己的手腕，冷笑一聲，揚起了手中的馬鞭。

原本馬夫手中再平常不過的馬鞭，到了安正手中卻化為利器，那些惡狠狠要衝上來的許家打手被抽得哀嚎連連，臉上和身上都是血印子。

「啊！」

「嗷！」

此起彼伏的叫喊聲讓圍觀的人都後背發涼。

「安姑娘，您可有事？」就在這時，一隊寒光鐵衣的士兵跑了過來，將許家打手全部圍了起來，領隊的將領飛身下馬，走到馬車外恭敬地問道。

「你是……」安玉善這才掀開車簾，她並不認識此人。

「在下宋懷義，乃是惠王殿下親派的峰州巡城總兵，也負責您在峰州的安全。此次讓您受驚了，是在下的疏忽。」安玉善是惠王特別關照的座上賓，忠心於惠王的宋懷義對她自然恭敬謙卑。

他才剛接手峰州府城內的人馬，各項事務還沒處理完，許攸大又突然對安玉善出手，他也是剛剛才知曉，所以此刻才趕到。

「多謝王爺和宋總兵關照，這幫賊人意圖綁架無辜百姓，還要麻煩宋總兵將他們送官法辦才好。」既然惠王要出頭給自己當靠山，安玉善豈有不領情的道理？

如果她太過無欲無求，想必那位王爺也不放心吧！

「安姑娘請放心，在下會親自將這幫賊人交到峰州知府面前。」就算峰州這一任知府還是個姓許的，宋懷義也沒把那人看在眼裡。

都說強龍不壓地頭蛇，可來峰州之前惠王就對他們這幫親隨說過，到了此地的第一件事就是「打蛇打七寸」，能在峰州當家作主的只能有一個。

這許家人還真是不懂得進退，光天化日之下就敢得罪惠王現在最看重的客人，簡直就是自尋死路。

很快的，宋懷義等人就把許家那幫打手押往知府衙門大堂，一路上引來不少百姓好奇的目光。

接下來幾天，峰州府城一直很安靜，安玉善依舊在王府、益芝堂、山下村三頭跑，也沒人再敢輕易攔她的馬車。

半個月後，田裡稻穀抽穗，整個山下村唯有安玉善的那五畝稻田長得最是茁壯。

明明是一樣的土地，別家的像是瘠田長挫苗，她的卻是肥田出壯秧，還有那些活蹦亂跳的大肥魚，讓眾人腸子都悔青了。

「玉善，依妳老馬爺這雙利眼看，妳這春稻一畝至少有六、七百斤，比咱們村最好的稻子一畝還要多出三、四百斤，如果早聽妳的話，這一季大家就不用跟著餓肚子了，過段日子再種水稻的時候，老馬爺可要跟妳學學，不服輸不行，哈哈！」

老馬爺是山下村有名的種田好手，他對安玉善的肯定和讚賞都讓村民心動不已，大家都決定下一季種稻要跟著安玉善學習這水稻之法，再進行栽種。

「馬爺爺，我這也是依葫蘆畫瓢，加上這幾個月風調雨順，水稻長這樣好，我也沒想到。」安玉善是被爺爺安清和叫到田裡的，村裡人都羨慕她這五畝長勢好的稻田。

「呵呵，妳可別謙虛，以後無論是種藥田還是地裡刨食，老馬爺我可都跟著妳了，妳可不能嫌我老頭子囉嗦。」老馬爺笑呵呵地道。

「玉善，我們也都跟著妳！」圍觀的村民也都大聲地附和道。

其實對於種田，安玉善除了上學時學習的那些基本常識和生物知識外，就是十年山中生活自力更生累積的經驗，以及在醫院時聽她那位癡迷種田的農事老教授病人講過的一些耕田竅門。

她的主業是行醫，種田連她的副業都算不上，最多就是上輩子有一個「歸隱田園」的晚年夢想，誰知人生才走了一小半，她的「田園夢」還沒好好規劃就魂歸古代了。

「小妹、小妹，告訴妳一個天大的好消息，呵呵呵！」就在安玉善被村民們圍著詢問種稻之法時，安玉若揮舞著雙手，興高采烈地跑了過來。

「三姊，什麼好消息？」安玉善趕緊迎向安玉若。村民們太熱情了，她一時有些受不住。「妳不是跟二姊去府城了嗎？難道是府城發生了什麼事情？」

安玉若大嚷著道：「嘿嘿，妳猜得沒錯，府城真的發生了大事，許家是要完了！」

——未完，待續，請看文創風567《醫門獨秀》2

2017年9月出版

犀利傲妻

文創風 561～565

這年頭溫柔婉約不能活人，
唯有犀利剽悍才能保她身家平安……

靠山山倒，靠人人會跑，靠自己最好……
收拾起小女人的溫柔，驕傲奮起吧！／青黛

她是尚書府嫡女，卻在母親失寵、離世之後，被接回外祖家住。
前世娘家遭滅門之禍，丈夫冷酷無情，她連孩子都保不住、哀痛而死……
悲慘的遭遇，讓她心中恨意翻湧！
前世她識人不清，單純軟弱，遇事無能為力，
這世重活，豈能不長點智慧跟勇氣？
既然娘家一直都不可靠，讓她嬌生慣養長大的是外祖家，
她就要緊緊地扎根在這兒，作為最大的依靠，絕不能輕易離了心。
可以的話她也想當個溫婉的妹子，
但經歷滅門大禍重生回來，犀利剽悍成了她的最佳保護色
保護她免於一切惡意傷害，尤其是那個冷面獸心的男人……

文創風 566

醫門獨秀 1

國家圖書館出版品預行編目資料

醫門獨秀 / 煙雨著. --
初版. -- 臺北市 : 狗屋, 2017.10
冊 ; 公分. --（文創風）
ISBN 978-986-328-779-7（第1冊：平裝）. --

857.7　　106014529

著作者	煙雨
編輯	王冠之
校對	黃亭蓁　簡郁珊
發行所	狗屋出版社有限公司
地址	台北市104中山區龍江路71巷15號1樓
電話	02-2776-5889～0
發行字號	局版台業字845號
法律顧問	蕭雄淋律師
總經銷	知遠文化事業有限公司
電話	02-2664-8800
初版	2017年10月
國際書碼	ISBN-13　978-986-328-779-7

本著作物由瀟湘書院〈www.xxsy.net〉授權出版

定價250元

狗屋劃撥帳號：19001626

網址：love.doghouse.com.tw　E-mail：love@doghouse.com.tw